論創ノベルス

逮捕中止命令

Ronso Novels 017

芳野林五

論創社

目次◎逮捕中止命令

プロローグ　十月十日

（1）

　夜が明けていく……。

　闇の薄膜が剝がされて、眼下に民家や白い団地群や低いビルが見える。まだおぼろげな視界の先には確か多摩川があったはずだ。

　男は満足そうに周囲を見廻す。十年前、この病院で緊急処置を受けた後、絶望的に同じ景色を眺めたものだった。「ん」と思わず声が漏れた。少し明るくなり見通せるようになると団地群の奥に高層マンションが林立しており、川面はもう見えなくなっていた。

　拍子抜けしたが、時が経てば景色は変わるものだ。

（自分もまた十年前の苦境を脱して、サバイバルゲームを勝ち抜いたではないか……）

　つい笑みがこぼれた時、足音をしのばせて近づく気配を感じた。

　個室担当の看護師に見つかったかな、と振り向きかけた時、スプレーを噴射する音がして、踵《きびす》を返した男の顔に水蒸気が吹きかけられた。

ミスト状の薬品らしいと認識し、危険も察知した。

だが、男の意識はそのまま失われた。


十月十日、午前七時、外はすっかり明るくなった。

朝日が外気を暖めて、自転車で現着した一時間前には必要だったウインドブレーカーを脱ぎ、柴一彬《しばかずあきら》は事件現場のアパート外観を眺めた。

建物は新しく、二階建て。初詣の人気スポット・深大寺《じんだいじ》に近い。

住所は調布市深大寺南町。三鷹通りの小学校の斜め前に交番があり、路地を入ると、交番の裏は戸建て住宅が並び、反対側は都立農業高校の神代《じんだい》農場。うっそうとした農場の森でカラスが鳴きやむと、泉に流れる水音がさらさら聞こえる。実に心地よい。

だが、事件は被害女性からさわやかな朝を奪い取った。

子どもを誘拐した、とシングルマザーを電話で脅迫して、犯人は住居に押し入った。被害者を全裸にさせ、口にガムテープ、手足を結束バンドで拘束し、覆いかぶさった時、幸い、邪魔が入って、犯人は逃走した。

レイプは未遂に終わり、子どもも無事に救出されたが、手口は極めて卑劣である。

性犯罪はほぼ例外なく弱い立場の相手を狙う。今回も被害者の境遇を調べあげた計画的犯行だろう。込み上げる犯人への怒りと不快感を抑えて、柴は改めて周囲を見廻す。

農場沿いの路地は事件現場となったアパートの先で住宅が途絶えて、一帯は畑になる。

「ふーむ」

「何です、課長、うなったりして」

早朝五時に課長の柴を叩き起こした部長刑事・氷室玲奈《ひむろれな》が尋ねた。

二十八歳の氷室部長刑事はパンツスーツに白いブラウスが定番。滅多に冗談も言わない品行方正ぶりに加え、頭脳明晰、容姿端麗である。近寄りがたい高校のクラス委員の意味で「委員長」と陰で呼ばれている。

氷室部長刑事がスマホへのメモを中断して見ているので、柴は質問に答えた。

「この場所のことさ。交番に近いから安心だね。静かで空気は良いし、夏は涼しいだろう。つまり、ガイシャは睡眠優先で住まいを選んだのかな」

「ガイシャの横寺恵《よこでらめぐみ》さんによれば、勤務都合ですね。職場の保育園が交番の三鷹方面三軒先にあります。近くに職員が住むと心強い、と園からの要請があり、住宅手当、規定より少し上乗せしてもらったようですね」

氷室の説明の途中で、現場のアパートから薄い革ジャンの栄都《さかえみやこ》が出て来た。栄刑事は二十六歳、整った顔立ちだが、女子バレーボールの選手だったそうで、長身、手足が長く、宴会でタラバガニの着ぐるみで踊って以来、署内で「カニ」と呼ばれている。

そのカニ・栄刑事は委員長・氷室の説明を引き継ぐように補足した。

「課長、通勤時間、徒歩五分はありがたいですよ。小学生を抱えたシングルマザーは子どもの急変に備えるのが第一でしょうから」

「だろうね。そうか、そういう事情でここに住んだか……氷室部長、チャートはできた?」

事件を時系列に綴る記録を調布狛江《ちょうふこまえ》署ではチャートと呼ぶ。先ほどから氷室部長刑事がスマホに記していたメモである。

そのチャートによれば……。


被害者横寺恵(三十二歳)は調布市深大寺南町六丁目『アガパンサス保育園』に勤務する保育士。契約職員一年、試用期間三ヶ月を終えて正職員になったばかりだ。

同保育園は、出勤が午前六時の早番、午前八時の中番、午後二時の遅番のシフトがあり、前日(事件当日)の横寺恵は遅番で午後十時上がりだが、後片付けをしていた十時二十分頃、小学二年生の一人息子から「かえってきて」と、ラインに連絡があった。

ふだんは息子が寝ている時刻で、男性の同僚が「早く行ってやんな」と送り出してくれたので、横寺恵は仕事着にコートをはおり、職場を出た。

それが午後十時半。足早に徒歩で帰宅。アパート一階奥の自室ドアを解錠しながら、名を呼んだが、息子・勇也《ゆうや》の返事がない。照明は点灯していたので、恵は息子の名を呼び続けながら、2Kの室内を探したが、見当たらない。スマホを見ると午後十時四十分。そのスマホに、見知らぬ携帯番号から着信があった。

シングルマザーの習性で登録外の番号は出ないようにしているが、息子が事故、と考えて応答すると、男の声が「坊やは預かりました。玄関を開けて」と告げた。

事態が呑み込めないままに、恵は帰宅時に施錠を忘れていたドアを開けた。外には誰もいなかったが、ニット帽にマスクの男が足早に近づき、恵が身を引いた隙に帽子を下げた。目鼻口の穴のみが開いたスキー帽状態になった。

男は玄関を施錠し、靴を脱ぎ、靴下の上にビニールの足カバーをつけ始めた。

息子は停めた車の中だ。騒がなければ無事に返す、と言った。「現金はありません」と恵が叫ぶと、男は小声で「金はいらん。おとなしく指示に従えば無事解放する」と告げ、箇条書きのメモを見せた。メモには……。
一、スマホを渡せ。
二、浴槽に湯を満たせ。
三、部屋の暖房を入れて、厚手のカーテンを閉めろ。
四、衣服を脱いで、全裸になれ。
すべての指示に従い、恵が全裸で壁時計を見たら、午後十一時少し前だった。

男は持参したガムテープで恵の口を塞ぎ、持参のナイロン製結束バンドで両手を拘束し、食卓に押し倒した。スキー帽を口元まで上げ、恵の乳房をもてあそび、舌でなめ回した。

虫唾《むしず》が走ったが、場違いな匂いを嗅ぎ、恵はそちらが気になった。

突然、玄関でチャイムが鳴った。男の動きが止まり、恵は聞き耳を立てた。

ドアをノックしながら、「横寺さん」と恵の名字を呼ぶ押し殺した声がした。さっき職場で送り出してくれた同僚の家城三千男《いえきみちお》だ。恵と家城は職場には内緒だが、最近交際を始めたばかりだ。

男にスマホを奪われた恵がメールや電話に応答しないので、心配で駆けつけてくれたのだろう、と恵は思った。

そして、この男はきっと庭に面したサッシ戸から逃げ出す、と恵は期待した。

だが、男は恵の肩を両手で押さえたまま動かず、家城が叩く玄関ドアを見つめていた。

諦めたのか、ノックと家城の声がしなくなった。

あ、と失望したと同時に、先ほどからの場違いな匂いはベビーパウダーだ、と恵は悟った。

亡くなった祖父の皮膚が異様に薄くなり、むけやすく、肌荒れにも苦しんだので、ベビーパウダーを祖母や母が全身にまぶしていた。赤ん坊とは違って、大人は体臭が加わるので、独特の匂いに変化するのだが、間違いないベビーパウダーだ。

そんなことを思い出していたら、玄関前から人の気配がまるでしなくなった。

（急病の息子を病院に連れて行った、と家城は解釈したのかもしれない）

恵はそう想像し、スキー帽の男は安堵したように息を吐き、再び恵の乳房をもてあそび始めた。そして、また舌を恵に近づけた。「もう厭だ」と恵は足をバタつかせ、「いやー」と叫んだ。声はガムテープでくぐもった。

その時、サッシ戸が庭側から強く叩かれた。「横寺さん、いるのか。どうした?」と隣近所に遠慮せず家城は大きな声で呼びかけた。施錠されたサッシ戸を開けようとする。

男が庭に注目したので、恵は足を伸ばし、食卓の椅子を蹴り倒した。大きな音がした。

「横寺さん、一一〇番するよ！」

家城が叫んだ途端、男は恵から身体を離し、持参のガムテープ類を回収、玄関に向かった。逃げるウサギを実際に見たことはないが、脱兎《だっと》のごとく、男は駆け去った。

玄関で大きな音がしたからだろう。家城は庭から玄関に戻り、ドアを開け、入って来た。食卓に倒れ込んでいる恵が全裸と気づいた家城は押し入れから毛布を出して、上に掛け、ガムテープをはがし、結束バンドをハサミで切り落とした。

時刻は午後十一時過ぎ。

恵は毛布で全身を覆い、家城に抱きつき、礼を述べた。説明のために頭を整理しようと、少し口を閉じ、沈黙が生まれた時、戸が開いた押し入れから子どもの寝息が聞こえた。

まさかと思いながら、押し入れを調べると、布団の奥で息子・勇也が熟睡中だった。

息子を起こし、抱き締めて喜ぶ恵の横で、前職は看護師だった家城が勇也から聞き取りを始めた。見知らぬ男にビニール袋の液体を嗅がされて意識を失ったことが判明した。

液体は麻酔系の薬品と推定して、家城は警察と救急（消防）に通報した。庭で通報するとは言ったが、実際はまだしていなかった。

数分後、交番から警官二名が駆けつけて、現場保存を徹底、一同は玄関へ移動した。

さらに、数分後、救急車も到着した。

麻酔系の液体吸引後に薬（錠剤）も服用させられた、と勇也が言うので、同人を最寄りの桃源大学病院（三鷹市新川）へ搬送することになった。

被害者の横寺恵は、記憶が薄れないうちに事情聴取を終えたい、と気丈に主張し、恵の要請で家城が救急車に同乗した。時刻は午後十一時二十分前後である。

十一時四十分、第三（立川）機動捜査隊四名が車両二台で到着した。同隊から事前に臨場要請を受けていた警視庁鑑識課の現場鑑識第五係（多摩地区担当）も数分後に到着。

午前零《れい》時頃……。

所轄である調布狛江署の刑事組織犯罪対策課から宿直の氷室玲奈部長刑事と栄都刑事、鑑識係の森口晃《もりぐちあきら》係長ら三名、計五名も臨場。

被害者・横寺恵への聴取は車両内で機動捜査隊男女二名にて実施されていたので、氷室、栄両刑事は近所への聞き込みを担当。就寝前のアパート住民など数名が協力してくれたが、犯人を見た目撃者はおらず、家城の叫び声を除いて不審な物音を聞いた者もいなかった。

犯人はワゴン車に乗って来た、と被害者・横寺恵に告げたが、鑑識係が調べた結果、当該車両が駐車した痕跡はなく、見慣れない車の目撃者もいなかった。

午前三時過ぎ、警視庁鑑識課の現場検証が終了。調布狛江署の森口鑑識係長への報告、引継ぎが行われて、同鑑識課は午前三時半に現場から撤収した。

機動捜査隊も現着した調布狛江署刑事組織犯罪対策課係長・宇崎明彦《うざきあきひこ》警部補および氷室、栄両刑事への引継ぎを終えて、午前四時過ぎに撤収した。

宇崎係長は被害者・横寺勇也を聴取するために桃源大学病院へ出向くので、課長の柴一彬警部が寝床から叩き起こされて、招集された……。

以上が氷室部長刑事によりスマホにチャートされた時系列の事件記録である。

殺伐とした内容だが、柴は最後まで目を通して、氷室とカニ・栄刑事に告げた。

「それで、機捜の見立ては？　署長《おやじ》が待っているから簡潔に頼む」

警察署の始業時刻は一般の官庁と同じ八時半だが、毎朝八時までに顔を出さないと署長の梶山《かじやま》弘文《ひろふみ》警視の機嫌が悪い。あと二十分だ。

スマホをスクロールしていた氷室部長刑事が顔を上げて、報告する。

「課長、機捜の見解の前に、補足をひとつ。ホシは取り上げたガイシャのスマホを漂白剤につけてオシャカにしました」

「漂白剤か。初犯じゃないな」

「はい。機捜も同じ見立てで、犯人には土地鑑もあるようなので、過去二年間の類似事件を照会すべき、と。近隣所轄署には公式のみならず、人脈、人的なつながりを通じて照会した方が良い、というアドバイスもいただきました」

「性犯罪は内々に捜査している可能性もあるからか……けど、人脈と言われてもな」

「あります。私と栄が音頭を取り、北多摩パンケーキを食べる女性刑事の会を始めました」

柴は愉快そうに笑って、尻ポケットから財布を出すと、五千円札を一枚抜く。

「今月もピンチでな、パンケーキの会への志はこれが精一杯だ」

ためらう氷室部長刑事に構わず、カニ・栄刑事が長い手を伸ばして札を奪い取る。

「あざ〜す！」

柴は苦笑して行きかけて、気になることを氷室部長刑事に確認した。

「被害者の勤務シフト、ゆうべは午後十時までって、ホシはなんで知っていたのかな」

氷室はきょとんと見返したが、委員長のあだ名に恥じない聡明さで答えた。

「保育園に確認し、シフトが未公表の場合、園内の黒板や貼り紙を見ないと分からないはずですから、防犯カメラの確認を含め、見慣れない人物の聞き込みを徹底します」

「了解。じゃ、あと頼む」

「課長」

氷室部長刑事が車のキーをかざして、去りかけた柴にほうって寄こした。

「車、使って下さい！　代わりに課長の自転車、私が借ります」

「いいけど、チャリンコで聞き込みかい」

「チャリは便利ですよ。ほら、この通り」

栄刑事は柴に渡す捜査車両のトランクから折り畳み自転車を降ろした。

(2)

柴一彬は調布狛江署の階段を駆け上がった。

所轄の署長室はふつう一階の奥にあるのだが、調布狛江署の場合は五階にある。

さて、署長にどう報告するかで、事件の命運が決まる。そのサジ加減が難しい。

今回、幸いレイプは未遂だったが、全裸にされた被害者の心痛ははかりしれない。子どもへの薬物投与も許し難い。犯行は計画的で、同一犯による事件が他にもありそうだ。

そこを強調して署長にある程度の興味を持たせないと、事件が長期化した際、捜査費の追加を認めてくれないことがある。逆に、署長が自ら乗り出して捜査に混乱をきたしたこともあった。そうした癖のあるふるまいが平穏無事を是とする署長職としては異端、と警視庁本部や周辺各署に認識されて、つけられたあだ名がチャンバラ署長。剣道五段で時々古風な物言いをするからだが、歌舞伎通を自称する署長ははなはだ心外そうだ。

階段を上り切り、柴が見ると、署長室のドアは閉まっている。

管理職の個室は常にオープンが警察のルールで、調布狛江署も例外ではないが、会議や来客のある場合はドアを閉ざすことがある。

柴は時計を確認。八時ジャストなのでノックし、ドアを開ける。が、席に姿がない。

「署長？　おはようございます！」

「うむ」

声が聞こえたので室内に入ると、応接セット越しの壁に沿って二本の足が見えた。裸足だ。

署長の梶山弘文警視はイラつくと靴を脱ぐ。ストレス度合が強いと靴下も脱ぎ、ハダシになる。深刻な場合は倒立、つまり逆立ちとなる。

現在の裸足で倒立——これは深刻度が頂点に達しているサインだ。

「署長、何か、ありましたか」

「カズアキか、ちょっと待て」

柴の名前は一彬と書いてカズアキラなのだが、署長は誤りを直さない。その都度、訂正を試みるが、今朝は遠慮した。身内に不幸があったような気配が署長から漂っている。

「どなたか」

「長官が亡くなられた」

勘は当たったが、驚きが大きい。現職の警察庁長官が亡くなった例を柴は知らない。

「それで、小清水長官はいつ」

「たわけ！　オレが長官と呼ぶのは千々岩隆《ちぢいわたかし》ただ一人《いちにん》」

「はい、それで千々岩前長官はいつ」

前長官、という訂正が気に入らないように署長は睨んだが、質問には答えた。

「二時間ほど前らしい。そこの慈愛堂大学狛江病院に入院中で、八階のロビーで倒れていたそうだ。窓から夜明けの景色でも眺めておられたのだな、きっと……」

前長官のお陰で署長になれたと噂の梶山コーブンである。ショックは大きそうだ。

「署長、入院中と申しますと」

「ステントの交換だ。十年前に心筋梗塞で死にかけて、慈愛堂大学狛江病院で冠動脈にステントを入れた。今般、栄えある内閣官房副長官に内定されたから、組閣前に交換しておこう、とされたらしいが……実は、心臓が肥大していてな、そっちの発作かもしれん」

「では、事件性はないのですね」

当たり前だ、と怒鳴るはずの口をいったん閉じ、声をひそめて、署長は告げた。

「そうか、そうだな……。カズアキ、そういう線もあるな」

「あの、そういう線とは」

睨まれた。強面巨軀《こわもてきょく》の見た目通り体育会気質を気取っているが、チャンバラ署長は意外に繊細で、頭の回転も早く、くどい質問を嫌う。

「おぬし、親しかったな、なんてったか、あの病院の警察ＯＢ」

「柏《かしわ》さんです。警部補で退官、本部二課の係長でした」

「その柏さんとやらに内々に聞いてみてくれ、他殺の線、ありやなしや」

暴対法や暴力団排除条例が整備されてから、企業や団体のクレーム対応係に警察ＯＢが採用されるようになり、大病院には例外なく先輩がいる。慈愛堂大学狛江病院の総務次長は警視庁捜査二課に在籍した柏大作で、柴は二月に着任の挨拶に訪れて以来、面識がある。

「仮に他殺となれば、我が調布狛江署に特別捜査本部が開設されるぞ、カズアキ」

「はい。他殺ならば、そうなるでしょうね」

慈愛堂大学狛江病院は調布と狛江の市境にあり、管轄内だ。警察庁長官の受難なら警視庁本部に開設だが、前長官は所轄に設置が順当だろう。但し、内閣官房副長官に内定した超大物ＯＢだから特別捜査本部となり、精鋭が送り込まれる。他殺ならば、の話だが……。

署長が指示を言いかけた時、廊下を挟んだ向かいの部屋でドアの開閉する音がした。

署長室がノックされて、副署長の小笹洋一《こざさよういち》警視がドアを開けた。

「署長、いまよろしいでしょうか」

小笹副署長は五十一歳。五十四歳のコーブン署長と四十八歳の柴の中間の年齢だ。

管理能力抜群で小規模署の署長に内定したが、以前、上司だった梶山署長を支えるため、副署長で赴任。梶山コーブンの署長としての技量や手腕を憂慮した警察首脳が「目付け役」に送り込んだようだ。とは言うものの、署長は意に介さず、副署長を便利に使っている。

柴も捜査一課時代に梶山の部下だった縁で今春二月の定期交流で警視庁本部少年課から調布狛江署へ異動を命じられた。理由は不明ながら、警察では人事異動を交流と呼ぶ。

その辞令を受けた際、「気の毒に」と柴に同情する声が多かった。

というのも、梶山弘文警視は刑事として極めて優秀、捜査一課強行犯捜査係の係長時代は指折りの実力者だったが、法規すれすれ型破りの捜査手法と天衣無縫な言動で管理職には不適格の烙印を押された。警視庁の本部には数多く存在する飼い殺しの窓際幹部で終わるはずが、前年八月の定期交流で、中規模署の調布狛江署に署長として赴任したので、誰もが首をかしげたものだった。

前警察庁長官の千々岩隆の強い意向と噂されて、コーブン署長も否定しなかった。

だから、前長官の急死を聞き、裸足で倒立して「困った」と呻いたのだ。が、その死を利用できないか、と欲を出し始めた。転んでもただ起きぬ、梶山コーブンの真骨頂が発揮されようとしている、と柴は呆れた。

柴は上司たちの話が途切れるのを待って、早朝立ち寄った事件の概要を報告した。

「……すると、担当は氷室嬢か」

署長の知人の娘で「氷室嬢」は敬称のつもりらしいが、ハラスメントに敏感な時代には不適切という副署長の判断で、居合わせた者がその都度、訂正する。が、署長は無頓着だ。

「署長、氷室部長は現場周辺で聞き込み中です。ご用でしたら、署に呼びますが」

柴が確認すると、署長は無言で頷いた。


階段を駆け降りて、柴は四階の刑事組織犯罪対策課のフロアに入る。

氷室玲奈部長刑事は登庁しており、宇崎強行犯捜査係長や森口鑑識係長、栄刑事とミーティング中だったので、本人にのみ、指で天井を示す。上階には署長室と副署長室がある。

「署長室にふたりともいる」

氷室部長刑事に告げて、柴は入れ替わりでミーティングに加わる。

桃源大学病院で被害者・横寺勇也の聞き取りを終えた宇崎係長によれば……。

小学二年生の勇也は前夜午後九時にベッドに入ったが、玄関のチャイムが鳴った。母・横寺恵から「知らない人を入れてはいけない」と躾けられていたが、母の同僚を名乗り、「お母さんが急病」と告げたので解錠し、ドアを開けた。すると、ビニール袋を鼻に当てられて、中身を吸引、意識を失った。朦朧としながら、牛乳と一緒に錠剤二錠も飲まされた。

犯人はスキーマスクで顔を見ていない。車が停車する音は聞いていない。

台所に牛乳が底に付着したグラスがあり、勇也の指紋摘出。薬包装も二錠分あった。

「森口係長、成人用の睡眠薬を小学二年生が二錠も服用して平気かい」

柴の疑問に森口係長は顔を曇らせて、宇崎係長を見た。宇崎が口を開いた。

「病院の医師によれば、子どもの体調や体質次第では極めて危険な量です……勇也くんも、頭の後ろが重い感じで、不快感を訴えましたが、現状、問題はなし。ですが、頭痛や睡眠障害など薬害が残る場合もあり、稀に死に至るケースもないわけではない、と」

柴が驚いて見ると、宇崎係長は溜息を吐き、柴の背後から氷室部長刑事の声がした。

「これは殺人未遂事件ですよ、課長」

いつの間にか、氷室部長刑事が戻っていた。身内の訃報を聞いた後のように蒼白だ。

「どうした。署長室で何か言われたか」

首を振って否定し、会議の流れに沿って、氷室部長は気丈に告げた。

「母親への脅迫、監禁、レイプは未遂とはいえ裸体に触れています。不同意性交等罪です。息子さんへの殺人未遂と監禁もあります」

柴は氷室部長が少し事件に前のめりな感じがして、釘をさすことにした。

「氷室部長、罪状は地検に相談しようや……稀に見る卑劣で悪質な性犯罪だ。こんな野郎は許せんッ——その怒りは胸の奥で燃やして、捜査は粛々と進めるぞ。カニ、類似事件は」

カニ・栄刑事が持っていたノートパソコンの画面を見ながら答えた。

「一件ありました」

子どもを誘拐したと脅して母親をレイプした事件が、半月前に阿佐谷署管内で発生。睡眠薬は使われておらず、子どもは母親の留守中に別居中の夫（父親）が連れ去っていた。

実父による連れ去り現場を見た犯人がその場で思いついた事件、と推定された。

ただちに隣人や親類縁者、知人を捜査したが、被疑者特定に至っていない。なお、この被害者のスマホも犯人に漂白剤に漬けられ、解析不能である。また、犯人からベビーパウダーの匂いがして、湿疹、かぶれ、アセモの類と思われる発疹があった。

成人男性とベビーパウダーという謎が解けた気がして、柴は頭がすっきりした。

「深大寺南町のベビーパウダー野郎と同一人物と見て間違いないようだ。カニ、阿佐谷もシングルマザー狙いか」

「離婚を前提に別居中ですが、実態はシングルマザーでしょうね」

「では、何故、シングルマザーと特定できた。ネタ元は役所の資料か」

「阿佐谷署はその線で動いているようです」

「しかし、杉並区と調布市じゃ、距離は近いけど、役所の管轄は違うだろう」

警察、検察、裁判所、福祉関係など公的機関は二十三区と多摩地区では管轄が違う。武蔵野市や三鷹市は区部と同じ扱いの場合もあるが、調布市や狛江市はまったくない。

途方に暮れた顔のカニ・栄刑事に代わって、委員長・氷室が模範解答をした。

「課長、その辺り、改めて阿佐谷署に確認し、こちらでも精査します」

「了解。カニ、どうした。まだ何かあるのか」

栄刑事は頷き、ノートパソコンの画面を見ながら告げた。

「阿佐谷の事件現場でも犯人は深大寺南町と同様、靴下の上にカバーを使用、またレイプの際、コンドームを着用。さらに、立ち去る前に掃除をしています。その掃除機の扱いが実に手が込んでおりまして」

もったいぶった栄刑事の言いっぷりを宇崎係長が茶化した。

「なんだ、カニ、ベビーパウダー野郎が掃除機まで持参したのか」

「いいえ、被害者宅の掃除機ですが、集塵パックを持ち去っています」

聞き慣れない言葉に柴が反応した。

「シュウジン、パック?」

「旧式の掃除機に内蔵されているゴミ袋ですね。阿佐谷の被害者宅では実家で使わなくなった古い掃除機を使用していました」

「ゴミ袋まで持ち去るとはご念がいってら」

毛髪や皮膚片など微物《びぶつ》証拠の宝庫だけに森口鑑識係長が感心顔で呟いた。

柴も苦笑しながら、ミーティングの総括に入る。

「では、まとめるぞ。宇崎係長、このヤマに何人投入できる」

「強盗と放火で手一杯ですね。組織犯罪係に協力要請します。私も入れます」

「オレも入るよ。じゃ宇崎係長は阿佐谷署を訪問し、情報収集、頼む。オレは現場に戻り、目撃者を洗い直す。氷室部長と栄刑事はパンケーキ会議の招集を」

「課長、私とカニも現場に戻ります。パンケーキの会は、夜、集合となりました」

署長案件を先に片付けるべく、柴は慈愛堂大学狛江病院へ向かった。

病院まで表通りなら自転車で十五分だが、野川という川沿いのサイクリングロードだと五、六分で着く。氷室部長刑事が乗って帰った柴家の買物用自転車に乗り、秋日和の日差しを受けて、川岸を走るのは爽快だ。

自転車通勤に切り替えようかな、と柴は本気で検討を始める。

本来、警察官の通勤は公共交通機関利用が原則。最寄り駅まで自転車やマイカーを自分で運転することも許されず、家族にハンドルを委ねるなど事故防止が徹底されている。

つまり専業主婦である妻に夫・警察官を送らせろという発想で、女性労働力の比率が高まった現状にそぐわない悪弊と評判がすこぶる悪い。

調布狛江署では健康志向の高まりを受けて、飲酒習慣がない署員・職員で自宅から署まで自転車片道一時間以内の者に限り、希望者の自転車通勤を実験的に認めた。

目下、約一割の二十数名が利用中だ。この自転車通勤は多摩地区の所轄署で評判を呼び、小笹副署長は交通費の削減に大喜び、「アイデア署長と呼ばれていますよ」とおだてられて目立ちたがり屋のコーブン署長もご満悦だ。

自転車で移動中、訪問相手の慈愛堂大学狛江病院・柏総務次長からメールが届き、面談場所を院内の応接室から外の駐輪場に変更した。

柴は自転車を停めて、周囲を見廻す。柏総務次長が裏手の緊急搬送口から小走りに来た。

「どうも、柴さん、すみません。本部から大勢みえて、院内はピリピリしておりましてね」

「本部と言いますと、大学ですか、それとも虎ノ門の本院」

「警視庁本部です。捜査一課の管理官が指揮しています。初動捜査班のようですね」

「初動捜査班、ですか？　妙ですね。前警察庁長官が急死したとはいえ、捜査一課、しかも初動捜査班投入とは……柏さん、何かありましたね」

　アポを取った三十分前、柏総務次長は常と変わらぬ暢気な口調だったが、いまは少々緊張気味だ。柴は異変を察知した。案の定、柏は周囲を見廻してから、囁くように告げた。

「病理検査の第一報が届いた途端、院長や内科部長などお偉方の顔色が変わりまして……内容はまだ不明。柴さんには正確にお伝えしたいところですが、私が知り得たとしても、保秘《ほひ》として口止めされますね、確実に」

　保秘は部外秘の警察用語だが、厳重度が極めて高い案件に用いる。

「柏さん、ご無理はなさらないでください。他殺の場合、帳場（捜査本部）は調布狛江署に置くので、その準備に知りたいだけです。本部と競う気は毛頭ありません」

「了解。では、帳場の準備をすべきか否か、それのみ、お報せします」

「恐れ入ります。これ、ウチの署長《おやじ》から」

　梶山署長の生家は房総半島の水産加工会社で、酒飲み垂涎《すいぜん》の酒肴の宝庫だ。

「お、アワビの瓶詰ですか。ありがたい。今夜さっそく」

　緊張気味だった柏が酒好きのしまらない顔になった。これで情報ルートは確保した。

柏総務次長が慌ただしく去った後……。

柴は初動捜査班投入の件を署長にメールで報告した。

柴が捜査一課にいた頃、初動捜査班は防犯カメラの画像捜査を担当する少人数の補助的な部署だったが、現在は捜査一課の主軸のひとつである。三十名以上の専門知識を持った刑事たちが防犯カメラやドライブレコーダーなどの資料収集、解析に努め、犯人逮捕までは従来の主軸・殺人捜査班より先行して捜査を主導する場合もあった。

その初動捜査班を投入した以上、前警察庁長官の死は事件性が極めて高いのである。

人一倍饒舌な署長の返信が「了解」と短かった。彼も事態の深刻さを察知している。

とはいえ、上からの指示がない限り、所轄の課長には打つ手がない。

柴はレイプ未遂監禁事件の聞き込みを続けた後、署には戻らず、自転車で直帰した。


直帰といっても、この半月、平日は柴の妻・かすみが入院中の日本赤心舎病院に寄る。

場所はＪＲ武蔵境駅の近く。聞き込みをした深大寺周辺からは自転車で十五分だ。

かすみは日本赤心舎病院付属の短大を卒業して正看護師となったが、勤務を調整しつつ、大学や大学院に通学。卒業後、母校で看護学の教鞭をとっていた。

ところが、新型コロナウイルス騒動で、教え子たちが疲労困憊している姿を看過できず、大学を休職し、医療の現場に復帰した。「浦島太郎で戦力になっていない」と苦笑しながらも応援を続けて四年目の晩秋、昨年の今頃、新型コロナウイルスに罹患した。

コロナとは別に腎臓の異常も見つかり、ふた月余りの検査と入院治療、退院後の自宅療養を経て、この春から大学に復帰したが、九月から体調不良を訴え、「後遺症」と認定されて、半月前に入院。新たに腎臓の腫瘍が見つかり、そちらの検査で長引いている。

腎臓は深刻な病状の可能性もある。

いつものように柴がナースステーションに声をかけると、コロナ以来厳守のロビーでの面会ではなく、直に病室へ行って構わないと言われた。昼夜の引き継ぎミーティングの最中なので、事情は聞かず廊下を進み、妻の病室を覗く。

「ただいま」

「あら、早いのね」

ふたり部屋の同室患者は退院したらしく隣のベッドの寝具が片付けられている。

「昼間、退院したのよ。カズさんによろしくって。ご両親も感謝していた」

妻と同じコロナ後遺症に苦しむ女子大生だった。就職が決まらず深刻に悩んでいたので、知人の会社を紹介したら、最終面接まで進んだ、と喜んでいた。

「決まったら、改めてお礼しますって」

「礼は無用と言ってくれ。にしても、今夜は個室だね。ロビーより落ち着ける」

「そうね。私もベッドから動かないで、楽」

ふた月ぶりの夫婦水入らずの時間だが、柴とかすみは言葉が続かず、まったりしていた。

「お、感心、感心、パパ、皆勤賞じゃないの」

騒々しく一人娘の円《まどか》が帰宅姿で顔を出す。円は二十三歳、荻窪の児童相談所で今春から働き始めたルーキーである。

「まだ六時か。今夜はひさしぶりに、パパの手料理、円嬢にご馳走しましょうかね」

「いいですね。パパが作ってくれるなら、外れのないシチューがいいな。じゃ、珍しく個室気分で過ごせるから、今夜は面会時間ギリギリまでママの相手をするね」

母娘は愉快そうに笑う。が、妻の腫瘍の心配があり、十年前も家庭の危機があった。なんともいえない感慨があり、少し大げさだが、柴の鼻にツンと来た。

「じゃ、お先に」

「パパ、洗濯するなら、柔軟剤忘れないでよ」

広い駐輪場の外灯からは遠い場所に停めたので、柴は自転車の解錠に手間取った。

その手許をペンライトの光が照らす。

怪訝に顔を向けると上等なスーツを着た女がライトを自分に向けた。警察学校同期の出世頭で警視庁刑事部総務企画課長（警視正）の神西薫子《かみにしかおるこ》だ。

「郊外の警察はチャリで聞き込みするの？」

都心の本部勤務組らしい厭味なからかいは無視して、柴は穏やかに切り返す。

「今日はたまたまさ。ここはカミさんが入院中」

「……お悪いの？」

「いまさらながらの新型コロナ後遺症。ま、他にあれやこれやの検査で」

「……何も知らなくて、ごめんなさい」

カオルコ、カズアキラと普通より一字多い、偉そうである。警察学校時代にからかわれてそれが縁でふたりは親しくなった。

もっとも、神西家はカオルコという名がふさわしい九州の旧家だそうで、祖父（一蔵）と父（彬）から一字ずつもらって、両者の不仲の解消を母が図った柴の家とは事情が異なる。

名家の令嬢ながら、薫子が生まれ育った北九州・小倉は無駄を省く喋り方らしくて、数年ぶりの再会も今夜のように挨拶抜きに始まる。そのテンポは柴も嫌いではない。

「ずっと追尾《ついび》していたな。慈愛堂大学狛江病院から。何故だ」

「所轄の課長が警察ＯＢの病院職員と密談していれば、気にもなるわよ」

「あらぬ疑いは解けたか」

「柴くんはチャリで別件の聞き込みを始めたし、おたくのチャンバラ署長は前警察庁長官の死因を懸命に探っている。仮に事件性があったら、弔い合戦でもする気かしら」

「ウチに帳場を置くかどうか、気にしているだけさ。準備もあるからね」

「では、準備して。他殺よ」

予想はしていたが、ずしりと重い言葉だ。前警察庁長官が殺されたのである。

「詳細はまだ保秘。明日の通達を待って」

「簡単に言うなよ、大事件じゃないか」

立ち尽くす柴の手に薫子はスマホを渡した。薄くて軽量な最新型だ。

「柴くんと私の専用。これは刑事部長からの密命と理解して」

「直に会ったこともないのに、警視庁本部・刑事部長の密命って、なんだい？」

「私が柴くんを知っている。最も信頼できる同僚、と推薦した。断らないで」

「断る。上層部の派閥争いなんぞに巻き込まれたくない」

「派閥争いじゃない。警察全体の共通課題。その線からの密命。信じて」

闇の中で表情はうかがえないが、薫子の低く切実な声に押し黙った。

「……これは当面の活動費。使用項目のみ報告して。領収書は不要」

薫子は茶封筒を寄越した。厚みがある。百万円ほどの札束だろう。

「明日、調布狛江署に特別捜査本部が設置される。捜査一課長は最強の精鋭、ふたつの殺人捜査班を投入するはず。その捜査の要点を毎日報せてくれればいい。何故、こんな頼み方をするかは数日以内に柴くんにも察してもらえるはず——私を信じて」

即答しかねる要請だが、「私を信じて」と言われれば、引き受けざるを得ない。柴は返事の代わりに渡されたふたつをウインドブレーカーの左右のポケットに入れた。

「捜査方針に異論があっても、春先みたいに、赤バッジと揉《も》めないでね」

赤バッジとは「S1S　mpd」と金文字入りの赤いバッジで、警視庁捜査一課の捜査員のみが胸元に着用を許されている。いわば、刑事として最高峰の名誉と誇りの象徴だ。十年前まで柴も赤バッジ組だったが、調布狛江署に異動したばかりの三月、強盗殺人事件の特別捜査本部が設置された際、地元の実情を度外視して強引な捜査を進めた捜査一課の係長と柴はひと悶着《もんちゃく》起こしていた。薫子はその点を指摘したのである。

「情報収集に徹するよ。連絡は定時がいいかい」

「二十四時間いつでも」

柴が自転車にまたがると、薫子は踵を返して、駐車場の方に立ち去った。いつものように一度も振り向かなかった。

第一章　十月十一日

（1）

十月十一日。午前八時ジャストにノックして、柴は署長室のドアを開けた。

弔い合戦とはしゃいで鼻歌でも歌っている、と思ったが、梶山コーブン署長は小笠副署長と顔を突き合わせて、密談中だ。両者、極めて厳粛な面持ちである。

「おはようございます」と柴。

「聞いたか」と署長。

副署長はタブレット端末をスクロールしているので、柴は挨拶を省略して話を進めた。

「警務課長が若竹（単身）寮の掃除を手配しておりまして、何の騒ぎか、と尋ねましたら、本署に特別捜査本部設置、と。つまり、千々岩前長官は他殺ですね」

「毒殺だ」と署長。

毒殺とは意外で、柴が言葉を失うのも構わず、署長は事務的に尋ねた。

「副署長、サリンだっけ」

「VXガスです」

「VXって、テロですか」

柴の質問の声が上ずった。昨夜の神西薫子の謎めいた態度の理由が理解できた。

「詳細な情報は上がっていない。VXガスの基礎知識を共有したいので、柴課長、まずはググりなさい。話はそれからです」

副署長に命じられて、柴はスマホで検索する。

VXガスと言えば、柴が警察官になる直前に日本全土を震撼させた宗教団体がサリンと共に自力で製造した強力な毒物として印象深い。ネットの情報は北朝鮮指導者の異腹兄暗殺に用いられたニュースで占められていたので、本部少年課時代にシンナー問題で知恵を借りた専門家のサイトを開いた。

そこには、VXは無臭で自動車のオイルに似た琥珀色の液体で、曝露、つまり毒物を浴びた場合の症状はサリンに似ているが、サリンに比べて特徴が表れにくく、発見が遅れることが多い、とある。

（前長官の死因が病理検査の後に判明したのはこのためだな）

と柴は納得し、「目の前が暗くなる」などサリンに似た症状についての記事を読んでいると副署長が覗き込んだ。署長も話を始めたい顔だ。柴はふたりを順に見て、尋ねた。

「誰でも入手可能な毒物、というわけではありませんね」

署長は筆で戒名（捜査本部の名称）を書き始め、副署長が代わりに答える。

「そうだね。かつての宗教団体のように、ＶＸガスを製造可能と推定される組織や団体は公安畑が調査に入った」

副署長はいったん署長の様子を窺ったが、筆書きに夢中なので、話を続ける。

「我々刑事畑は顕在化していないグループの洗い出し、これは個人も含めるが、被害者との関連からあぶりだす。それからトチカン（土地鑑）、シキカン（敷鑑）、特に前長官の人間関係を重点に、殺害現場となった病院関係者を徹底して調べる」

「副署長、昨日の段階で初動捜査班が投入されていますね？」

柴が確認すると副署長は渋い顔で頷き、怒りを抑えるように答えた。

「あの病院、全館建て替え予定で、敷地内に新しい建物が建設中だそうだ」

「はい。古い病院で、ずっと工事中ですね」と柴。

「現在の病院の警備体制は疎かというと語弊があるが、監視カメラの故障や不備も後回しになっていたようで、要するに、初動捜査班の機動力が発揮できないのだよ」

副署長は故障や不備が生理的に許せないタイプなので、柴は冷静に確認する。

「すると、初動捜査班お得意のカメラリレーが機能せず、つまり犯人の前足（侵入経路）、後足（逃走経路）がまだ掌握できていないわけですか？」

署長がようやく書き終えて、ふたりの会話に口を挿む。

「そういうことだ。だが、病院が悪いとも言えない。犯人は電気や機械に精通しており、病院の人の流れも承知して行動しているフシがある。おそらく、通院患者を装って病院には前日入り、潜伏。夜明けの犯行後もすぐ逃げず、診察時間の開始を待ったのだろう」

「じゃ、十月九日から十日に病院に出入りした全員の身元を解析、掌握しないと不審人物も特定できないというわけですか」

柴の推論に署長と副署長は深く頷く。

つまり、今回は事件解決に相当な時間がかかるという覚悟が必要らしい。

「副署長、話をＶＸガスに戻しますが。確か、北朝鮮ＶＩＰのケースでは空港で液体を振りかけられた、とか」

「曝露、服毒など摂取方法は不明。発見時、前長官の着衣が濡れていなかったのは確かだ――病理解剖を司法解剖に切り替えて、今夜、執刀予定です」と副署長。

「副署長、すると、本部捜査一課は何時頃こちらへ到着しますか」

「初動捜査班はこちらには来ず、警視庁本部で解析作業を続けます。殺人捜査班は事件の特殊性に鑑《かんが》み、二個小隊の投入。間もなく到着します」

小隊というのは戦記好きな副署長の比喩で、殺人捜査のエキスパートである警視庁捜査一課強行犯捜査係、別名・殺人捜査班の精鋭部隊を通常は一班十名前後を捜査本部に送り込むが、今回は二個班二十名余を投入するという意味だ。

「指揮は捜査一課の西東大悟《さいとうだいご》管理官（警視）。二個小隊の係長二名はそれぞれ柿沼博久《かきぬまひろひさ》警部と江《え》波京平《なみきょうへい》警部。各捜査員名はいまメールで送ります」

ｐフォン（警察専用携帯）に目を落としながら、柴は署長の顔を盗み見る。

捜査一課の指揮を執る西東管理官は次の捜査一課長の呼び声高い実力者だが、コーブン署長の一期下で、両者は人前で殴り合ったこともある犬猿の仲だ。

特別捜査本部では、本部長には警視庁刑事部長、副本部長に捜査一課長と所轄署長が名を連ねるが、実質的な指揮は本部の管理官が仕切る。おそらく、西東管理官は梶山署長に一切の口出し、介入を許さないはずだ。梶山署長も承知で、せめて戒名だけでもと先手を打って書いたのだろう。チマチマといじましいのもチャンバラ署長・梶山コーブンである。

「カズアキ」

「カズアキラです」

「おぬしも泊まるか？」

脈絡のないことを唐突に切り出すのが、署長の癖で、言葉足らずを補うのが副署長だ。

「柴課長ね、改修工事を控えて住人のいない若竹寮が特捜本部の宿舎になったから、署長は泊まり込むそうでね。自宅の遠い私にも泊り込め、とおっしゃるのだよ。で、きみも」

「私はちょっと……家内が入院中ですし」

「そうだよな。だから、無理だって、オレは言ったのに、副署長が張り切っちゃってさ」

副署長が小刻みに否定の首を振る。柴は万事承知と黙礼し、退室のために踵を返す。

「ところで、署長、捜査回避の件はいかがいたしましょうか」

去り際、副署長が署長に確認する声が聞こえた。

「捜査回避」とは、親族や知人などが事件関係者の場合、当該の捜査員が捜査から外れることをいう。署長が被害者である前長官と懇意だった件を副署長が気にしているらしいが、大はしゃぎのチャンバラ署長は聞く耳をもつまい、と苦笑して、柴は退室した。

「本部捜査一課、お見えです」

廊下に出ると、下のフロアから、時代劇のお触れのように仰々しい声が上がって来た。

柴は警視庁本部ご一行さまへ挨拶する前にトイレを済ませることにした。

この階には署長室と副署長室の他に中と小の会議室があるが、署員は遠慮して近寄らず、署長と副署長の専用トイレになっている。普段は柴も使わないが、階下のトイレが混雑していると踏んで、ドアを開けた。前夜、薫子が話題にした赤バッジをつけた先客がふたりいた。

「よォ」

「代理、お世話になります」

「よォ」は警察学校同期の江波京平警部だ。捜査一課の強行犯捜査係から二個班派遣された一方の係長だ。「代理」と呼んだ眉と目が近く険しく見える顔は昔の部下だ。十年前の警部昇任時に、柴が管理職見習いとして青山署の刑事課長代理を務めた頃の部下——坂根雄太《さかねゆうた》部長刑事だ。学生時代はボクシングの選手だったと記憶する。

「坂根かあ、十年ぶりだな、元気だったか」

「お久しぶりです。なんとかやっております」

「こら、柴、ウソでも上司のオレへの挨拶が先だろうが」

「あのな、江波、ここは署長と副署長専用トイレだ。ふだんはオレも立ち入らんぞ」

「下が満員だったから、上に押し上げられた次第だ」

「早く済ませて、ここを出るぞ」

「急かすな。にしても、ＶＸガスによる、前警察庁長官にして次期政府高官の殺人なんて、空前絶後の大事件を担当することになったな、お互い」

「こちらはお手伝いに徹する。よろしく頼む」

江波は頷いた後、深刻そうな顔で尋ねた。

「そちらのチャンバラ署長だが、西東管理官が警戒されている。オレが指名されたのも同期のお前と連携して対応せよ、という含みだ。一口で言えば、署長はどんな人だ」

「チャンバラ署長は世をあざむく仮の姿というか、実は子どもの頃からの歌舞伎ファンで大学教授や演劇評論家とも親しいインテリだ。漁師のおっさんのような言動だから粗野で野蛮に見えるが、頭脳は明晰、独特の勘やひらめきがある。要するに、歌舞伎の様式、スタイルだ。派手でケレン味たっぷりながら義理と人情に厚く、残酷な味も時々見せる……まあ、余り難しく考えず、原理原則を重んじ、署長の顔を立てて筋を通せば問題はないが、へたにこじれさせると、収拾がつかなくなるぞ」

「ふーむ。手強そうだ」

「所轄の課長として、最優先で協力するよ」

望む答えを言ったつもりだが、江波は疑わしそうに見た。薫子の密命を隠す意味もあり、柴は愛想よく言葉を継ぎ足した。

「本部の管理官と署長が衝突したら、お目付け役の副署長とオレの出世に響くからさ」

江波は疑いを残した顔で頷いたが、隣の坂根部長刑事に質した。

「オレの知る柴一彬は出世に無頓着。温厚で冷静に見えて、仲間思いの熱血漢。自分の署長よりも本部の意向を最優先するなんてセリフは口にする奴じゃない。この柔軟な変化は歓迎したいが、どうにも気になる。お前の上司だった頃はどうだった」

坂根部長刑事は如才なく間をおいて、微笑交じりに答えた。

「お言葉の通りだと思いますよ。以前の同僚の話では、柴警部は十年近くも少年犯罪一筋。その分野のエキスパートと警視庁本部で呼ばれるほどご活躍だったのに、調布狛江署に強引に呼ばれて、畑違いの刑事組織犯罪対策課の課長に据えられたそうです。つまり、こちらの署長サンには含むところがあるのでは」

署長サンと揶揄するようなアクセントをつけて、坂根部長刑事はドヤ顔で見た。彼らしい浅はかな解釈だが、柴はとくに訂正しない。

「なるほど、柴は署長が嫌いなのか。そういうことなら、納得した」

江波はようやく笑って、握手の手を差し出した。

「まずは手を洗え」

柴が言うと、坂根刑事が噴き出して、場の雰囲気が一気に和んだ。

その後、三人で特別捜査本部のひな壇を設置した二階の大会議室に向かった。

特捜本部を仕切る司令塔役はデスク主任と呼ばれて、柿沼警部班の羽佐間警部補が担当。

その羽佐間デスク主任によれば……。

発会式は署内各部署や近隣所轄署からの応援部隊が揃う午後四時を予定。

警視庁本部の刑事部長、捜査一課長が臨席し、所轄の梶山署長の挨拶もある。なお、事前の会議や打ち合わせはない。

また、捜査員が一堂に勢揃いする捜査会議は原則、実施せず、各担当の責任捜査員がひな壇の管理官やデスク主任に報告する。重要事項は各担当にデスク主任から伝達し「情報共有」するが、個々の捜査員は捜査の全体像を知らされずに動くシステムを採用する、という。

十年は一昔というが、柴が警視庁捜査一課に在籍した頃とは様変わりしている。


柴が刑事組織犯罪対策課のフロアに戻ると、特捜本部入りする課員が机周りの書類や資料を片付けて、データを整理し、関係者に挨拶の電話やメールを送っていた。

特別捜査本部を開設したので、前警察庁長官殺しが解決するまで、各自担当の事件は中断、凍結となるからだ。通常、特捜本部設置時には多少の不満が出るが、前警察庁長官という警察の「御大将」を殺された衝撃と犯人への怒りや憎悪がフロアにみなぎっていて、誰もが黙々と作業している。

否、例外がふたり――氷室玲奈部長刑事と栄都刑事が柴の席で待ち構えていた。

「課長、いまの事件から離れるなんて納得できません」

氷室部長刑事が怒りを抑えながら告げたので、さもありなんと柴は同調して答えた。

「特捜本部とはこれから交渉する。カニ、状況は」

「進展しています。でも、課長、中断すれば解決が遠ざかりますよッ」

「時系列で話してくれ。昨日の終業時は進展がなかったね。パンケーキ会議で何か」

興奮気味の栄刑事を抑えて、氷室部長刑事が説明した。

「はい。まず、いま宇崎係長が訪問中の阿佐谷署の事件以外に一件。武蔵府中署管内で十日前、おととい夜の深大寺南町事件の八日前ですが、シングルマザーへのレイプ事件が発生しました。が、被害女性はショック状態で入院しておりまして、聴取が進んでおりません。被害女性は明言しておりませんが、この犯人も子どもを利用したようです」

「氷室部長、具体的に頼む」

「子ども、保育園に通う満六歳の女児が、監禁されたことを匂わせています。マスクと帽子のおじさん、押し入れ、病院の匂いのするビニール袋などと呟き、これは深大寺南町事件と合致します。ですが、被害女性は女児の想像、妄想だろうと否定しています」

「ちょっと整理しよう。同一人物の犯行とする物的証拠はあるの」

「あります。その前に類似点がさらにひとつ、この武蔵府中案件でも阿佐谷と同じく犯人は立ち去る前に掃除機を使い、毛髪など自分の痕跡を丹念に回収しております。それで、物的証拠ですが、これは靴です。海外ブランドのスニーカーで、深大寺南町を含む三つの現場で同じサイズの同種の靴跡が見つかっています。その靴底に小さく特徴的な線状の傷があります。各現場で各署の鑑識さんが採取しています」

「掃除機を使う犯人も気づかない、靴底の小さな傷か……鑑識さん、おそるべしだね」

柴の呟きに氷室部長も鑑識の能力の高さに敬意を示すように頷き、報告を続ける。

「課長、二点、言い忘れておりました。まず、被害者のスマホを漂白剤につける手口も同じです。次に、幼女は、おじさんは赤ちゃんの匂いがしたと。おそらくベビーパウダーのことだろうと考え、武蔵府中署に電話し、確認してもらいました。幼女はベビーパウダーの匂いと裏づけてくれましたが、入院中の被害者は憶えていない、の一点張りで……」

「被害女性が落ち着くまで待つしかないが、大きな進展ありだね。ご苦労さん」

柴のねぎらいの言葉にふたりの部下は報われたように微笑し、栄刑事がノートパソコンの画面を見せた。そこには事件の発生場所と日時が記されている。

＊第一事件（杉並区内・阿佐ケ谷駅徒歩十分）
＊その六日後・第二事件（府中市内・分倍河原《ぶばいがわら》駅徒歩七〜八分）
＊その八日後（第一事件から十四日後）・第三事件（調布市内・三鷹駅と調布駅の中間点）

柴は画面と壁のカレンダーと見比べた。第一の事件は先月九月の下旬、犯人が犯行のサイクルを変えない限り、厭な連想だが、十月中にもう数件起こり得る勘定だ。

「そうはさせんぞ、ベビーパウダーッ」と柴の口から怒りが噴き出た。

その決意表明に、氷室部長が深く頷き、自分のタブレット画面をスクロールした。

深大寺南町の被害者・横寺恵の同意書だ。親告罪ではなくなったが、性犯罪では次の犠牲者を生まないためであっても被害情報の公表は被害者自身の意向を尊重している。

現状、深大寺南町事件の犯行手口など詳細は保秘扱いで、外部には発表していない。

「横寺さん、公表に応じてくれたんだね」

「はい。昨夜、パンケーキ会議の仲間と横寺恵さんを訪ねて、子どもを誘拐監禁、という手口だけでも公表すれば、犯人は二度と使えず、新たな被害を防げるとお願いしました。入院中の分倍河原の被害者も落ち着けば事情を話してくれるはずです、と武蔵府中署の担当者も口添えしてくれまして」

「そうか、よくやった。で、発表はいつ」

「一任されましたので、課長の許可が出れば、すぐにも」

「じゃ、発表は署長にお願いしよう。オレが交渉するから、署長の都合を聞いてくれ」

「はい。それと、私と栄刑事の特別捜査本部入り辞退も署長にお願いしたいのですが」

「分かった。あ、そっちは署長に頼むよりいい手がある。先に当たろう」

柴は廊下に出て、江波警部と小声で電話交渉した。西東管理官と犬猿の仲の署長のルートよりも腹心の江波ルートの方が西東管理官も承諾し易い、と踏んだ。

案の定、数分待たされただけで、氷室、栄、両刑事の特捜本部入りは免れた。

但し、江波警部からも交換条件が出された。ある人物と会うための道案内である。

(2)

「柴さんさあ、久しぶりだから、喜んでドア開けたら、変なの連れて来たね」

浅間勝利《あさまかつとし》は柴の後ろの江波警部と坂根部長刑事を睨んだ。

柴は浅間の機嫌を損ねないようにやんわりたしなめた。

「浅間さん、変なのじゃありませんよ。こちら警視庁捜査一課の江波警部です」

「江波です。さっそくですが」

「さっそく、じゃないよッ。あんた、何の事件の担当だ」

江波が「何だ、こいつ」という目で見たので、柴が穏やかにとりなした。

「玄関先じゃなんだから、浅間さん、入れてよ。用が済んだら、すぐ引き上げるからさ」

浅間はもう一睨みをくれてから、背を向けて、室内に戻った。

「江波、お前が案内しろと言ったんだ。穏やかに頼むぞ、穏やかに」

柴が江波に囁いていると、浅間は数台のパソコンの電源を落とし始めた。

坂根部長刑事は奥に進み、抜け目なく書籍やファイルの背表紙を観察している。

浅間家は父親の代から、青少年の保護と育成に携わる地元の有力者だが、当代の勝利は「警察キャリアの横暴を許さない会」を立ち上げ、専門サイトやYouTubeを主宰。家業の不動産会社は弟に任せ、副業だった行政書士として外国人の就労や住居の支援にも熱心だ。

「おや、浅間さん、気が早いね、もう冬支度。ずいぶん良い薪ストーブだねぇ」

ようやく残暑が緩んだばかりなのに、事務所には小型で高級な薪ストーブがあった。

浅間は柴には答えず、小箱から名刺を二枚取って、江波と坂根に配った。

「おふたりの名刺もいただきましょうか」

申し出に江波は名刺を差し出したが、坂根は応じず、浅間が睨む。気まずい間ができたので、柴は江波を一瞥し、江波が坂根に目で指示した。

渋々差し出した坂根の名刺を浅間はしげしげと見る。

浅間の機嫌がよくないので、柴は用件に入った。

「浅間さん、突然押しかけて申しわけない」

江波たちに向き直り、柴は浅間を手で示して紹介する。

「こちらの浅間さんには、オレが吉祥寺署少年係時代にお世話になった。お父さんの代から青少年犯罪撲滅運動に協力してくれて、家業が不動産会社だから、保証人がいない青少年や外国人に住まいを世話してくれるなど、物心両面で若者を支えてくれているんだ」

聞き終えて、江波が小さく鼻で笑ったのを浅間は見逃さなかった。

「いま笑ったなッ。おい、答えろ。笑ったかどうか、聞いたんだ」

「……これは失敬しました。柴警部の説明では、ご尊父さまの代から警察活動に理解の深い模範的市民の浅間さんが、最近は警察と敵対するネットワークを主宰されているという矛盾がですね、私にはなんとも理解できず、つい苦笑いが出た次第で」

「警察と敵対はしていない。むしろ、柴さんやそこの交番のお巡りさんみたいに警察官の本分をまっとうされている皆さんには日頃から感謝して、敬意を示している——我々が問題視しているのは、警察キャリアと呼ばれる特権階級とその取り巻きどもだ」

「では、我々、末端の警察官にはご協力願えますな。浅間さん、狛江の大学病院で前警察庁長官が殺されたことは」

「ニュースで知った。柴さんには悪いが、思わず万歳してしまったよ」

浅間は柴にウインクして見せたが、坂根は反発を隠さず、江波は冷静に質問を続けた。

「浅間さんは、事件前日、前長官・千々岩隆氏が慈愛堂大学狛江病院に入院したことを主宰するサイトで公表しましたね」

その件は初耳だったので、柴はふたりのやりとりに注目した。

「伝えたよ。ＯＢ、現役に関わらず、警察キャリアの動向を報せるサイトだからね」

「その情報が、殺人に繫がったとは思いませんか」

「思わないね。千々岩隆は〈暗躍警察〉の権化だ。ウチ以外にも入院を報せたサイトはある」

「あなたのサイトについて、お聞きしています。情報源は」

「言えない」

江波が苦笑して、柴を見た。浅間に任意同行を求めたい気配がうかがえる。

警視庁本部捜査員は優秀だが、所轄署と住民の信頼関係を時に壊してしまう。柴が三月に赤バッジとものめたのも強引な捜査を容認できなかったからだ。それもあって、江波は柴に仁義を切って、許可を求めたのだろう。が、浅間は同行要請におとなしく応じるタマではないので、柴は江波の視線を無視した。

「情報源は断じて言えないなあ。しかし、我々は警察キャリアそのものがいかんとは言っていない。行政上はあの種の官僚も必要だろう。問題は、彼らが罪を犯しても咎められない特権階級である点。そうした矛盾を告発しているだけだ。その趣旨に賛同する市民は多数いるんだな。市役所にも、病院にも、おたくら警察関係にも、ね」

思わせぶりな発言の後に沈黙が続いたので、柴が口を開いた。

「浅間さん、暗躍警察って言葉、初めて聞くが、あなたの造語かい」

「違う。意味は分かるだろう。この十年余り、政治家やそのお友達や官僚を救うために警察キャリアが暗躍しているのは、国民の大半が知っている。その中心が千々岩隆だ」

「なるほど。その千々岩隆氏の入院をネットで知らせた、浅間さん以外の連中とは」

「いくつもあるが、出どころは〈お前が友を庇うなら〉だろうな」

短気な浅間が会話を切り上げないように、柴は話を引き延ばす。

「お前が友を庇うなら、というのも反警察を標榜するサイトかい」

「ウチもそうだが、反警察というわけじゃないよ。〈お前が友を庇うなら、我らも力合わせこれに抗《あらが》わん〉というレジスタンスサイト。言わずと知れた友達思いの元首相が標的。ウチとは千々岩一派の暗躍警察がらみの案件に限って共闘するが、基本、あちらは元首相関連の不正の告発、追及がメインだ。ちなみに、暗躍警察という造語の作者・円谷泰弘《つぶらやすひろ》が主宰者で、本部は新百合ヶ丘の辺り、川崎市内だ」

柴は人名の漢字を確認しながら手帳に控えた。

「柴さん、そろそろいいかな。アパートを探す留学生が来る時間だ」

浅間の申し出に意外にも江波が頷いたので、柴たちは引き揚げた。

浅間勝利の事務所は本人がオーナーである不動産会社所有のテナントビル三階にあり、一階は花屋と茶房、二階は古くからある銘酒居酒屋である。

吉祥寺駅から徒歩七、八分。シティホテルの裏手の味自慢の飲食店が並ぶ界隈だ。

素直に引き下がった代わりに江波は柴に新たなリクエストをした。

「浅間の事務所に出入りする人物を把握したい。張り込みは内張りがいいな」

外張りは路上や車両からの監視、内張りは建物などに潜んでの張り込みを指す。

「構わんが、所轄の吉祥寺署に頼むには、ウチの署長の口添えが必要で、面倒だ」

柴は浅間勝利と不仲な不動産屋を思い出して、古いマンションの一室を確保した。

こちらのマンションも二階まで店舗専用だが、四階の住居フロアに空き室があった。

「夜も出入りが分かる。助かったよ、柴、さすが、地元育ちは顔が広いな」

「地元育ちはカミさんだよ。といっても、吉祥寺駅からは徒歩三十分かかるがね」

要望に応えたので、柴は江波に特捜本部の役割分担を尋ねた。薫子密命の始動だ。

シキカン、トチカンは柿沼班の担当。江波班は前長官の公的な人間関係、警察キャリア同士の派閥抗争、現場である病院関係者は初動捜査班と連携して調べている。一方、ＶＸガスという特殊な凶器であることから、江波班は毒物も担当。公安が調査している「過激派」や宗教、政治などの諸団体以外が捜査対象である。

「いうなれば、中小零細、個人事業の〈危険人物〉の洗い出しだな」と江波。

「浅間さんは危険人物とは言えないが、張り込みはどれくらい続けるつもりだ」と柴。

「まずは三日……浅間って思想性はないな。反警察キャリアになったのは私怨か？」

「そうだ。以前は気の良い街の旦那衆で防犯協会の役員もしていたんだが、カラオケ仲間の女子大生、いや、女子大学院生が元警察キャリアにレイプされた。酒のほかに睡眠薬まで盛られたと被害届を出した。受理されたのに、上からの圧力で、つっかえされた……この女子大学院生は行政学専攻、警察関係の研究者で、取材先として元警察キャリアを紹介したのが浅間氏だったので、激怒した。地元の吉祥寺署に顔が利く浅間氏ら旦那衆が抗議し、交渉中にカラクリが分かった。少し前、警察キャリア亭主のＤＶ騒動が北関東で起こり、東北では地検幹部の人身事故があったばかりだ。このふたりは現役の官僚で一切のお咎めなしだ。つまり不問に付されたわけさ」

話しながら柴も厭になる。新聞やネットニュースを丹念に読めば時々目にする醜聞だ。

「で、吉祥寺の案件も同様に処理しろ、と上層部が指示したらしい」と柴。

「上層部ってサッチョー（警察庁）か」

江波が確認したので、柴は告げた。

「浅間氏が突き止めたのは、当時、警察庁刑事局の千々岩隆局長だ」

「おいおい、前警察庁長官その人か、ドンピシャじゃねえか。浅間勝利は殺人被害者とズブズブの因縁あり、かよ」

口出しを控えている坂根部長刑事も驚いたように眉をひそめた。

「そう言われれば、まあ、そうなるな」

「暢気なこと言ってんじゃねえよ、柴。で、警察キャリアOBのレイプ事件はどうなった」

「事件は七年前で、浅間氏は被害女性を支援して告訴、提訴に持ち込んだ。裁判所が和解を勧めて落着したらしいが、粘り強く支援を続けた浅間氏は女性団体や市民活動家に高く評価されて、いまや反警察キャリアの代表格になったわけだ」

「浮かれて調子に乗って、道を踏み外したか」と辛らつな江波に柴は釘を刺しておく。

「しかし、根は気のいいおっさんだからな、テロやVXガスとは結びつかんぞ」

江波は迷いなく頷く。浅間の「思想性のなさ」については柴と同意見らしい。

「惚れていたんですかね、浅間氏、カラオケ仲間の女子大学院生さんに」

沈黙を破って、坂根が下世話に話題を落とした。

「知らん。けど、そういう噂も立って、浅間氏は意地になったきらいはある……ともあれあの通り、思想性はないし、根は単純な正義感。ガキ大将が大人になったような人だよ。前警察庁長官と多少の因縁はあってもさ、殺しに加担するとは思えんぞ、江波」

柴の念押しに江波は同意するように深く頷いた。そして、口を開いた。

「弱い犬ほどよく吠える、系だな……。とはいえ、あの手のお人好しは利用されやすい。坂根部長、応援を呼ぶから、ここで出入りの人物を徹底チェックしろ」

(3)

十月十一日午後七時、柴が入ると、妻の病室の花瓶に秋を彩る清楚な花が飾られていた。

「誰か来た?」

「おたくの署長さん」

「署長《おやじ》……ひとりで」

「ええ。朝からニュースで、警察の一大事、と報じる大事件を抱えた署長さんなのに、例によってコーブンちゃんったら、サービス精神旺盛でたっぷり笑わせてくださった。けど、寂しそうでもあったな……何かあったのね」

「例によって、いろいろとね……」

不仲な後輩が捜査の実権を握り、チャンバラ署長は口出しができない事情を簡潔に話し、とくに自ら筆を取り「前警察庁長官殺害事件特別捜査本部」と記した戒名を「狛江市大学病院毒殺事件特別捜査本部」と勝手に変更されたことに傷ついていることを伝えた。

妻のかすみは時おり腹を抱えて笑いながらも、後輩の警視庁管理官に邪険にされている署長の現状に同情を寄せて、確認した。

「すると、コーブンちゃんは署員総出で大騒ぎの署内で、ひとり蚊帳の外なわけ」

「だね。ま、所轄の署長というものは、本来その程度の扱いを受けるものだけどさ」

「でも、日本中の警察が注目している大事件で、しかも殺されたのはコーブンちゃんの恩人といえる方なわけでしょ。かわいそう……少し心配だな」

「かわいそうは分かるけど、何が心配だい」

「コーブンちゃん。爆発しないかしら」

「……脅すなよ」

「でも、あのコーブンちゃんよ。不当といえる冷遇におとなしく甘んじるかしら」

捜査一課時代から梶山コーブンは上層部の無理解や上司の嫌がらせをはねのけて数々の事件を解決してきた。ひとことでいえば、逆境に強い男である。妻のかすみはそれを知っている。ところが柴も詳細は知らないが、梶山コーブンは管理職不適格の烙印を押されて九年間も不遇の境遇、部下のいない窓際の席で過ごした。

柴の異動で再会した梶山コーブンは、かつて捜一のエース、刑事の鑑、伝説の鬼刑事と呼ばれた面影はなく、ひたすら退官後の再就職を心配する俗物官吏になり果てていた。

しかし、その堕落した変節ぶりを知らない妻のかすみは、帰り際の梶山コーブンの目にはこのままでは終わらないと宣言するような強い意志があった、というのである。

「オレの観察眼か、お前さんの直観力か、さて、どちらが正しいのだろうね……。とはいえ我が署には処理能力抜群の小笹副署長がいる。うまく収めてくれる、と信じたいね」

「あァ、そうね、そういえば、小笹副署長さんがいらしたわね」

妻のかすみは看護学教授の他に大学と病院本部の理事を兼ねているのでマネジメントに関心が高く、柴が時々話す小笹副署長の沈着冷静な辣腕ぶりを高く評価していた。

「うーん、安心できるなあ。うちの大学や病院に欲しいなあ、おたくの副署長」

妻は元気を取り戻した。良い見舞いになったと安堵して、言いにくいことを切り出す。

「でね、誠にもうしわけないが、毎日はここに顔を出せなくなった」

「あァ、そうか、特別捜査本部だものね……また、道場に雑魚寝かしら」

「単身者向けの寮が改修工事前で空いていてね、個室は確保できる」

「今晩これから?」

「明日から。わが娘・円嬢《まどか》に数日分の晩飯を作り置きしてやるつもりさ」

「ありがとう。あ、その円嬢に渡して欲しいものが」

かすみがサイドテーブルの引き出しから一枚の書類を取って、柴に渡した。

「なんだい」

「役所の書類。ゆうべ作業していて、ベッドの下に落としたみたい」

「いかんなあ。個人情報のリストじゃないか、懲罰ものだぞ。厳重に説教を」

「お説教はお手柔らかに……あら?　カズさん、どこ行くの」

「ちょいと、ヤボ用」

柴は娘の忘れた書類とpフォンを手に廊下に出て、「通話可能エリア」に移動した。

《はい、氷室です》

「柴だ。深大寺南町の犯人だけど、三件ともやったとするとさ」

《やりました。ウラ取れました。被害者たち、阿佐谷も武蔵府中も詳しく証言してくれて、共通項が多く、似顔絵も似ています。何よりベビーパウダーの匂いと皮膚の発疹、どうやらホシは深刻なアセモのようですね……。それで、同一犯と確定しました、と署長に報告したところ、ウチに捜査本部を置くと言ってくださいまして》

柴は文字通り、絶句した。

(冗談じゃない)

警視庁管内の所轄署に「捜査本部」を同時に複数設置するケースは珍しくないが、今回は殺された被害者が前警察庁長官、警察のトップだった人物である。事務方も含め、全署一丸で取り組むべき大事件なのである。

(血迷ったか、梶山コーブン……)

妻のかすみの厭な予感が当たった気がして、柴は恐るおそる確認した。

「で、それから、どうなった」

《副署長が、物理的に無理です、とデータを示されて、署長を説得されました》

「良かったあ」

思わず、口にした。副署長が収めてくれて、柴は安堵した。が、愛想も言わず押し黙った相手がシングルマザー連続監禁暴行事件担当の氷室だと思い出した。

「すまん。署内の混乱を防げたのは良かったが、被害者を思えば残念だ」

《はい。悔しいです》

押し殺した氷室の声を聞き、柴は次善の策を提案した。

「じゃ、及ばずながら、三つの署の課長級で実務者協議をしてみるよ」

《ありがとうございます》

氷室部長刑事は嬉しそうに声をあげた。それから、申しわけなさそうにつけ加えた。

《実は署長も大変残念がってくれまして、阿佐谷署と武蔵府中署の署長さんに電話して帳場を置いてくれないか、と交渉してくれました。ですが、両署とも別の帳場があり、無理となりまして……結局、担当者が連絡を取り合う合同捜査の体《てい》で進めて、犯人を逮捕した時点で、その署に帳場を置く、と決まりました」

「そりゃ良かった。ウチの署長《おやじ》もいいところあるじゃないか……」

妻かすみの直観通り、チャンバラ署長は意地悪な後輩管理官に一矢報いるべく、やる気に目覚めたようだ。頼もしい限りだが、やり過ぎないで欲しい、と柴は少し不安でもある。

「ところで、氷室部長、犯人のアセモ野郎、ではアセモの人に悪いな。なんかないか、通称」

《課長が言っておられたベビーパウダー野郎、略してベービーではどうでしょう》

「いいね。そのベービーだが、昨日も指摘したと思うけど、どうやって地域の違う、役所の管轄も異なるシングルマザーを特定できたのだろうね」

《課長のご指摘を受けて、阿佐谷署と意見交換しました。都内全域を統括する東京都の部署や福祉団体の本部から出た資料がネタ元ではないか、と推定されました》
「いい筋だ。数年前、鍵っ子ばかり狙った性犯罪者がいて、都内のあちこちに散発的に出没したんだが、逮捕してみれば、民営学童クラブの本部職員だったよ」
《わあ〜、やり切れませんねえ……すみません。我が家は母子家庭で、母の帰りが遅かったもので、私も放課後は学童で過ごしました》
氷室部長が珍しくプライベートな話題を持ち出したので、柴も付き合うことにする。
「ウチの娘も学童の世話になったよ。利用せざるを得ない弱みに付け込む職員の犯罪が許せなくて、無性に腹が立ったから、憶えていたんだな……それでね、役所や団体の本部関係の線が第一として、他に可能性はないかな。要は児童手当や緊急支援なんかで使うリストがあればシングルマザーを特定し、住所、電話番号もわかるから狙いやすいよね」
《はい。その点も阿佐谷署と共同で調べました。但し、こうしたリストは市区町村単位です。あるいは都内全域か四分割、八分割で——今回のように、近接しながらも役所の管轄が違う三ヶ所をどうして見つけられたのか？　そこでこの捜査が行き詰りました」
「役所の管轄って、どこを調べたの」
《都や市区町村の福祉課、社会福祉協議会、保健所、児童相談所などですね》
「実はウチの娘が荻窪の児童相談所に勤めていてね」
《あら。中野、杉並、武蔵野、三鷹辺りが管轄ですから、阿佐谷事件は該当しますね》

「それがさ、管轄外の狛江や八王子の人の住所、氏名があった。荻窪の児童相談所の書類に……タネを明かせば、転居だ。転出者欄に新しい住所と氏名があったわけ」
娘のミスも捜査のヒントに使う刑事の性《さが》である。公式には使えないが……。
《なるほど、転出者リストですか……それなら、役所や団体の本部資料でなくても》
「そう。まず、本部資料。行き詰まったら、転出入者で他の役所の資料も調べてみて」
《承知しました。課長、貴重な情報、ありがとうございました。合同捜査の役割分担で犯人のネタ元は阿佐谷署の担当になりましたので、情報提供します》
「役割を分担したのか。で、ウチの署、きみとカニの担当は」
《被害者の記憶が比較的鮮明なので、足を運んで丹念に話を聴く予定です》
「了解。じゃ、まず、被害者が遅番シフトだったことを何故、犯人は知り得たか」
《保育園の防犯カメラを職員の方に交代でチェックしていただいて、職員や出入り業者や親御さん以外の人物、氏名不詳者を十名に絞り込みました。ただ、保護者の代わりに叔父、叔母、イトコなどが園児を送迎する場合もあって、確認に手間取っています》
「そうか。後はベビーパウダーだろうね。肌が弱くなるお年寄りならともかく、壮年男性とベビーパウダーは珍しいよ。本当に会ったことないか、被害者たちに再確認してみて」
《はい、現場百遍、基本に立ち返って捜査いたします。では、課長、おやすみなさい》
「はい、おやすみ」

十月十一日、午後七時五十分頃。

張り込み用に確保した部屋の窓を開けて、坂根部長刑事は暗視用単眼鏡を調節しながら、相棒の灰原保《はいばらたもつ》に声をかけた。

「ねえ、灰原さん、さっきの塾講師風がまたウロウロしていますよ」

コタツで休憩中の灰原は昇任に関心のないタイプである。坂根より一回り年齢が上で、警察組織内では巡査長と認定されるが、階級は巡査、いわゆる平刑事である。

「坂根、そいつがビルに入って、浅間氏の事務所に近づいたら、教えろ。写真撮るから」

張り込みの長期化に備え、部屋には石油ストーブが置かれて、灰原刑事が座る青畳には電気コタツもある。とはいえ、夜間も窓を開けての監視である。加えて十畳のワンルームには隙間風が入り込み、寒い。深夜から朝方にかけてはさらに冷え込むに違いない。

坂根部長刑事は下半身を寝袋に突っ込み、パイプ椅子に座っている。暖は十分取れるが、ミノムシ状態で身動きできず、いまも床のメモ用ノートをやっと拾い上げたところだ。

「灰原さん、さっき話した特徴はPCに記録してくれましたよね」

「したよ。ノータイ。ジャケットとチノパンに運動靴みたいなスニーカー。教師風だけど、全体に崩れた感じで、坂根部長刑事の主観を加えれば、塾講師か暇な小役人風。あァー、腹減った。お前も牛丼でいいな」

坂根が振り向くと、経費が入った封筒を手に灰原刑事がコタツから出て、靴を履いている。

「灰原先輩、牛丼は大盛で。夜食は同じ店のカレーの大でOKです」

「サラダは？　とれよ、野菜。デザートはなしだぞ」

「そこを曲げて。焼きプリンと杏仁豆腐、よろしく」

灰原刑事が音を立ててドアを閉めて出て行くと、室内は静まり返った。

自衛隊仕様の暗視用単眼鏡は優秀で、浅間勝利の事務所周辺を夜間も見通せる。

午前中に張り込みを始め、出入りは多数あったが、不審な人物は確認していない。それで、無関係と思われる塾講師風の通行人が気になるのかもしれない。もうひとつ、夕方から煙たい臭いがする。改めて見廻すと、浅間のいるビルの集合煙突から煙が出ている。肌寒い夜ではあるが、ストーブの暖房が必要だろうか。

（あの事務所には大量の書類や資料があり、高級な薪ストーブがあった。もしかして、関係者リストや資料などの証拠隠滅を？………）

その思いつきを江波警部に報告すべきか、坂根は迷った。そこに意識を集中していたので、坂根は背後でドアが静かに開閉したことには気がつかなかった。


柴と娘の円は食卓で話しながら、目と手はそれぞれのノートパソコンに向けている。

「失くすのも悪いけど、そもそも個人情報入りの書類は部外秘、持ち出し厳禁だろ」

娘が妻の病室の床に落として、忘れた書類の話である。

「だって、残業して資料整理したら、ママの面会時間に間に合いそうもなくて」

「言い訳無用」

「すみません。以後、部外秘の資料は持ち出しません」

「上司にいえ」

「……やっぱり報告しないとダメかな」

「社会人のルールを親として説教した。後は、お前の判断に任す」

円は深く頷いた。自室はあるが、柴も円も持ち帰った仕事を食卓で処理しながら入院が長期化しつつある妻かすみの状態を情報共有し、よく話し合うようになった。

「話は変わるけど、パパの事件の関係者がウチ関係の書類にあったら、どうなるかな」

「あったのか」

「まさか。ていうより、今回の被害者名は非公開でしょ。仮の話。捜査でパパがウチの事務所に来たりするかな、一般論として」

「一つひとつを丹念に確認するのが捜査だからね、行くかもな、オレも」

「やめて！　来ないで。パパは来ないで」

娘が立ち上がって身震いした。

「おいおい、お前が言い出した一般論、仮の話だろうが」

そこまで嫌わなくても、と苦笑しながら、柴は十年前の同じ娘の姿を思い出した。

十年前……。

当時、中学一年生の円はインターネットを利用した性犯罪の被害にあった。

言葉巧みに半裸の映像を送らせた後、犯人はその写真を拡散すると脅して、全裸の写真を要求した。円は「インターネットで見知らぬ大人とは交信しない」という柴家の禁止事項を破っていたので、両親には相談できず、悶々とした。男の脅迫はエスカレートし、その日の夜七時に全裸写真を送らないと半裸の写真を実名入りで拡散する、と脅した。

たまたま、夕方、柴の妹・早織《さおり》が雨宿りに立ち寄った。

ひとりで留守番をしていた円の挙動がおかしいので、早織は穏やかに事情を尋ねた。

早織は映像制作会社に勤務しており、当時は学園もののテレビドラマを作っていたので、子どもの扱いに慣れていた。ポツリ、ポツリ語る話の内容からネット性犯罪と察し、円が自撮りした全裸写真はその場で消去させた。

数分後、早織から柴に連絡が入って、柴は直ちに通報した。

所轄の井之頭署生活安全課が動いて、脅迫した男——二十七歳のサラリーマンを逮捕した。「みんながしているから」と初心者を装ったが、男はポルノ画像で数千万円稼いだ常習者。円のような少女と直に会って、不同意わいせつや不同意性交にも及んでいた。そちらの被害者は十人余り、と聞いた。

幸い、円が送付した上半身裸の写真は拡散されておらず、それ以上の実害はなかった。

だが、この種の犯罪は被害者の少女少年の心に深い傷を残し、自らの過ちを責める気持ちから幻聴や幻覚など、いわゆるトラウマの諸症状に長く悩まされることが多い。

円の場合、叔母の早織が最初の相談相手だったので、過度に自らを責めることもなく、現在に至るまで「後遺症」のようなものはないようだ。

むしろ、両親である。柴とかすみに与えたダメージが大きかった。

父の柴は警察官で、母のかすみは医療従事者にして教育者だ。躾を守り、不平不満を言わず、すくすく育っていたはずの娘が性犯罪者の甘言にそそのかされ自らの半裸写真を送った――その事実が信じがたく、夫婦は打ちのめされたのである。

少しでも娘の気持ちを理解したくて、柴が声をかけた時、「パパと話したくない」と円は身震いして拒絶したものだった。

事態の深刻化を未然に防いでくれた妹の早織は動揺する柴に穏やかに語りかけた。

「たぶん、円は疲れていたんじゃないかなあ。両親は仕事大好き人間で、残業が当たり前の共働き家庭。家に帰ってもひとりぼっちで寂しいのに、円はパパやママの期待に応えるお利口さんだから文句も言えなくて……ねえ、兄さんさ、せっかく殺しのデカを卒業したんだから、この際、ネット性犯罪を勉強してみたらどうよ」

柴は梶山弘文係長率いる警視庁捜査一課強行犯捜査係の第三係から青山署刑事課へ異動したばかりだった。梶山の警視昇任と柴の警部昇任が重なり、捜査一課殺人捜査班中随一と評された梶山軍団は解散し、柴は管理職見習いとして所轄の課長代理となったのだ。

早織の批判的忠告を受け入れて、親子三人でカウンセリングに通った。

その過程で、柴が妻・かすみに日常的に話す内容がモラルハラスメントに該当する、と指摘を受けた。教育者なのに我が子の孤独を見抜けなかった、母親失格と言わざるを得ない、などと夫婦喧嘩の際に発した愚痴や批判がモラハラと言われて、柴は大いにくさった。

結婚以来暴力はふるっていないが、そうした会話での攻撃は自覚していなかったので、以後は慎み、改善する、とカウンセラー立ち会いで妻に誓った。

「仕事を理由に育児と教育を妻任せにしたのは事実。我が子を含めて青少年の問題に無関心過ぎたことも否定できない」

という反省から、柴は一日の業務終了後に署内の生活安全課少年係へ通った。

インターネットの性犯罪の実情を学んだのだ。成人ポルノの数倍とも数十倍とも言われる児童ポルノ市場の闇の深さに溜息を吐きつつ、被害少女や少年の家庭環境に関心を持った。

そんな姿を署長ら幹部が見ていたらしく、空きが出た吉祥寺署生活安全課の課長代理へ異動。まったくの初心者が青少年犯罪と取り組んだ。目下、江波軍団の張り込み対象である浅間勝利と知り合ったのはその頃である。

こうして吉祥寺署で三年、新小岩署に二年、池袋西署二年、計七年、現場を学び、警視庁本部に復帰すると、都内の青少年犯罪を統括する基幹ポストに就任した。やがて、柴は少年犯罪の司令塔と呼ばれ始め、新規プロジェクトの準備を任されるまでになった。

そんな折、梶山弘文警視の署長就任半年後に急きょ調布狛江署の課長となったのである。

そもそも、柴に高い理想や強い動機はなく、成り行きで警察官になった。

人権派弁護士として仕事を優先し、母親のいない柴たち三兄妹の育児を放棄した父に反発、父と不仲だった祖父の職業・警察官を選んだにすぎない。「仕事と仲間は裏切るな」という祖父の教えは守ったが、平凡な警察官だった。それが、少年犯罪というライフワークをやっと見つけたのである。

坂根部長刑事が指摘したような人事の不満や署長への個人的恨みはないが、離れてみて、やはりライフワークへの愛着が募った。

（そろそろチャンバラ署長との悪縁を断ち切って、少年犯罪に復帰しなきゃな）

苦笑しながら顔を上げると、娘の円が声を張り上げていた。

「パパ、お客さんだってば」

「こんな時間に誰だ」

怪訝に思いながら玄関に向かうと、江波警部が静かに告げた。

「坂根が殺された」

「……」

「坂根だよ、張り込み中に。未確認だが、同じ毒かもしれん」

「VXガスか。何故……」

言いかけた柴の胸ぐらをいきなり江波が摑み、引き寄せた。

「お前、漏らしてないだろうな」

「放せよ、江波、何の真似だ」

「あの張り込みは特捜本部でも数名しか知らん。まさか、お前が」

「見損なうなッ」

怒鳴ると同時に、柴が思い切り突き飛ばしたので、江波は玄関のドアにしたたかに背中をぶつけて、そのままずるずる腰を落とし、尻餅をついた。

「パパ」

物音に円が駆けつけた。

「外出する。コートとショルダーバッグ、持って来てくれ」

(4)

十月十一日午後十時、吉祥寺の浅間勝利の事務所付近は騒然となっていた。シティホテルの裏から一帯に規制線が張られて、周囲は警察車両で埋め尽くされた。駅近の繁華街なので野次馬が波のように押し寄せている。

張り込み部屋のビルに入りかけた時、向かいのビルから私服刑事に囲まれて浅間勝利が現れた。任意の事情聴取と思ったが、両手には手錠が見えた。

「弁護士にもう一度電話しろ。行先は調布狛江署だ」

浅間は振り向いて背後の知り合いに叫んでいる。

足を止めた柴と前に向き直った浅間の目が合った。

「柴さん、ひどいじゃないか！　このままじゃ済まさんぞ！」

強引に覆面パトカーに押し込まれる浅間を見ながら、柴は江波に確認した。

「手順を踏んだ逮捕だろうな」

「公務執行妨害だ。任意同行に訪れた捜査員の制止を振り切り、事務所の資料を焼却した」

坂根部長刑事はパイプ椅子から床に倒れ込む姿勢のままで死んでいた。

その姿を見た瞬間、柴は不覚にも腰を抜かしたように床に尻餅をついた。柴家の玄関での江波警部と同じ格好になり、左右の捜査員から手を差し伸べられた。

鑑識作業が続いていたので、柴と江波は隣の空き部屋に案内された。

空き部屋には数人の捜査員がいて、小声で話しあう者もいれば、パソコンやスマホを操作する者もいた。鑑識作業が終わるまで、誰も犯行現場には入れない。

「すまん。醜態をさらした」

「坂根とそんなに親しかったのか」

ベテランにあるまじき姿に江波は戸惑ったようで、ショックの原因を故人との親密さに結びつけたようだ。が、親しいとはいえない。坂根部長刑事とは十年前から半年ほど同じ部署にいたが、柴は管理職の見習いであり、共に捜査した事件も少なかった。

ひとことでいえば、坂根は目端の利く若手だった。こわもてデカに育ちそうだったが、粗雑な印象が残り、柴は評価できなかった。だから今回、赤バッジの本部捜査一課員として現れた時、意外だった。よほど強いコネがあったのだろう、と勘ぐったほどだ……。

柴が腰を抜かすほどショックを受けたのは単純な理由だ。朝、言葉を交わした相手の死に顔を見たのは生まれて初めてだったのである。

殺人の現場では他殺体をホトケさんと呼ぶが、感情を持つことはなかった。あくまでも仕事の対象だ。感情を殺して、常に冷静であれ、と求められる職務に慣れ過ぎていたが、この十年の少年犯罪専従で変わったようだ。いうならば、人の痛みに敏感になった。

江波がまだ心配げに見るので、柴は話題を変えるために質問した。

「江波、殺しと判断した根拠はなんだ。何故、すぐＶＸガスと推定できた」

「オレも詳細を聴きたいところだ。灰原刑事、いま話せるか」

江波が部屋奥に身体を向けて尋ねた。柴は気づかなかったが、隅に中年の刑事がぐったり座り込んでいた。今朝、特捜本部で江波に紹介された灰原刑事で、坂根と共に浅間事務所の張り込みをしていたベテランである。

「柴警部、すみません。私がついていながら、坂根を……」

「あんたのせいじゃない。話せる範囲で話してみてくれ」

「……晩飯を買いに出たんですよ。七時五十分過ぎ、もう八時近かったですが」

灰原刑事によれば……。

坂根が柄にもなくスイーツをねだったのでコンビニに寄ったが、品切れで、灰原は少し奥、五日市街道添いのスーパーマーケットに向かった。

途中、好物の豚骨ラーメンの店があったので、立ち寄って夕食を摂った。

スーパーでデザートや牛乳、菓子パン類を購入して、張り込み場所を越え、駅方面に足を伸ばした。坂根がリクエストした牛丼と大カレーを購入するためだ。

張り込み部屋に戻ったのは午後八時半頃。出がけに施錠しなかったドアを開けた途端、異変に気づいた。荷解きせず玄関に重ねた布団袋や段ボール類が崩れ落ちており、坂根が不自然な態勢でパイプ椅子から動こうとしない。足は寝袋に入っていた。

「坂根、どうした」

呼びかけながら、近づいたが、坂根は意識がなさそうに見えた。

頸動脈に指を当てたが、脈が触れない。一一〇番通報しながら坂根の外観を観察したが、外傷は見当たらず、侵入者の足跡なども周囲になかった。

ふと、特捜本部入りの際に読んだ前警察庁長官殺しの解剖所見を思い出した。

ＶＸガス曝露の特徴として、瞳孔《どうこう》が縮む縮瞳《しゅくどう》が必発症状、とあったので、瞳孔を確認したところ、明らかな縮瞳が見られた。

他の症状は思い出せなかったが、現場の静かすぎる状況に異様なものを感じ、現場保存を優先した。坂根の亡骸から離れた。玄関に立って特捜本部に連絡。念のため救急車も呼び、捜査員の到着を待った、という……。

「さっき聞いたらな、鑑識の親方もＶＸガスを疑っていた。灰原刑事、よく現場保存を徹底してくれた。これが刑事の勘ってヤツだな」

上司の江波警部のねぎらいに灰原刑事は目のみで頷く。

刑事の勘といえば、古臭い捜査の代名詞と冷笑されたものだが、二十年ほど前から「結晶性知能」や「長老効果」の分かりやすい具体例である、と心理学などの論文で評価されて、いわば科学的なお墨付きをもらった形になり、敬意を払われるようになった。

実際、捜査に限らず、世の中の各分野には経験するほか身につかない知識や技能があり、その積み重ねでベテランのみが有する能力もある。今夜の灰原の冷静な対応も今後の捜査に活かされるだろう、と柴は励ますつもりでベテラン刑事の肩を軽く叩いた。

だが、灰原は恥じ入るようにうつむいた。泣いていた。

「カズアキ！」

静かな空き部屋に場違いな胴間声《どうまごえ》が響いた。

梶山コーブン署長が廊下から柴を手招きしていた。


午後十一時、調布狛江署・若竹寮の一室で、柴は梶山署長の晩酌の相手をしている。

妻を見舞ってくれたことへの礼と署長の現状に同情したからだが、数年来、胃腸が不調で禁酒中の柴は小笹副署長の置き土産の菓子類とポットの紅茶で付き合っている。

置き土産というのは比喩ではなく、就業後もあれこれ用事を言いつける署長の隣室での宿泊に耐えかねて、小笹副署長が逃げ帰ったのである。結果、この副署長用の個室は署長と柴のミーティングルームということになった。

署長はカンカイと呼ばれる氷下魚《こまい》の干物に悪戦苦闘している。

柴の旧友が北海道の漁師で、自家製の干物を毎年送ってくれるが、鮭の干物であるトバ《冬葉》は妻と娘の好物で、食べるのが面倒なカンカイ《寒海》がいつも残るので持参した。

「しかし、硬いなあ、こいつ」

「昔、カミさんが無理に嚙みついて差し歯が欠けましたので、ご注意ください」

「オレの生家は水産会社だ。慣れておる。禁酒中のおぬしはどんな時、カンカイを喰う」

「張り込みや科捜研の検査待ちに、ペロペロキャンディーみたいにしゃぶっています」

署長は笑って、器用に皮を剝いたカンカイに齧《かじ》りつく。

「で、カズアキ、さっきの話の続きだが、同じVXガスが使われたのは濃厚だから、同一犯の犯行とみて間違いないな」

「ですが、署長、坂根たちの張り込みは江波係長の気まぐれで急に決まりました」

「だが、しかし、特捜本部の過半が知っていたはず。それ以外にも着がえや石油ストーブを届けた者はウチの署員だろう。貸布団の業者もいるし、不動産屋も知っている」

「署長、そうした捜査機密は」

「漏れている前提で動いているはずだ。前長官の入院先もネットに流れていた。前長官殺しの適格者を張り込み中の捜査員が殺された。監視対象が張り込みに気づき、逆上した上での襲撃なら因果関係は明白だが、適格者はそれほど単純な人物かね」

適格者は「犯人になり得る人物」だが、容疑の薄い層を指す。マスコミは怪しい事件関係者を容疑者と総称するが、警察では適格者、重要参考人、容疑者、被疑者などと嫌疑のグラデーションで区分けしている。

「オレの調べた限りでは、適格者の浅間氏は警察に慣れておるぞ。自分への張り込みに気づけば、旧知のおぬしに抗議するタイプだ。カッとなって、直に張り込み部屋へ押しかける場合もあるだろうが、坂根部長は張り込みの態勢で死んでおり、同じ階や上下の住人は口論や物音を聞いておらん」

「署長、何故、同じ階や上下の住人をご存知なのですか」

「聞き込みしたからさ。指をくわえて鑑識作業を待っていてはもったいない。今夜のオレはお飾りの立会《りっかい》ではなく、特捜本部の責任者としての臨場だ。西東管理官は桜田門にて会議中でな……なあ、カズアキくんよ、腹、割って話そうや。坂根たち張り込み班と対象の浅間氏に直接のトラブルがないとしたら、どういう事情が考えられる」

「それは質問ですか」

「おいッ、こらッ、カズアキ、儂をなめておるのか！　何ゆえ、自分の心に正直にならず、頑なにガードするのだ。フン、ならば、言い直そう——警察官僚のトップを極めた高官と末端の捜査員が、同一犯に殺された。と仮定した時、頭に最初に浮かんだのは何だ？」

　梶山署長はシングルモルトウイスキーを少し口に含む。氷も水もあるのにストレートで飲んでいる。こういう時の梶山コーブンは手強い。

「まず頭に去来したのは、カズアキ、あの事件ではなかったのか」

「あの事件」

「そうさ、あの事件だよ。当時、警視庁本部刑事部長だった千々岩隆警視監が、逮捕状を執行する寸前の青山署刑事課捜査員四名に直に電話して、逮捕を中止させた事件だ」

予想外の指摘に柴は紅茶のカップを持ったまま、動きが静止した。

「四人の捜査員の中には坂根部長刑事がいた。そして、カズアキ、おぬしもいたな」

「……どうして、それを」

「たわけもの。あの事件で人生を狂わされたのはお前たちのみではないぞ」

柴は反射的に違和感を覚えた。当時の梶山管理官があの事件に関して何かアクションを起こした記憶はない。上司とはいえ、一般論で、あの件を片付けられたくはない。

(あんたにどんな影響があったというのだ。分かったようなことを言うな)

と思いながら、自分が過剰に反応していることにも柴は気づいた。

「オレがわざわざ、おぬしに話しているのは、大いなる懸念、切実なる心配からだぞ……。カズアキ、三人目に殺されるのは、おぬしではないのか」

注射でも打たれたように、柴の全身は強張り、やがて背筋が震えた。

(言うに事欠いて、このオヤジは、いったい何を言い出すんだ)

柴は睨んだが、署長は怯まず、面前に顔を突き出した。

「カズアキ、三人目はお前だな」

(5)

止める梶山署長を振り切り、柴は自分用の個室に駆け込んだ。

男女のもつれのように署長はドアを叩いたが、開けずにおいたら、諦めたようだ。

そのままベッドに転がり込んだ。間もなく日付が変わるが、眠れそうにない。

柴は頭に浮かぶ断片的で印象的な映像を振り払い、思い出すまいとしたが、アスファルト道に貼りついた濡れ落ち葉のように、掃いても、掃いても、それらは記憶から剝がれない。

諦めて、頭の中で整理をするために、十年前の記憶を呼び戻す。

最初に思い出すのは、本来の職務に身が入っていない当時の自分である。

不満はなかった。むしろ、修羅場の連続だった殺しの捜査一課から解放されて、静かで洗練された青山や赤坂を中心に渋谷や六本木の一部までも含む大規模署で、管理職見習いを始められたことは大変な僥倖《ぎょうこう》、幸運だった。

そんな柴が直面したのが、娘のネット性被害だった。

実害は少ないですよ、と担当刑事に言われても慰めにはならず、夫婦でカウンセリングを受け、本来の業務を終えた後は生活安全課少年係で性犯罪事件の実態を勉強した。

そうしながらも、改めて共働きの夫婦関係に向き合う必要があり、柴の言動にモラハラを訴えた妻・かすみは、柴と同期の上司・薫子との男女関係を疑うこともあった。

捜査一課時代に顧みなかった家庭の矛盾が一気に噴き出て、そこに頭が一杯で、管理職見習いという職務の印象は薄い。正直、身が入っていなかった。

そうしたさなかに、あの事件に遭遇した。

遭遇とは無責任だが、事情も分からず加わった柴から見れば、ほかに言いようがない。

記憶があちこちに飛ぶので、職業的に身につけた時系列思考で経過を再現してみる。

柴の記憶は曖昧だが、事件そのものは記録に残っており、日時も確定している。


十年前の秋、十月十日、柴は八時半に青山署の刑事部屋に駆け込んだ。

課長と課長代理は三十分早く八時出勤と決めていたが、一駅乗り越した。

原因は前日の不快な体験が尾を引いたからだ。

前日、妻と受けたカウンセリングで柴自身の育った環境が話題となり、父と祖父の確執を詳しく聴かれた。さらに、母の死後、柴たち三兄妹が平日は二子玉川の祖父の家で過ごし、週末は父のいる本郷の自宅で過ごした件も精神科医は根掘り葉掘り聴いた。

誰にでもある家庭の事情と割り切って生きてきた柴には医師の執拗な質問が心外であり、医師に同調するような妻・かすみの態度にも不信感を持った。

その上、医師は、柴の育った環境が娘の今回の行動にどう関連するか、語ろうとしない。

結論を急がずカウンセリング終了後に伝えたいという。妻は了解したが、原因があるから結果がある。因果律で事件を捜査してきた柴には納得がいかず、その不満から寝不足となり電車で居眠りをしてしまったのである。

そんな冴えない気持ちで席についた柴を神西薫子課長が目で廊下に連れ出した。

「すみません。一駅乗り越して」

同期ではあるが、署内では上司と部下に徹していた。

「反省しているのね。じゃ、バツとして、私の代わりに逮捕に同行して」

「逮捕、というと」

「十日前の十月一日に起こったDV大学教授の件」

「例の、軍事評論家の奥さん殴打事件か……」

おおよその概要は承知していた。首相（当時）と共著の本を出した軍事評論家で横浜の大学の教授でもある菅沢直之四十五歳が二十八歳の妻を殴り、家を出た。当人が愛人と情事を楽しむ間、妻は夫の殴打により意識を喪失し、近所の住民の通報で病院に搬送された。

が、治療の甲斐なく意識は戻らなかった（事件から十年後の現在も意識不明のはず）。

なお、救急隊が駆けつけた時、一時的に意識は回復。「夫に殴られた」と妻は告げ、搬送中の救急車内でも夫婦喧嘩の果てのDVである、と比較的明瞭に事実経過を語った。

それらの内容は録音、録画されていた。

「なるほど、万全だね。逮捕状はあるの」

薫子が茶封筒を手渡した。

念のため、封筒から出して、逮捕状の内容を確認する。

「夫は否認と聞いたけど、裁判所は奥さんの証言を認めたってことだね」

「ええ。捜査に落ち度はないわ。但し、相手が相手だけに、課長代理に同行を頼みたいの」

「まさか、官邸が妨害するとか」

「それはないでしょうけど、ヤメ検の大物弁護士から私に問い合わせがあった」

「……平気かい？」

柴本人は人事や昇進に無頓着だが、同期切っての出世頭である薫子は違う。火中のクリを拾う真似はしたくないはずだ。

「署長に相談したら、大丈夫だろう、と。私の本部時代の上司が刑事部参事官なので、そのヤメ検の評判を聞いた。逮捕状があるなら手は出せまい、と太鼓判を押してくれた」

青山署は署員三百名の大規模署なので署長は警視正。警視庁本部の参事官も警視正。ノンキャリアから国家公務員に出世した能吏二名が保証するならば、一安心だ。

「逮捕状の執行場所は」

「横浜。大学の本人の研究室。執行人員はあなたを入れて、四名。但し、別当環《べっとうたまき》巡査部長と坂根雄太巡査長は被疑者を追尾、行確中。大学構内で落ち合って」

「すると、オレは誰と横浜へ行けばいい」

「尾野一久《おのかずひさ》巡査部長」

「イッキュウさんか、了解」


集合時間に余裕があったので、車は国道二四六号線を横浜方面へ向かった。

運転する尾野部長刑事に柴は助手席からしきりに語りかけていた。

青山署に着任してひと月余りだが、柴は管理職見習いの事務処理や実務経験の浅い係長の指導に忙しく、ベテランの尾野一久も新任の部長刑事・別当環巡査部長にかかりっきりで世話をやいており、お互いゆっくり話す機会がなかった。

「……すると、イッキュウさんも赤バッジだったわけですか」

「刑事の誇りの赤バッジですね。アレが始まって間もなく所轄に異動しましたが」

五十四歳の尾野も捜査一課に十年余在籍したが、柴とは入れ替わりで面識はなかった。

「私はイッキュウさんのずっと後輩ですね」

「小職は代理のような華々しい業績もなく、警視総監賞にも無縁でした」

「総監賞や華々しい功績は係長の梶山コーブンさんです。私は地味な裏方で」

「ご謙遜を……梶山コーブン警部かあ、あ、いまは警視殿の捜査手法は聞いております。噂の範囲ですが、殺人事件の重要参考人の家に酒を持参して通った話」

「本当ですよ、毎晩、私がお供しました」

「あ、本当ですか。じゃ、最後の訪問の際、逮捕状を酒瓶と一緒に無言で渡したら、相手が涙を一筋流して最敬礼したって話も」

「それも、本当。但し、無言じゃなかった。犯人は伊庭六郎と言いましたが、〈イバくん、年貢の納め時だわなあ〉と梶山節を聞かせ、役者並みにミエを切っていました……。まるで時代劇でしょ。ご本人が剣道五段でもあるので、ついたあだ名がチャンバラ梶山」

ふたりで大笑いして、打ち解けたので、柴は逮捕前の予習を始めた。

「これから逮捕の案件ですが、被害者は奥さんですよね。随分若いけど、再婚ですか」

「はい。奥さんの弟が軍事や防衛に関心があって、とても尊敬できる学者さんだと姉に紹介して、その縁で四、五年前に結婚。奥さんは二十三、四歳でしたから初婚。亭主は二度離婚歴ありの再々婚。以前の二度の離婚もＤＶが原因だとか」

「わッ、厭だね、ＤＶ常習の軍事評論家って。気持ち悪い」

生理的嫌悪感というのだろうか、柴は言った途端に胸焼けがした。

「確かに、気持ち悪いというか、怖ろしい感じがしますよね」

「でも、亭主はＤＶを否認しているんでしょ」

「ええ。奥さんは〈夫に殴られた〉と救急隊員に告げて、前後の状況も救急車内で語ったのですが、その後、意識不明となりました。病院は救命措置が最優先でしたので犯罪の痕跡はあらかた消失しました。但し、近所の人が当夜も夫婦の争う声を聞いております。この半年ほど夫婦喧嘩が絶えず、その度、奥さんは暴力を受けた様子で」

「その際の通報は」

「警察にはしていませんが、近所の人が民生委員を連れて事情を聴いたそうです。その時、ＤＶを否定せず、夫と話し合って判断を決める、と。離婚も視野に入れているみたいな話で。親御さんは山陰のほうなので、都内に住む弟さん、夫婦を結びつけた人ですが、防衛医療大学の六回生で。相談に乗っていたようでした」

「なるほど……。民生委員に連絡した近所の人が、事件当夜も通報してくれたわけか」

途端、尾野部長刑事は困った顔をして、ためらった末に告げた。

「別の人物ですよ。あの家の固定電話から電話して、救急車を要請した男性がいます」

「その男性は誰」

「泥棒のようで」

柴は言葉にならない素頓狂《すっとんきょう》な声をあげてしまった。

「ウチの窃盗担当や鑑識が調べたら、何者かが侵入した痕跡が菅沢家の裏窓にあり、特殊な足跡も確認されました。さらに、トイレットペーパーホルダーの金具から夫婦以外の第三者の遺留指紋も検出されました」

窃盗犯と言えば留守宅を狙う空き巣が頭に浮かぶが、家人が在宅し就寝する深夜などに窃盗を行う「忍び込み」、通称ノビというタイプもいる。事件当時、高級住宅地で知られる南青山界隈には家人がテレビなどを観ている午後九時前後を狙うノビ師が出没していた。

実際に盗難被害があり、侵入の痕跡もあり、地下足袋か軍足のような特異な足跡は残すが指紋や毛髪など微物は残さない「ユーレイ」と刑事たちが呼ぶ常習犯である。

「足跡だけ残して、人知れず泥棒する。まるで、アニメだね。じゃ、そのユーレイが菅沢家に忍び込み、亭主が奥さんを殴って、出て行くのを目撃し、奥さんが動かないので固定電話で救急車を呼んだ、ってわけ」

「窃盗犯担当はそう断言しますし、我々もそう見ています」

「すると、トイレの遺留指紋って」

「ユーレイが夫婦の惨劇を見て、気分が悪くなって吐いたか、大便小便をもよおして……。この通称・ユーレイはこれまで指紋を侵入現場に遺さなかった慎重派ですがね、トイレットペーパーがうまく取れず、思わず手袋を脱いで金具に触れた、と鑑識は読んでいます」

「ちょっと待った！　指紋を遺さないって、一度も逮捕されていない泥棒ってこと？」

「はい。ですから、ユーレイ」

「凄い。すると、このユーレイはＤＶの現場そのものを目撃した可能性があるね」

「ええ。通報時、救急車を呼んだ時に詳細は話しておりませんが」

「なのに、菅沢なる亭主は事件当夜のＤＶを否認している」

「それどころか、妻を殴って意識不明にしたのは泥棒だ、と言い張っています」

柴はさすがに絶句した。盗人猛々しい、とか、盗人にも三分の理、という言葉に合致する事例の経験はあるが、盗人に濡れ衣を着せる輩には初めて遭遇した。

「相当に厚顔無恥な亭主ですね」

「泥棒が名乗り出るはずない、とタカをくくっているのでしょうが、ユーレイの特徴的な足跡は暴行現場であるリビングにはない。大怪我させるほど争った時にはどうしても残る微物類も一切ない。つまり、ユーレイは奥さんと接触していない、と鑑識は太鼓判を押しています。なのに、泥棒に罪を着せようとする。実に厭な亭主ですよ」

「その亭主って、首相と共著した本があることをアピールして威張りまくる、虎の威を借る狐らしいしね。しかし、奥さんの証言だけでよく逮捕状請求したね」

「実は、救急処置室のビーカーに毛髪が数本ありました。当日の室内映像を点検すると、搬送された奥さんが握りしめていたもので、担当した看護師が採取し、保存しておりました。それが亭主の毛髪でして」

「なるほど。憎いＤＶ亭主の悪事の証拠を奥さんが意識を失いかけながら握りしめていたわけか……これも凄いなあ」

「ええ、奥さん、よくやってくれました」

「さすが、イッキュウさん、お見事です」

「小職はお手伝い。すべて、別当環部長刑事の手柄です」

「別当環くんね。神西薫子課長がえらくお気に入りだ。優秀だそうだね」

尾野の顔が娘自慢の父親のように和らいだ時、柴のｐフォンが鳴った。

上司の神西薫子課長の氏名が表示されたが、柴は同期のノリで電話に出た。

「はい、柴」

《困ったことになった》

「どの件」

《今日の逮捕。中止命令が出た》

眉をひそめた尾野部長刑事にも聞こえるようにｐフォンをスピーカーにした。

「神西課長、確認しますが、菅沢直之センセの逮捕を中止するということですか」

《ええ。警視庁本部からの命令》

尾野部長刑事がこちらを見て、目が飛び出しそうに見開く。

柴は尾野に前を見るようやんわり手で示して、電話に冷静に確認する。

「裁判所が発付した逮捕状を執行する正当な逮捕だ。これを現場に相談もなく本部が中止できるのかな。法解釈の講義ではともかく、オレ、これまで経験ないよ」
尾野部長刑事が前を睨みながら、何度も頷く。
《私も初めての事例。でも、本部の》
「そんなバカな話、別当部長が認めませんよッ」
耐え切れず尾野部長刑事が怒鳴った。
《いまの尾野さんかしら》
「スピーカーにしている。尾野さんもオレも承服できない。まして別当くんは最初から」
《だから、まず、別当に電話で伝えた。激高して拒絶、電話を一方的に切られたわ》
「当然だろうな」
《私の命令ならば、その程度の抗命は許容範囲。但し、これは》
「本部の誰だよ。そんなことを言い出したのは。被疑者が現首相と防衛関係の本を共同執筆した御仁《ごじん》だから、忖度《そんたく》したんだろう。点数稼ぎ野郎は誰だよ」
つい興奮して同期の甘えが出たので、柴は丁寧な口調で言い添えた。
「神西課長、失礼しました。でも、私には現場思いの捜査一課長がそんな命令を許したとは到底信じられませんね」
《一課長は関与されていないわ》
神西薫子課長が短く言って、押し黙った。

柴と尾野部長刑事は一瞬見合った。語らないゆえに意味を持つ事柄もある。
「……まさか、官邸のからみで総監が」
《総監は関与されておりません。でも、有力な最高幹部の命令、と承知して》
警察の最高位は警察庁長官。柴の職場である警視庁のトップは警視総監、以下は警視監、警視長、この辺りまでは直に話したことがなく、雲の上の存在だ。その雲の上からの命令と承知しろとは「四の五と言わず中止せよ」との厳命だ。ふだんの柴は黙って引き下がるが、今は横で尾野部長刑事が聞いている。
「神西課長に確認します。この電話の趣旨は、柴と尾野部長はUターンせよ、ですか」
《いいえ。命令に従わない別当部長を説得して、連れ帰って》
「坂根刑事は」
《坂根は了承。いま、別当部長を説得している》
「了解。では、別当、坂根に合流します。少し時間をくれませんか」
《では、二時間後に連絡ください。それ以降は責任を持てない》
責任を持てないとは別当部長刑事に相応の処分が下る、ということだろう。物分かり良く諦めの早い柴は承知と伝えようと口を開いたが、尾野部長刑事が声を張り上げた。
「課長ッ、尾野です。責任を持てない、とはどういうことですか」
《別当部長刑事が処分を受けるということ。私は庇えないということ》
「別当がどんな過ちを犯したのですか」

《尾野さん、聞いていたはずです。別当は本部命令に抗命の意思を示しました》

「しかし、何も悪いことはしていません」

《尾野さん……》

薫子が次の言葉を継がず、沈黙が訪れた。柴に収拾しろというサインとは察したが、口を挟まなかった。別当部長刑事は悪いことをしておらず、尾野部長刑事もまっとうだ。

「課長、正当な逮捕状執行を行う我々と、理由もなくその中止を命じた本部と、どちらが、正しいのでしょうか、警察官として」

尾野部長刑事は原則論を持ち出した。職を賭しての質問だ。柴が口を挟む余地はない。

《おそらく、どちらも正しいでしょうね。尾野さん、あなたもこれまでそうなさって来たと承知しておりますが、正しいことが対立した場合、私は上司の命令を最優先します。警察官には上司の命令に従う法的義務があるからです》

薫子は気持ちが悪いくらい冷静に答えた。

反撃の言葉を失った尾野部長刑事が放心状態になりかけたので、柴は脇からハンドルを抑えて道端のセーフティーゾーンに停車するように目で指示した。

多摩川を渡り、川崎と横浜の市境にある大学のキャンパスに入った。

合流した別当環部長刑事は場所移動には応じたが、被疑者から離れることを拒んだので、付近の古刹《こさつ》と思しき寺の駐車場に車両二台を停めた。

双方が車を降りた途端、別当部長刑事は手を差し出して、柴に告げた。

「代理、逮捕状《フダ》を下さい」

柴が無言で見返すと、別当は歩み寄って、告げた。張りつめた目をしている。

「私の一存で菅沢直之に手錠《ワッパ》をかけます。代理は見なかったことに」

「別当部長」

尾野部長刑事がたしなめるように詰め寄る。坂根刑事は説得に飽きたのだろう――欠伸《あくび》を噛み殺して静観している。別当環の美貌が夜叉のようにこわばっている。

「ワッパをかけても、すぐ釈放だぞ。署長は承認せず、地検は起訴しない。つまり別当くん、きみの独り善《よ》がりだ」

「しかし、代理、菅沢直之はワッパの痛みと屈辱を味わいますよ」

「その代わり、きみは生涯、冷や飯を食わされるぞ。悪くすると免職もある」

「構いません」

尾野部長刑事が踏み込んで、別当の肩を摑んだ。指導役らしく厳しく睨み据える。

「免職されても構わない、だと」

柴はそう告げて踏み込み、尾野部長を脇によけさせた。別当環の面前で質した。

「菅沢直之には、きみの人生を棒に振るほどの価値があるのか」

「……ありません」

「なら、軽々に進退を口にするな」

「失礼ながら、進退を口にされたのは代理が先です」

喧嘩腰の切り口上に柴の顔色が変わったのだろう。尾野部長がふたりの間に身体を入れて別当環を少し後退させた。だが、別当は気丈に告げた。口調は少し穏やかになった。

「いま代理に言われるまで、私は、自分が処分の対象になるような、警察官にあるまじき行為をした自覚がありませんでした。でも、不当な命令に屈服せよ、と敢えておっしゃるなら承服はできかねますから、免職も辞さないつもりです」

柴は手を軽く挙げて別当薫を制して、提案した。

「別当くん、一緒に深呼吸しよう……いま血圧が上がったから、オレは深呼吸する。きみも三回しろ」

看護師の妻に教わった修羅場でのストレス発散法だ。案外、誰もが受け入れる。

「まず、吐き出す」

柴が横を向いて大仰に息を吐き始めると、尾野部長が素早く呼応し、尾野に睨まれて坂根刑事も渋々付き合うと、別当も小さく深呼吸した。

張りつめた緊張が緩み、静寂の中、寺の本堂から木魚の音が聞こえてきた。

「人生を棒に振りたくはありません」

ポツリと別当環が呟いた。

尾野と坂根は安堵の表情を浮かべたが、垣間見た彼女の気性と事件への取り組み方から、あっさり白旗を揚げるとは信じがたい。柴は慎重に次の言葉を待った。

「棒に振りたくはありませんが、それだけの価値があるか、と問われましたので、お答えします。いま意識不明の奥さん、菅沢綾緒《すがさわあやお》さんの苦しみと悲しみを少しでも和らげられるならば……。そして、このまま事件が闇に葬られるという恐ろしい現実に、一矢報いることができるならば、私の暴走にも価値はあると信じます」

柴は黙って別当を見た。尾野部長と坂根刑事が同時にふたりに歩み寄る。

「代理、誤解しないでくださいね。別当部長は代理の言葉への異議ではなく、被害者に寄り添って来ただけに無念でたまらない。その心情を述べただけで」

尾野部長の言葉に坂根刑事も頷く。呼吸のあった良いチームワークだ。

柴が無言だったのは被害者の氏名を把握していなかったからだ。

そんな自分の怠慢への憤りだ。逮捕状に氏名は明記されていたはずだが、憶えていない。押し付けられた面倒事の処理のみ頭にあった。だから、逮捕中止と言われれば、その処理に柴は頭を切り替えた。そういう習性が身についていた。

捜査一課強行犯捜査係の時代、次々に処理しなければ仕事が片付かなかった。味付け（最終判断）は上司の梶山係長が下すから柴は材料を切り刻んで差し出せば良かった。

だが、柴がいま求められているのは決断であり、具体的な解決策だった。

事件の端緒から捜査に取り組み、被害者に親身に寄り添い、無念を晴らそうとした寸前、理由を聞かされず逮捕は中止、と命じられた刑事たちへの対応だ。薫子課長の言うように、警察官にとって上司の命令が何よりも最優先ならば、部下たちの気持ちの落としどころをどこに置くかが鍵になる。

だが、改めて深く考えてみれば、疑問も湧く。

警察官にとって、上司の命令は本当に最優先なのか、本当に。

「法的義務はあるにしても、本当に上司の命令が最優先かな……」

柴がそう呟いた時、寺の本堂で僧侶が叩いた鉦《かね》の音が鳴り響いた。

別当や坂根には柴の呟きが聞こえなかったらしくソッポを向いていたが、一番近い尾野部長がこちらを覗き込んだ。勘の良い別当環が場の雰囲気から何かを察したようだ。

「代理、いまなんて。お寺さんが叩いた鉦の音で聞き取れませんでしたが、代理、なにか、呟かれましたよね」

尾野部長が同調して見たので、言い逃れができなくなった。

柴にも腹案はあった。署に戻り、薫子課長、否、署長を巻き込み、本部に逮捕中止命令の無効を訴えるのである。単なる手続きのようだが、警察官にとっては一大事だ。この件で十中八九、柴の出世の芽はなくなる。しかし、そのことには未練や執着はなかった。やむを得ない気がする。娘のネット性被害で、柴の中で、何かが変わった。祖父に教わった警察官の本分、原点にたち帰ったというべきか……。

pフォンが鳴った。薫子からと判断して、画面を見ずスピーカーにして受けた。

「はい。柴」

《青山署の柴課長代理かね》

聞きなれない男の低い声に、柴と一同は顔を見合わせた。
《刑事部の千々岩だ。面識はあったかな》
他の三人は分からない様子だったが、警視庁刑事部長の千々岩隆警視監だ。
次の警察庁長官か警視総監と目されて、警視監に昇任したばかりである。
そして、ひと月前、重要ポストの刑事部長に着任。途端、部下の参事官と理事官の汚職が発覚した。前任者の責任と同情する声も上がったが、千々岩は心筋梗塞で倒れた。心臓は持病で不祥事とは関係ないが、事態収拾の最中だったので、ストレスに弱く、トップには不適格の烙印を押された、と噂に聞く。
すぐ返答しない柴を一同が奇異に見たので、あわてて電話に向かった。
「刑事部長はお忘れと存じますが、捜査一課の梶山班におりました時、二度ほどご尊顔を」
《やはり、梶山くんのところの若い主任か。憶えておるよ》
「恐縮です」
《電話したのは、逮捕の件だ。逮捕は中止だ》
瞬間、一同の顔が凍りつき、誰もが動きを止めた。
《被害者、捜査員の無念さを思えば、私も慚愧《ざんき》にたえん》
「は」
《しかし、逮捕は中止と決定した。委細は話せない。以上だ》
pフォンの通話は一方的に途切れた。

直後、別当環が柴に突進してきた。

空手三段と聞く別当が柴目がけて跳躍した。柴が花壇に飛び込み、かわすと、別当は勢い余って着地に失敗して、砂利道に転がった。すかさず尾野部長刑事と坂根刑事が駆け込み、別当を抑え込んだ。柴は安堵の息を吐いて、汚れたスーツの泥を払った。

だが、別当は腹の底から声を絞り出した。

「代理！　私に逮捕状《フダ》をください！」


別当環の悲痛な叫びが耳に残るが、柴の記憶は古い寺の駐車場で途絶えた。

それでも、記録によれば、あの日……。


午後、逮捕中止の件は神西薫子課長から被害者・菅沢綾緒の代理人に電話で伝えられた。

綾緒の父・日下部《くさかべ》保《たもつ》と弟の日下部輝人《てるひと》だった。

老父・保は電話の後にショックで寝込み、弟の輝人は納得しなかった。別当環部長刑事は綾緒が入院中の病院に弟・輝人を訪問して、事情を説明した。

柴も病院に同行したが、詳細は憶えていない。

その後、日下部輝人は一部始終を知人の主宰するネットニュースやYouTubeなどで公表、新聞、テレビなど主要マスコミでも取り上げられて、話題になった。

神西薫子課長以下の捜査員には箝口令《かんこうれい》が敷かれた。

そんな状況下、別当環部長刑事は警視庁本部の警務部人事第一課・監察官室に上司の神西薫子課長からパワーハラスメントを受けたと告発した。

あの日、神西薫子課長が最初に別当環のスマホに電話した際に激しい応酬があり、その内容が録音されていた。監察官室はパワハラと認定し、薫子課長に厳重注意したが、トラブルの背景にあった逮捕中止命令そのものの是非は問われなかった。

翌年、春二月の定期交流（異動）で、逮捕中止命令に関わった全員が青山署を去った。

課長の神西薫子警部は警視に昇任し、警視庁本部刑事部管理官。

課長代理の柴一彬警部は吉祥寺署生活安全課少年係へ課長代理で異動。

坂根雄太巡査長は巡査部長に昇任し、部長刑事として新宿淀橋署刑事課へ異動。

尾野一久部長刑事は伊豆大島署地域課へ異動。

そして、別当環部長刑事は警務部人事第一課に異動、間もなく監察官室入りした。

逮捕中止命令を遵守した神西薫子と坂根雄太が昇任し、いかにもという感じだが、部長刑事の尾野一久が離島の交番勤務になったと聞いて、柴はやりきれなかった。

尾野は薫子課長からの電話に反発したのみで、逮捕状執行については別当環部長刑事の説得に努めた。その点は柴が正確に報告し、署長と副署長による署内聴取でも改めて事実を伝えたが、警視庁本部の首脳には聞き入れられなかったようだ。

一番案じた別当環が監察官室入りしたことに、柴は安堵した。

警察官の汚職や不正行為、服務規程の違反、パワハラ、セクハラなどハラスメント全般を扱う

「警察の中の警察」である監察官室は別当環向きの仕事と思われた。

但し、厭な噂も柴の耳に入った。

当時の警察キャリアには複数の派閥があった。

逮捕中止命令を下した千々岩隆刑事部長は政権に近い主流派の領袖《りょうしゅう》で、最大勢力だった。その派閥と千々岩の権勢拡大を好ましく思わない反主流の小派閥が複数あった。それらの勢力が結集して千々岩隆に怨念に近い憤怒を抱いている別当環を監察官室に据え、虎視眈々と千々岩の落度を探らせている、というものだ。

正義感にあふれる一本気な元部下が権力争いに巻き込まれるのは忍びないが、上司の課長をパワハラ告発し、刑事部長命令にさえ背こうとした別当環には刑事としての居場所がもうなくなっていた。その意味で監察官室は格好の避難先であり、働き場所といえる。

現在の職制（役職）は知らないが、別当環の階級は柴と同じ警部である。

一方……。

ＤＶ事件そのものは被害者・日下部綾緒の代理人で父の日下部保が改めて刑事告訴したが、立件されなかった。

その後も、弟の輝人や弁護士事務所などが刑事告訴を繰り返したが、立件されず、傷害事件の公訴時効・十年は今月、本年十月一日に迎えた。

なお、民事法廷では一審二審とも原告である被害者側が勝訴した。

四年前、最高裁が被告・菅沢直之の上告を棄却して、原告が勝訴。被告・菅沢直之は原告・日下部（旧姓・菅沢）綾緒に約四千万円の損害賠償および慰謝料を支払い、弁護士事務所が管理して、綾緒の入院治療費に充てられた。

なお、綾緒はDV事件が発生した年（いまから十年前）の数ヶ月間、意識を回復したが、頭部外傷の影響で記憶の解離性障害が頻発した。俗に言う「記憶喪失」が短時間の場合と長時間続く場合があり、その状態でも、父や弟や親類知人、医療関係者は受け容れたが、夫の菅沢直之のみは頑として寄せつけず、近づくと悲鳴を上げた。

そして、再び意識を失って、約九年間に及ぶ昏睡《コーマ》状態に陥った。

綾緒の父・日下部保は、面会拒否は「娘の意思」として菅沢に離婚を申し入れて、菅沢も了解。父は離婚の慰謝料を求めず、法廷でDVの有無を争うと述べた。

こうして、DV事件が発生した翌年、家庭裁判所は両名の離婚を認めた。

被害者が意識不明の重体で、親族が「逮捕中止」の件を告発したことで事件は国民的な話題となり、政権批判、国家権力批判、警察および警察キャリア批判の渦が沸き起こり、被害者・日下部綾緒を支援する団体が次々に設立されて、活動は全国に広がった。

菅沢直之は勤務先である横浜市内の大学で別件――複数の女子学生からセクハラ被害を訴えられて、本人は否定したが、大学から退職勧奨を受け、辞職に追い込まれた。

現在は山梨県内の大学で講義を行う一方、軍事評論家、タカ派論客として専門誌や右寄りの雑誌で論陣を張り、YouTubeやネットでも冠番組を主宰している。

だが、被害者・菅沢綾緒の周辺では不幸の連鎖が続いた。

まず……。

父親の日下部保が「世間を騒がした」と山陰某町の町長を辞任した。

山林など資産を売却、娘・綾緒の支援団体を主宰したが、「ネットウヨ」らによる娘へのバッシングに持病の糖尿病が悪化して、娘夫婦の離婚成立後まもなく急死した。

また、防衛医療大学六回生だった被害者の弟・輝人は菅沢直之の防衛特別講義を受講し、感激して姉の綾緒と菅沢を引き合わせたという因縁があった。その責任を感じ、菅沢直之に抗議すべく、再三再四、面会を申し込んだが、ことごとく拒絶された。

その後、都内のホテルで行われた菅沢の講演会の控室を訪問したが、逃げられた。追跡の際に警備員を突き飛ばして、警察に現行犯逮捕された。

菅沢と警備会社が被害届を出さず、警察や大学側も姉や父親の事情を「情状酌量」して、不問。本人も反省して医師国家試験に専念、翌年二月に受験、三月に合格した。

が、菅沢が自身の支援者に「日下部姉弟には迷惑している。あの姉弟は異常」と吹聴しているのを防衛医療大学の同級生が聞き、憤慨。録音データを輝人に送った。

輝人は激怒し、山梨県内の大学を訪れて、研究室で菅沢に発言の真意を問い詰めた。

施錠した研究室での話し合いは数時間に及び、監禁事件として通報された。同一人物への二度目の脅迫行為と認定されて、輝人は逮捕、起訴された。

大学側は卒業を取り消し、防衛省関連の医療施設への就職を前提にして「学費免除と給与支給」される防衛医療大学の特殊性から数千万円の学費返還を請求した。

支援活動と綾緒の医療費などで目減りした父の遺産では足りなかったが、輝人は自身の体験談の出版や講演、支援者のカンパなどで、ようやく返済の目途が立った。

その年の秋、ＤＶ事件発生の一周年に当たる十月一日頃、輝人は姉・綾緒と菅沢直之宛の遺書を残して、富士の樹海へ入り、行方不明となった。

翌年、いまから八年前の初夏、定例樹海捜索で、日下部輝人のネーム入りのシャツを身に着けた白骨死体が発見された。白骨死体なので着衣や靴に付着した指紋と当人の歯ブラシなどの指紋を照合し、一致。骨折の場所やＤＮＡ鑑定を総合して本人と確定した。

父と弟に先立たれた日下部綾緒は意識を回復することなく、事件発生十年となる本年の一月に亡くなった……。


「あの奥さんも亡くなったのか……それも、今年の一月に」

柴は窓の外の漆黒の闇を見ながら呟く。十年前に話題になった事件の当事者だから報道されたはずだが、柴は知らなかった。いや、柴は意図的にこの事件を記憶の隅に追いやり、忘れようとしていた。自身の在り様としても、思い出したくないことばかりだ。

もうひとつ、柴には厭な記憶があり、それがバイアスとなった可能性が高い。

事件発生当時、妻のかすみは柴の不倫を疑っていた。警察学校同期である上司の神西薫子課長との仲だ。不倫行為はなかったが、同期以上の特別な感情はあり、その点を追及された時、一度だけだが、妻のかすみを殴りかけたことがある。

未遂だったが、手を振り上げた時、かすみの目に浮かんだ恐怖の色が忘れられない。

悪質なＤＶ亭主・菅沢直之と自分を同列に置く気はないが、己の中にも配偶者にふるおうとした暴力性はあり、妻も察知したはずだ。夫婦はその事実を共有していた。そういえば、逮捕に向かった日、移動の車中で尾野巡査部長と共に菅沢を批判しながら、自分の胸がチクチク疼いた記憶もある。

己も菅沢と同じ思いあがった罪人と認識しながらも、柴はモラハラについては話し合い、以後は気をつける、二度と口にしないと夫婦間で合意しながら、一度だけ殴りかけた事実はなかったことにした。封印した。

だから、そこに結びつく菅沢のＤＶ事件と逮捕中止命令を忘れようと努めたのだろう。

残念ながら、いまの柴はそうした自分の「隠蔽工作」を認めざるを得ない。

話は変わるが……。

日下部綾緒が亡くなった今年の一月といえば、下旬に突然の内示があって、二月の定期交流で調布狛江署へ異動となった。柴は異動を回避すべく交渉したが、「梶山署長からの要望です」と人事は強硬だった。署長の背後に千々岩前警察庁長官の威光が見えたからだろう。

偶然には違いないが、妙な因縁である。あの異動がなければ前長官殺しを捜査することはなく、逮捕中止命令の当事者仲間・坂根部長刑事とも再会しなかったはずだ。

そして、坂根部長刑事は前長官殺しと同じ犯人に殺された。これはほぼ断定されている。

だから、十年前のＤＶ事件と逮捕中止命令が今回の連続殺人に繋がっている。

と、我が上司・梶山コーブン署長は本気で思い込んでいるようだ。

確かに、殺されたふたりには過去の一瞬、「あの事件」に接点がある。

偶然か？　必然か？　三人目の被害者が出れば、関係性はさらに明らかになるだろう。

しかし、「あの事件」についていえば、逮捕の中止を命じた前長官には責任があるから、恨みを買うのも何となくは分かる。だが、坂根部長刑事には非がない。末端の刑事が命令に従っただけで殺されるというのは理屈に合わない。理不尽とさえいえる。

事件関係者は皆殺しという「狂気」からの発想ではなく、犯人に多少なりとも理の通った言い分があるのなら、坂根部長刑事殺しは成立しないはずだ。

では、たまたま張り込みの刑事を見つけたから始末した、という偶然だろうか。

だが、刑事の張り込みに気づいたからといって、何故、殺すのだ。

邪魔だから排除したのか。しかし、坂根がどんな邪魔をした。何を妨害した。

たとえば、犯人がなんらかの事情を知る浅間勝利の口を封じるつもりで現場に出向き、偶然、坂根の張り込みに気づいたのならば、坂根殺しの後に浅間も殺すはずだ。

偶然とは思えない。ならば、必然か。

そして、三人目の犠牲者は、やはり柴なのか……。

梶山署長はヤマ勘を披露して、悦に入っていたが、名指しされた柴は落ち着かない。

（ったく、チャンバラ署長めッ……。ところで、いま、あのＤＶセンセは）

山梨県警を含む首都圏事件情報サイトに菅沢直之の氏名はなかった。

安堵の吐息を漏らして、柴は専用スマホで神西薫子にメールを送った。坂根雄太部長刑事殺害以降の事実経過と梶山コーブン署長の「言いがかり」的な指摘も加えた。

もしかして、薫子も十年前との関連を疑って、オレに密命を持ちかけたのか……。

政治力学は分からないが、警察キャリア派閥の主流派・千々岩派の末端にノンキャリアの薫子は組み込まれているようだから、今回の殺人事件が、十年前の事件＝千々岩の逮捕中止命令にからむのならば、薫子を含む千々岩派は窮地に陥るかもしれない。

柴はｐフォンを取り出して、メモした。

梶山コーブン署長にからまれる形で、記憶を呼び戻した一連の流れのマークすべき点を思いつくまま、半ばアトランダムに列記した。

一、被害者・日下部綾緒の関係者（親類縁者、知人）の現在の動向確認
一、同・関係者で化学知識（ＶＸガスがらみ）のある人物を調査
一、綾緒の弟・輝人に菅沢直之の暴言を伝えた防衛医療大生の氏名（ＶＸガスがらみ）
一、同・輝人の遺骨を収集した樹海の関係団体と代表者氏名
一、綾緒のＤＶ事件を通報したとされる窃盗犯「ユーレイ」のその後の動向調査
一、被疑者・菅沢直之の現況（毎日確認）

第二章　十月十二日

（1）

十月十二日午前九時、恒例の署長への挨拶は避けて、柴は自席で調べ物をしている。

実は若竹寮の食堂で朝食を終えた後、大会議室の特捜本部を覗いたが、殺気立った空気がみなぎっていて早々に退散した。第二の犠牲者を身内から出した係長・江波京平警部率いる捜査一課強行犯捜査第六係は「坂根の張り込み場所を漏らした人物」捜しに躍起だ。その人物が特捜本部内にいると疑っているようだ。署長の指摘した通り、場所を提供した不動産管理会社、貸布団業者、張り込み場所の隣人など該当者はたくさんいそうだが、江波警部以下聞く耳持たぬ気配で、柴は話しかけられなかった。

パソコン画面を見て、「うッ」と柴はうめいた。山梨県警本部のホームページに信玄学園大学法学部教授・菅沢直之の捜索届を受理、とある。

一時間前には無事だった、十年前のあのＤＶセンセである。

成人失踪の場合、家族から相談を受けても、連絡が取れなくなってから四十八時間程度は様子を見る。今朝、捜索願を受理したということは、失踪は四十八時間より前、前長官殺害と同じ十月十日頃になる。

「落ち着け、落ち着け。とにかく、連絡が取れなくなった正確な日時だ」

息を吐き、山梨県警に問い合わせるべく受話器を取った柴の手を、誰かに摑まれた。

見ると、同期の江波警部がこわばった顔で立っていた。

「これから出かける。すまんが、先に話を聞いてくれ」

江波は「円谷泰弘」という名と川崎市内の住所が書かれたメモを渡した。

「円谷って」

「憶えていないか、昨日、吉祥寺の浅間勝利が口にした同類だ」

〈お前が友を庇うなら、我らも力合わせて、これに抗わん〉というサイトを主宰する人物で、昨日、浅間の内張り所を確保した後、江波自身が訪問した、という。

「昨日の昼は留守で、夜と今朝は部下が空振りした。但し、ゆうべドアの前にあった誰かの差し入れらしきパンの袋が今朝はなかったそうだ。が、うちはいま人手をさけない」

「だから、オレに行けって、か……了解した。坂根はオレの部下でもあった」

「ありがとう」と江波は安堵の表情を浮かべた。

「葬式はどうなる。坂根は殉職だよな」と柴。

「前長官共々、とりあえず遺族で弔ってもらうようだ。警察式典はいま調整中」

「坂根の遺族から連絡があったら、オレにも教えてくれ」

「無論だ」

坂根を偲んで、しばし黙禱した後、柴は尋ねた。

「で、やはりVXガスか」

「そうだ。公安筋がマークしている団体、組織にはまったく動きがない」

「それで、弱小グループが気になるわけか。浅間さんや円谷ナニガシの」

江波は言うか言うまいかためらう感じに付け加えた。

「関連はまだ分からないが、昨日の朝、こういうものが公開、拡散されていた」

江波がpフォンの画面を見せた。坂根の顔写真に〈お尋ね者　暗躍警察官117号〉と派手にキャプションが踊っている。西部劇のお尋ね者ポスター風だ。

「暗躍警察って、どっかで聞いたな」

「浅間勝利が口にしたのさ。奴がこの写真を仲間に見せて、周辺を探らせれば、坂根の張り込み場所はバレたに違いない」

「第三者が会員制サイトで顔を知った〈お尋ね者〉刑事を偶然見かけて、一般のSNSに投稿、それが拡散されたとも考えられる」

「それもあるな。要点は、浅間が暗躍警察は円谷泰弘の造語、と言っていたことだ」

「じゃ、この写真公開にも円谷が関係しているのか」

江波が少し間を置いて、当惑顔で口を開く。

「関連は分からん。この〈暗躍警察〉は程度の低い会員制のサイトで、スピード違反や風俗店の摘発などに貢献した全国の警官がやり玉に挙げられる。暴走族ＯＢが恨みのある警官への意趣返しに素顔をさらしたのが始まりらしいが、切れ者ハッカーが参加してから海外のサーバーを使うなど痕跡を消すようになって、手を焼いている」

「ぼやいていないでなんとかしろッ。その上で、ふたつ、確認したい。第一に、程度が低いということは左翼とか右翼民族派とかの思想性はないという意味か」

「そうだ。主に暴走族やヤンキーの御用達。トラックの運ちゃんにも人気が高く、飲食業やサービス業全般の従業員、それらのバイトを通じて学生にも広がっている」

「第二に、坂根の写真がこの時期にさらされた理由は」

「そのお尋ね者の罪状にある通りならば、先月の下旬、聞き込み中、チンピラとやり合って、軽い怪我を負わせたことだ。相手が先に手を出したことは居合わせた兄貴分が証言して、ややこしい問題にはなっていない」

「それが、何故、昨日公開された」

「そこをうまく探れないか」

なるほど、と柴は了解した。円谷なる人物からは事実の確認だけでなく、関連情報を深く広く聴き出して欲しい、という思いがあるらしい。旧友の期待には沿うほかなさそうだ。

「やってみよう。吉祥寺の浅間さんはゲロったかい」

「完全黙秘《カンモク》だ。今日もカンモクなら、明日、お前さんに聴取を頼むよ」

満足そうに去りかけて、江波は柴のパソコン画面を覗き込み、暢気に尋ねた。

「菅沢直之って、誰だ」

柴は久しぶりに自ら捜査車両を走らせている。

運転は苦手だ。青免と呼ばれるパトカー乗務員試験に何度も落ちたクチである。

調布市内を品川街道から鶴川街道へ曲がって、多摩川を渡った辺りで、前の晩、薫子から預かった専用スマホが鳴った。運転が下手なので電話類はスピーカー設定にしてある。

《いま、どこ》

例によって、薫子は挨拶抜きで通話を始めた。

「署を出て、ひとりで川崎方面に向かっている。川崎といっても、新百合ヶ丘だけどね」

《メール、ありがとう。チャンバラ署長、鋭いね》

「十年前と今回の殺しは繋がる、って話か。まさか、日下部綾緒さんの親戚、友人など関係者が千々岩前長官に脅迫めいた連絡をしたとか」

《それはない。チャンバラ署長じゃないけど、あくまで、私の勘》

神西薫子は直感を重視する。関西の国立大学を優秀な成績で卒業したから、警察ならば、キャリア官僚となる逸材が何故かノンキャリア、現場警察官の道を進んだ。

記憶を手繰れば、若き日の薫子、曰く……。

「キャリアの男って、男子なの、子どもなのよ。小中学生の頃から同学年の女性をライバル視してきたから、役人になっても癖が抜けなくて、必死で追い落としにかかる。でも、同じ女性が捜査現場で目立った活躍しても寛容なわけ。どうせ、ノンキャリアの女くらいしか認識しないから。つまり、仕事で能力を試したい女子はノンキャリアを選んだ方が断然やりがい持てるわけ」

同期一同を唖然とさせた宣言通り、順調に出世して、いまや国家公務員の警視正だ。

《ねえ、新百合って、何よ。野暮用ってわけじゃないでしょ》

柴は訪問する円谷泰弘の簡単なプロフィールと江波警部の依頼意図を伝えた。

江波からpフォンに送られた円谷泰弘情報によれば……。

〈お前が友を庇うなら、我らも力合わせて、これに抗わん〉と名称は挑発的だが、活動は穏健、「友人知人を優遇する不公平で不公正な政治をやめさせよう」と共感されやすい権力者批判をしている。標的は元首相ひとり。お友達の私学経営者たちに便宜をはかった件、それに付随した公務員の受難など事件や疑惑は漏れなく網羅するが、目下の主眼はDVセンセの事件に絞っており、主宰者の円谷のコメントは「これでいいのか。こんな非道を許してもいいのか」と冷静で、攻撃や扇動は行っていない。「管理人」に徹しているのである。

江波メモによれば、公安は〈危険とはいえないが、監視対象〉とマークはしているそうで、円谷泰弘本人の経歴や思想背景などは後送する、とあった。

「そういう次第でね、多忙な江波さまに代わって、オレが円谷泰弘に話を聴くわけさ」

《円谷泰弘ね。こっちでも調べてみる》

「実は、この人物、オレが個人的に調べた別件の資料にも登場していたよ。菅沢センセのDV被害者である妻・綾緒には弟がいた。八年前、その弟・日下部輝人の白骨死体が樹海で発見された。

そして、発見したボランティアグループのメンバーに円谷泰弘がいた」
神西薫子は押し黙った。即断即決が身上の彼女の沈黙には深い意味がある。
《円谷の件、徹底的に調べてみるわ。それで、特捜本部は十年前の件とは》
「関連づけていない。坂根刑事の写真が殺害直前にネットでさらされたことを深掘りすれば、自ずと見えてくるはずだが……あ、坂根だけどね、オレの印象では本部捜査一課入りは大抜擢に思えるけど、手柄でも挙げたのか」
《私が推薦した、というより、同期のよしみで江波くんにゴリ押ししたの。坂根本人に泣きつかれて。十年前のご褒美ね》
「そうかあ、十年前、逮捕中止命令に素直に従ったご褒美かあ……いよいよ、因縁話めいてきたなあ」
「よかれと思って、したことだけどね、いまとなっては、後味が……」
因縁話は歌舞伎の十八番《おはこ》でコーブン署長の顔が浮かぶので、柴は話題を変えた。
「菅沢センセが行方不明でね」
《私もいま知った。それで、柴くんに電話したわけ》
「いかん。山梨県警に失踪した正確な日時を確認するのを忘れた」
《確認したわ。親族が甲府中央署に相談に来て》
「親族って、誰。奴さん、再婚したの」
《教授は独身。DVがらみで三度も離婚した男に近寄る女性はさすがにいないでしょうよ。警察に相談に来たのは同じ甲府市内の別の家に住む実姉。この相談は前長官殺害の翌日。姉によると、前々日の夜、所用で外出して外泊する、と菅沢からのメールがあったきり連絡が取れなくなったそうよ》

「メールか……本人が書いたとは限らないな。たとえば、メールを送った時には拉致監禁されていた、あるいは殺された可能性さえもある」

《そのメールを姉が受け取ったのは前長官殺害の前日になるわ。同一犯人ならば、犯行は、まず教授失踪、次に前長官殺害、それから坂根刑事殺害の順番かしら》

「十年前のDV事件と逮捕中止命令が犯人の動機ならば、理屈が通る順番だな」

《特捜本部もそう見るかしら。あ、十年前との関連は考慮していないんだっけ》

「残念ながら、今回の連続殺人と十年前の件はまったく結びつけていないよ」

新百合ヶ丘は五、六年ぶりだ。

娘の円が映像関係を志望した時期があり、妹・早織がいまも講師をしている新百合ヶ丘の映像系大学を父娘で見学したことがある。

その後、突然、円の志望は法曹関係となり、私立大学の法学部に進み、実績高い学内の研究会に在籍して司法試験を目指した。ところが、三年の秋頃に、またもや突然、現在の福祉関係に変更した。学部に在籍中の司法試験合格もあり得る、と研究会のOBや仲間の評判を聞いていたので、親バカとは思いつつも、柴は志望変更の理由を娘に尋ねた。

娘は柴とは絶縁状態にある弁護士の祖父・彬に相談したようなので、それ以上、柴は口を挟まなかった。

前回は気づかなかったが新百合ヶ丘にはもともと音楽大学もあり、芸術の香りあふれる学園都市になりつつある。

柴が駅前の時間貸し駐車場で捜査車両を降り、時計を見ると時刻は午前十一時。

駅前から徒歩七、八分ほどの三階建てビルの名が円谷ビルで、表看板は司法書士事務所とある。円谷泰弘の事務所は二階。柴は入り口で身分証を出したが、円谷は不在だった。

城戸《きど》という事務の老婦人は刑事である柴をにこやかに迎え、訪問目的を聞いた。同種のサイトを主宰する浅間勝利について知りたい、と柴は正直に明かしたが、サイトについて事務所は関知しておりませんので、とにべもない答えだった。円谷は午前十時に外出し帰りは午後の八時頃になることが多い、と城戸は申しわけなさそうに補足した。

帰り際、柴が机上のペーパー・ウエイトを褒めたら、お詳しいの？　と聞かれたので、古美術商の弟がいると答えた。値打ちものなら売りたい、と円谷が言ったとのことなので、撮影して弟に送った。江波警部への土産に事務所の様子も撮影しておいた。

特徴のないオフィスで、浅間のように反警察キャリアのファイル類を誇示せず、市民社会に溶け込んでいる。そこに円谷の手強さを感じたのは公安がマーク中と知ったゆえの「予断」かもしれない。柴は老婦人・城戸に名刺を置いて、事務所を辞去した。

一階まで降りて、円谷ビルを観察する。一階は手作りのパン屋だ。昼前で繁盛している。

二階の司法書士事務所の案内プレートには自殺防止や反貧困のボランティア団体が併記されていたが、浅間勝利に聞いた〈お前が友を庇うなら〉云々の挑発的な団体名はない。

三階は円谷の住居らしい。柴は上がって、チャイムを押したが、応答はなかった。

一階のパン屋で昼飯と夜食用に調理パンや菓子パンを多めに買いながら、「相続の件で司法書士に相談にきた」と円谷の評判を聞いた。大家である円谷の評判はすこぶる良く、売れ残りのパンをビニール袋に入れて届けるが、毎回手書きのカードで返礼する、そうだ。

円谷泰弘なる「危険人物」とは会っておこう、と柴は車内で待つことにした。

無論、待機時間を利用して仕事はする。

ＶＸガス事件特別捜査本部の雑用と薫子の密命の他に、シングルマザー連続暴行事件で近隣署と合同捜査中の部下のフォローもする。所轄の刑事課長は「なんでも屋」なのだ。

氷室部長刑事とカニ・栄刑事が立ち寄っている武蔵府中署は新百合ヶ丘に近いので、適当な時間に寄ってもらい、捜査状況を聞くことにした。

その後、神西薫子も急きょこちらに来るというメールの着信があった。

目立つといけないので、駅前から円谷ビルが見える立体駐車場の二階に移動する。

三十分後、氷室部長刑事と栄刑事が自分たちの車両から柴の車の後部席に乗り込んだ。

「課長、例のベービー、悪知恵は働くようで」と氷室。

「悪知恵といえば漂白剤かな。塩素系と酸素系があるんだろう」と柴。

「あら、ご存知で」

「こう見えても、十年前まで赤バッジ組だからね。当時から犯罪者たちは携帯電話の始末に知恵を絞ったものさ。確か、酸素系の液体漂白剤は過酸化水素が主成分で、これは消毒薬のオキシドールと同じ成分とかで携帯の機能をダメにするらしいね」

「課長、正解。素晴らしい記憶力です。ベービーは押し入った先の漂白剤が塩素系の場合、これは武蔵府中の事件ですが、わざわざ持参した酸素系漂白剤を使いました」と氷室。

「足カバーも含めて用意周到だな。掃除機とその事後処理、コンドームも忘れない。性の衝動は抑えられないクセに妙に冷静だな」

「冷酷なんですよ、感情がないみたい」

カニ・栄刑事が初めて口を挿んで、不快そうに顔を歪めた。柴は首が疲れるので、ミラー越しに頷く。そのミラーの柴を見て、氷室が付け足した。

「事務的とも言えますね。課長、性格だけでなく、職業的な習慣かもしれませんよ」

「事務的か。なるほど、準備と後処理の段取りを怠らないのは確かに職業的な習慣かもな。つまり、事務職だろう。もっといえば、役人か、それも福祉関係……」

氷室が学校のホームルームのように挙手して、意見を述べた。

「税務関係もあり得ますね」

「税務署、そうか、確定申告すれば氏名、現住所、家族構成も一目瞭然だ。よく気づいたね」

氷室は照れくさそうに笑って、弁明するように告げた。

「実は昨夜の課長のアドバイス、現場百遍の実践で、今朝、出勤前に深大寺南町事件の横寺恵さんを訪ねたんですよ」

「保育士さんだね」

「はい。こちらが話題にする前に、横寺さんがベビーパウダーの匂いをさせた男性と会った記憶がある、と言い出しまして」

「へえ。どこで」

「無料の税務相談会だったそうです。前の職場を退職した翌年、確定申告をすることになり、相談に乗ってくれた男性からベビーパウダーの匂いがした。三年ほど前で、顔はまったく憶えていないけど、ベビーパウダーなんて肌が弱いのかなあ、と印象に残ったそうです。それで、私が他のふたり、阿佐谷と武蔵府中の被害者に電話で確認しましたら、全員、確定申告の経験があって、無料税務相談も受けていました。ベビーパウダーの匂いを憶えている人は他にありませんでしたが」

「すると、ベービーは税務署の職員かい」

「地元の税理士さんも協力してくれるそうで、目下、三署で手分けして精査中です」

氷室の答えに、柴の刑事の勘が「脈あり」と鐘を鳴らした。

「その線で行こう。カニ、保育園の防犯カメラ、氏名不詳の人物、確認できたか」

「氏名不詳者は五名に絞り込まれましたが、被害者三人とも犯人はマスク越しでしたので、顔を見ても分からない、と自信なさげで」

「そうだろうけど、その氏名不詳者が税務相談の職員か税理士にいればさ」

氷室が即座に反応した。

「氏名不詳写真は各署に転送しましたので、税務相談会の主宰者に面通しを頼みます」

「よし、頼む。おや、カニ、ほかに何か言いたいことでも」

氷室部長刑事の前では遠慮がちな栄刑事の表情を見て、柴が促した。

「はい。いま仕入れてきたホットなネタがあります。武蔵府中の被害者ですが、スマホは漂白剤でダメにされましたが、最初に電話を受けた際、犯人の番号を紙にメモしていました。入浴中で最初の電話に出られなかったそうです。親戚や知人の新しい番号かもしれないと思って、念のため控えたと言っています。なお、当該の電話は八十二歳の女性でした」

「その老婦人に電話した覚えは」と柴。

「ありません。携帯を他人に貸したこともないそうです」と栄刑事。

「カニ、その高齢女性は府中市内の人」

「いいえ、確か、住所は」

「中野区鷺宮《さぎのみや》です」

氷室がすかさずフォローした。

「鷺宮、西武新宿線だな……二件のレイプ事件と一件の未遂事件、三件の共通点としては、新宿以西に犯人の土地勘ありか。カニ、老婦人の税理士も調べて、保育園の氏名不詳写真を見てもらおう。いまはそんなところだな。ふたりはとりあえず署に戻るのかな」

栄刑事がメモを渡して、それを見ながら氷室が答えた。

「いいえ、吉祥寺署に寄ります。ゆうべ、駅付近で住居侵入事件があって、足痕《ゲソ》がベービーの靴底と一致した、と吉祥寺署の鑑識係が太鼓判を押したそうです」

「合致ではなく一致と言い切ったの。凄い自信だねえ……でも、鑑識さんの断定した通りにベービーのヤマだとすると、事件発生の間隔が狭まっているな。子どもを誘拐したと脅す手口を公表されて、野郎、焦っているかな」

「なら、狙い通りですが、被害者が出ては困ります。次の犯行前に捕まえないと」

「無論そうだけど、氷室部長、ゆうべ、吉祥寺の駅近く、っていえば」

「そうです。坂根部長刑事の殺害現場の近所です。時間は確定しませんが、ほぼ同じ頃ではないか、と吉祥寺署はみています」

「すると、坂根の件で大騒ぎになって、ベービーは未遂で逃げたか……ひょっとしたらさ、見ているかもしれないな」

氷室の横で栄刑事が断言した。

「いいえ、住居侵入された被害者は犯人を見ていません」

「いやいや、ホシ同士がお互いをさ」

「坂根部長刑事殺しの犯人とベービーが、ですか」

自分でそう言ってから、栄刑事は驚いた顔で氷室を見た。

「あるいはどちらか一方かもしれないが……。私の仮説だから、こだわる必要はないが、周辺の聞き込みは念入りに頼む——この仮説、署長《おやじ》にはしばらく内緒だ」

ふたりの女性刑事は心得顔で深く頷いた。

「あの人も赤バッジの後輩に冷遇されて辛いだろうが、おとなしくしていてくれなくちゃ、こっちはオチオチ外出もできないよ。さて、きみたちは吉祥寺署の後は鷺宮の老婦人廻りになりそうだね。これ、差し入れ」

柴は余分に買った調理パン類をふたりの部下に持たせて、送り出した。


氷室部長刑事たちの捜査車両と入れ替わりに薫子の高級車が横づけされた。

車内履きのスニーカーで柴の車の助手席に移動して、薫子は前置きなしに尋ねた。

「いまの年長者が、氷室玲奈かしら」

柴の目には二十八歳の氷室部長刑事と二十六歳の栄刑事は同年代にしか見えない。凄い眼力だ。が、柴も忘れていた氷室のフルネームを何故この場で使うのだろうか。

「氷室部長に個人的な関心でも」

「……まさか、柴くん、知らないの」

昔から秀才の薫子にそう言われると「柴くん」が「柴犬《しばけん》」に聞こえる。

「なんだよ、周知の事実みたいに。まさか、ウチの署長の隠し子か。いや、それはないな、全然似ていない。あ、愛人さんの娘か」

「愛人の娘は正解。チャンバラ署長ではなく、前長官ね」

「……彼女、千々岩前長官の」

薫子が頷き、いくつかの柴の疑問がたちまち氷解した。

たとえば、前長官の亡くなった朝に署長室に氷室部長刑事が呼ばれて、戻った時には蒼白だった件。彼女はあの時に父の死を初めて聞いたのだろう。翌朝、副署長が署長に確認した「捜査回避」の対象は署長ではなく氷室部長刑事だった。だから、氷室部長刑事は父である前長官殺しの特別捜査本部に招集されなかったのだ……。

想念の世界に浸った柴の耳に薫子の声が割り込んで、現実に引き戻した。

「柴くんが氷室玲奈について知らなかったことは分かった。ついでに、密命の内容に変更があったので、よく聞いて。まず、氷室玲奈の現住所を教えて」

「署の警務に聞けよ」と反射的に柴は嫌悪感を示した。

「表立っては聞けないから頼んでいるの。早急に調べて」

「調べてどうする。オレが何のために動くのか、そろそろはっきりさせたいね」

つい語尾がきつくなったせいだろう。薫子の表情が変わった。姉が弟をたしなめるような上から目線ではなく、同期の親密さが戻っている。穏やかな口調で話し始めた。

「ごめんなさい。余裕がなくて言葉足らずな言い方をしてしまったわ……私には菅沢直之教授の失踪が偶然とは思えない。犯人は十年前の事件がらみで犯行を重ねているのに違いない。その対策を講じる意味でも前長官が所有する事件関係書類を回収したいの」

「書類の回収？　パソコンにデータが保存されているだろうに」

「そちらは手当した。でもね、前長官の唯一の欠点はペーパー至上主義。つまり、紙にプリントした情報しか信用しなかったことなの」

「そういう世代だな。自宅には？」

「世田谷の自宅はいま空き家同然でご長男が管理していて、回収済み。前長官は目黒駅前のマンションから職場である財団に通っており、こちらも回収済み。夫人はハワイのコンドミニアム住まいで、前長官の私物は一切なし」

「直に確認したのか」

「前長官のご葬儀に帰国される夫人を迎えに行く、という名目で、私の部下が出向いたわ。前長官の私物は着替えひとつなかったそうよ」

柴は押し黙った。千々岩隆前長官の私生活が垣間見えた気がしたからだ。全国警察官二十九万三千五百人余の頂点に立った人物——その幸不幸ははかりしれないが、孤独であったことは間違いないようだ。

「そういう次第で、愛人かい。そんなに長く続いていたの、氷室部長のママと」

「復活したらしいわね。慈愛堂大学病院は虎ノ門に本院があり、前長官の現住所・目黒からはそちらが近い。十年前にステント処置を受けたのは狛江の病院だけどね。合理的に考えれば本院の方が医療スタッフも設備も充実している。気になって狛江病院で聞き込みをしたら、前長官の世話をする中年の女性がいて、住まいが狛江。氷室という珍しい苗字だった」

「で、ウチの氷室玲奈部長刑事に辿り着いたか。偶然、同じ苗字では？」

「警視庁本部の事務職に氷室という女性がいて、前長官とも仕事で交流があったそうなの」

「そこまで調べがついているなら、氷室部長本人に住所を聞けよ」

「分かるでしょ、デリケートな問題なの。直属の上司である柴くんなら」

その瞬間、もやもやが晴れた気がして、柴は素直に告げた。

「分かった。すまん。身内の氷室があれこれ詮索されている気がして、イラ立った」

「ありがとう。助かった。氷室宅の住所が判明したら、資料の回収は私がします」

「了解。すると、オレへの密命の変更って」

「前長官毒殺の特捜本部もシングルマザー連続暴行事件も離れて、柴くんには十年前の事件関係者の現状を徹底的に調べて欲しいの。調査対象のリストはメールで送ります」

柴は現在も二つの事件の連絡調整と補助役に過ぎないから、大勢には影響がない。

「了解した。特捜本部の了解はそっちで取ってくれよな」

「必ず取る。じゃ、急ぐので」

「待てよ、きみも殺しの標的かもしれないぞ。気をつけろ」

「ありがと。柴くんもね」

薫子は珍しくお愛想のウインクをして、高級車に戻った。

薫子に聞いた氷室玲奈の境遇が頭に残り、柴は車内で少しぼんやりした。

副署長が話題にした捜査回避が認められたから、前長官との親子関係は人事も承知しているようだ。が、本妻か長男が喪主となる葬儀へ氷室母娘は弔問に行くのだろうか……。

《我が家は母子家庭で、母の帰りが遅かったもので、私も放課後は学童で過ごしました》

珍しく身の上話をした時、氷室の声が寂し気だったことを思い出した。

(彼女にとって、一緒に暮らさなかった父親はどんな存在だったのだろうなあ)

柴もいつになくしんみりして、上司として何ができるか、あれこれ思案した。

すると、ｐフォンが鳴り、画面を見た。氷室玲奈からの着信だ。

《氷室です。いま課長と話していた女性の車、尾行されています》

「え。きみ、どこ?」

《近所です。課長にいただいたパンを食べていたら、あの高級車が出て来て、外に路駐していたスポーツワゴン車が尾行を開始しました。追尾しますか》

「頼む。もろもろの説明は後でする。追ってくれ」

柴はダッシュボードにあった薫子専用のスマホを摑んだが、そのまま元に戻した。

警視庁本部の幹部である薫子を尾行するのは誰か、見極めたいと思った。

第一候補は、ＶＸガス連続殺人の犯人だ。異変が起これば、氷室たちが対処するはずだ。

第二候補は、薫子の内部の敵だ。薫子は派閥のためには動いていないと断言したが、前長官毒殺事件以降の動きは怪しく、警察全体の危機管理なる名目も信じ難い。

第三候補は、「警察の警察」である警務部人事第一課監察官室だ。

薫子の異例の出世には悪い噂がつきまとった。発信源はゴボウ抜きされた先輩や同僚で、男の嫉妬は凄まじい。上司と寝た噂は掃いて捨てるほどあるが、柴が気にしているのは千々岩派の金庫番という説だ。薫子は裏金作りと資金管理の担当者と聞いている。

派閥のボスである前長官の死によって、裏金をどうするのか。移動させるのか。

「警察の警察」である監察官室が金庫番と目される薫子をマークするのは当然だろう。

その意味で、薫子がペーパー至上主義の前長官の後始末をしている点が気になる。

第一候補は犯罪者だから断固阻止するが、第二第三の候補も侮れない。薫子がらみで柴の存在が知られたのならば、柴自身も警察官として良いことは何もない。

《人一倍暢気《のんき》なオレが、絶体絶命の窮地に陥っているってわけか……》

柴は難しく考えることが嫌いだ。難しいと思ったら、寝ることにしてきた。前夜、一睡もできなかったことを思い出した途端、柴は眠りに落ちた。

立体駐車場ビルの構内に響き渡るブレーキ音で、柴は目が覚めた。
十月も十二日だ。日の入りは少しずつ早くなり、周囲はもう暗くなっていた。
見れば、司法書士事務所のある円谷ビルの二階に灯りが点っている。
電話番の老婦人が点灯したのだろうと思いながらも、柴は事務所に電話した。
《はい。円谷事務所》
耳馴染《なじ》みの良い老人の声が応えた。声に張りがあって壮健そうだ。
「円谷先生ですか。私、昼間、お伺いした調布狛江署の柴と申します」
《あァ、留守にしていて申しわけありません。お名刺を確か》

「はい。お預けした者です。近くにおりますので、これからお伺いしても」

《それは困る。仕事が溜まっていてね、じっくり話を聞く時間がないのですよ》

「吉祥寺の浅間さんをご存知ですよね。浅間勝利さん。あの人について、少しお話を聞きたいんですよ。五分で結構です」

《五分といって、五十分粘るのが、警察でしょ、柴さん……あれ、柴さん、て》

「名刺をご覧ですか。柴一彬《かずあきら》と読みます。先生、あの」

《昼飯がね、まだなのですよ。晩飯兼用ですがね。では、三十分後にどうぞ》

「お会いできますかッ。ありがとうございます。では、三十分後に」

思いがけない進展に喜びながら、待つ間を利用して、署の警務に電話。氷室玲奈の住所を聞く。たまたま小笹副署長が居合わせたので、お口添え願って、聞き出せた。

紙にメモして、手に取ったのは薫子専用スマホではなく、pフォンだ。着信履歴がある。開くと、警視庁本部の駐車場の写真――氷室玲奈部長刑事が追尾に成功したようだ。

まずは、高級車を降りる神西薫子。

そして、スポーツワゴン車の運転席から降りたのは、別当環だった。

逮捕状を寄越せ、と跳躍して柴に迫った空手三段の熱血女性刑事。そして、いまや監察官室の主戦級鬼警部である。薫子の敵が分かった。第二候補と第三候補を兼ねる強敵だ。

連絡すべく薫子スマホを取ると、こちらには円谷泰弘の経歴がメールで届いていた。

その経歴は……。

円谷泰弘は年齢七十代半ばで、関西の国立大学中退。「過激派」と称されたセクトの幹部だったが、逮捕歴はない。というのも、運動の前線に出ず、いわゆる「金庫番」として資金調達と管理に徹したためらしい。

学生運動が停滞した八十年代にセクトを離れ、川崎市内の実家に帰った。新百合ヶ丘で司法書士事務所を経営していた父親の仕事を手伝い、本人も資格取得。事務所の評判は良い。

社会的な活動とは無縁だったが、旧友の遺体が富士の樹海で発見されたことから、同地で遺体や遺骨の収集と慰霊を行う団体の一つに参加して、現在はその代表者である。

遺骨遺体収集の関連で自殺防止や貧困者救済の活動にも関わっている。

八年前、日下部輝人と思われる遺骨を収集したことから姉の日下部綾緒の受難を知り、憤慨し、彼女の民事の裁判闘争を支援した。根本の原因は当時の首相にある、と政界追放を訴える政治活動にも参加。現在はその団体を主宰して、活動の中心となっている。

活動を通じて広範囲の人脈があるが、以前属したセクトとの関係は断っており、公安では最重要危険人物ではないが、〈警戒レベル〉と判断されている。人脈の中には人権派弁護士として知られる柴の父・彬の名もあった。

(2)

「やはり、柴彬先生のご子息でしたか。ご尊父さまには友人数人が親身に弁護していただき大変感謝しております」

円谷泰弘は温厚そうな笑顔で会釈した。銀髪と呼ぶべき白髪頭を長髪にしていた。

「父とは疎遠でして……祖父は品行方正な警察官でした」

父親の影響を受けた「進歩的で民主的な警察官」ではないという含みで、柴が挨拶すると、円谷は合点がいった顔で頷き、訪問目的を尋ねた。忙しいらしく老眼鏡を鼻にかけて読んでいた書類のほかにも例のペーパー・ウエイトの下には契約書の類が山のように積んであった。

柴は聞くべき項目のひとつ目を切り出した。

「前警察庁長官の千々岩隆氏の事件はご存知ですね」

浅間勝利のような憎まれ口は叩かなかったが、弔意も示さず、円谷は目で次を促す。

「あなたには仇敵のひとりであったと思われますが、感慨のようなものはありませんか」

「……強いて言うなら、残念です」

「残念。死なせたくはなかった、という意味でしょうか」

「死ぬ前に謝罪すべきでした。日下部綾緒さんへの仕打ちはあまりに無慈悲です。あの逮捕中止命令だけは言葉を尽くして謝るべきでした」

「なるほど。お名前が出たので、確認しますが、円谷先生が〈お前が友を庇うなら〉なるサイトを立ち上げ、日下部綾緒さんの支援に傾注されているきっかけは、彼女の弟・日下部輝人さんの遺骨収集に関わったことですね」

「そうです。富士の樹海で見つけたご遺体——既に白骨化しておりましたが、そのご遺族として、入院中の綾緒さんを訪ねました。意識は不明でしたが……」

「そして、彼女の受難を聞き、同情された」

「同情もありましたが、むしろ、怒りです。憤慨しました。綾緒さんの受けた屈辱はまさに時代劇だ。庄屋のバカ息子が美しい嫁を殴って怪我をさせたのに、バカ息子が代官に泣きついたら不問に付されたという陳腐で安っぽい設定そのものです。時代劇ではヒーローが登場して解決する。現代社会はヒーローの役割を警察や検察が代行する――これが法治国家であり、民主主義です。その当たり前の道理が綾緒さんの事件では通らなかった……ここまでの、私の理解に間違いがありますか」

間違いはない、と思ったが、柴は反応せず、ただ見返した。

「しかも、柴さんもご存じの通り、綾緒さんの事件には警視庁の最高幹部のひとりが関与した……こんな非道を許しては死ぬに死ねない。そう感じて、私は支援しています」

「お考えは十分に分かりました。私が口を挟む余地はありませんが、確認をとっておきたい事実がありまして……樹海の遺体収集に話を戻しますが、きっかけは白骨化した旧友が発見されたことですね。以来、二十年余りで発見、収集された、ご遺体の数は」

「総数は多いですね。私のグループ以外にも行政や他の民間団体があり、毎年、関係諸団体全体では二十体前後。私共でも年に四、五体、これまでを合計すれば百体近くは」

「その中に、お知り合いの方はおられましたか？」

円谷の眉が少し動いて、温厚に見えた表情が少し強張り、歪んだ。

「柴さん、ご質問の意図が分かりかねますが」

「旧友の遺体確認に立ち会ったことをきっかけに遺体や遺骨の収集に参加された。これは分かります。ですが、二十年以上続けるには、動機、モチベーションが必要ではないか、と考えました。若い人たちの言葉を借りれば、裏テーマというのでしょうか。たとえば、探し続ければ、消息不明の他のご友人を見つけられるかもしれないとか」

説明には頷きながらも、円谷の表情はさっきより強張っていると柴は感じた。

「ふむ。自分では気づかなかったが、意識下でそんな気持ちが働いていたのかも……実際この二十年の間には他にふたり、昔の知り合いを見つけています」

柴は静かに頷き、二十年間に三人の知人の遺体収集と手帳にメモした。

薫子からのメールを読み、〈身を隠したい友人知人が多そうな〉円谷の経歴だと思った。その思いつきを話題にしただけだが、場の空気がはっきり緊張した。何かある、と柴は確信し、相手を少し強めに見据えた。わざとらしく書類を動かしながら、円谷は切り出した。

「では、そろそろ」

「すみません、もう少しだけ。円谷さんのサイトでは前長官の入院先を公開しましたね。円谷さんや浅間さんの公表、拡散が殺人事件を引き起こした、とは思いませんか」

「思いませんね。本来はマスコミが報道すべきだ。首相や閣僚ならば報じられたはずです。我々のサイトでは千々岩氏が最重要人物だ。会員の関心度が高い上位三名のひとりという意味で、後のふたりは元首相とＤＶ常習者の菅沢教授ですが」

「元首相はともかく、前長官や菅沢教授が公人でしょうか」

「前長官は公人です。退官後、天下りしたのは警察関連の財団の理事長です。無論、税金が投入されている財団法人ですよ」

「なるほど、公人ですか。では、菅沢教授はいまどこにいますか」

「存じません」

不意を突いたつもりだったが、眉ひとつ動かさない。全盛期には小さな政党並のメンバーを有した巨大セクトの金庫番にして、逮捕されなかった幹部だけのことはある。梶山コーブン署長風に言えば、柴とは「貫目《かんめ》」が違う。

「ご存知と思いましたが、菅沢教授は、目下、行方不明です」

「……それは警察発表ですか。では、私が公開、拡散しても構いませんね」

柴が頷くと、円谷はサブのパソコンの電源を入れて、起動させた。旧式で動きが遅い。

「円谷先生は吉祥寺の浅間勝利氏とそれほど親しくはないのですか」

「方向性は同じですが、考え方が違いすぎます。浅間氏は親の代から警察とは昵懇で、いまもシンパシーを感じているフシがある。たとえば、交番のお巡りさんや少年係の警察官は善人が多いと信じています。ま、柴さんのような方もいるでしょうがね、警察官は、警察官。国家権力の忠実な僕《しもべ》です」

「私は国民の僕でありたい」

反射的に柴が異を唱えると、円谷は教え子を諭すように、まず微笑した。

「そんな役人ばかりなら、我々は存在しなくていい。しかし、現実は違う。国民のシモベが上司の命令があった途端、〈権力のシモベ〉になり果てる。例外なく」

最後の言葉で円谷は柴をはっきり見据えた。〈お前もそうだろう〉と言いたそうに。

（この男は、十年前、オレも逮捕中止命令に従ったことを知っている）

柴は確信した。会う気になったのは父親の縁ではなく、柴が逮捕中止命令に従った警察官四人の内のひとりだからだ。関係者以外は知らないはずだが、サイトのシンパは警察内部にも多いようだ。坂根部長刑事同様に柴の写真も出回っているのかもしれない……。

柴は慎重に言葉を選んで話を再開した。

「それが円谷先生のお考えならば、質問があります。実は、前長官殺害に用いられた毒物が我々と同じ捜査員にも用いられました」

柴はｐフォンを出して、江波から送られた暗躍警察サイトのお尋ね者写真を見せた。

「殺される直前にネットで公開されて、この坂根部長刑事の顔が世間にさらされましてね。これを見た一般の人が犯人に坂根の居場所を教えた可能性があります」

「柴さん、お話がよく呑み込めないのですが」

「この写真を公開したサイト名は暗躍警察。これ、先生の造語だそうで」

「そうかもしれませんが、そのサイトは存じません。初めて聞く」

円谷は新知識に接した学者のようにパソコンで暗躍警察のサイトを開いた。

「……見たところ、私と縁はなさそうだ。警察に批判的な立ち位置は評価しますがね」

「実は、殺された坂根部長刑事、警察内でも知る者は少ないのですが、十年前に前長官から菅沢教授への逮捕中止命令を受けたひとりです」

円谷は表情を変えない。柴の関与を知っているのなら坂根も知っているはずだが……。

「今回の毒殺犯人は、十年前の逮捕中止命令に遺恨を持つ者ではないか、という仮説があります。菅沢教授の行方不明を聞き、私もその説を無視できなくなりました。ですが、犯人の動機というか、彼あるいは彼女、または彼らの論理、理屈が納得できない」

「どんな理屈を表明しているのですか」

「表明はしておりません。私の推量です――逮捕中止命令が許せない。その原因を作った菅沢教授は許せない。命令を下した前長官も許せない――ここまでは、なんとなく理屈が通る。中止命令によって菅沢教授は逮捕を免れましたし、前長官は官僚としての自らの失地を回復しました」

「では、理解できないのは」

「坂根部長刑事です。彼は命令に従っただけですよ。警察官なら当然だ」

円谷はパソコンのキーボードから手を離して、ひとつ息をついた。

「命令だから仕方なかった、という理屈はどうでしょうか。たとえば、命令だから殺す。自分に責任はない。兵隊がそう言って、殺される側が納得しますかね」

柴は相手の比喩――論理の飛躍に驚いて、異を唱えた。

「たとえが飛躍して極端すぎませんか。私は公務員一般の話をしている。公務員、とりわけ警察官は上司の命令に従う法的義務があります」

「だが、その坂根さんという刑事さんたちは裁判所が発付した逮捕状という法的な根拠を持参して逮捕に向かったわけでしょ。それを中止したのは上司、上層部だとしても、逮捕執行という役割を怠った当事者、実行者の責任があるのでは」

「……実行者の責任、ですか」

円谷は気管支が弱い人特有の咳をしてから、話を続けた。

「唐突で恐縮ですが、柴さんは『私は貝になりたい』というテレビドラマをご存知ですか？　テレビ放送が開始されたばかりの頃の大変に古い、大昔のドラマですけど」

「私は貝に……聞いたことはあります。確か、戦時中の」

「ええ。また、兵隊が出てきますが、ご容赦ください……床屋さんが兵隊に召集されて、米軍の捕虜を銃剣で刺し殺す話です。捕虜は九州方面を爆撃した米軍機パイロットで、墜落し瀕死の状態です。本部に移送しても途中で絶命しそうです。上官は殺せ、と命じます。床屋さんは殺そうとして果たせず、怒鳴られます。バカ者、上官の命令は天皇陛下の命令だ！　追い詰められて、床屋さんは目をつぶって突撃します」

（そんな話だったたっけ）と柴は円谷の説明に違和感を覚えた。

就職して初めてのボーナスでビデオデッキを祖父にプレゼントした時、ビデオソフトのリクエストも聞いた。日本とイタリアの有名な刑事映画二本と共に、予科練《よかれん》という海軍の学校に在籍中に敗戦を迎えた祖父は奇妙な題名のビデオソフトも希望した。

それが『私は貝になりたい』で、妹と祖父と三人で視聴した記憶がある。

「先生、うろ覚えですが、刑務所のような収容施設の話ではなかったでしょうか」

「それですよ。話の後半、床屋さんはＢＣ級戦犯容疑で巣鴨プリズンに収監されます」

「ＢＣ級戦犯。Ａ級戦犯ではなく」

「処刑された東条英機や指名を受けながら逮捕を免れた岸信介などＡ級戦犯が有名ですが、捕虜を虐待した者や民間人を殺害した者はＢＣ級戦犯と呼ばれ、七ヶ国で裁判を受けた。有罪となった者、約五七〇〇名が巣鴨プリズンに収容されました。この五七〇〇名のＢＣ級戦犯のほとんどが上官、上司の命令に従っただけです」

「にもかかわらず、有罪」

「ええ。ドラマの主人公は絞首刑に処されました」

その結末は憶えていないが、なんて理不尽だ、と柴は憤慨し、それを口にした。

「何故、そうなるのかなあ。上官の命令は天皇陛下の命令なのでしょ。無論、詭弁《きべん》だけど、日本人なら誰もが納得した共通認識だ。逆らえば軍法会議とか銃殺とか……」

柴はドラマの詳細を思い出した。祖父が柴や妹の前で号泣した場面があった。

ドラマの主人公は「生まれ変わったら、何になりたい」と問われて、抗しがたい運命、不条理に対し、抵抗するように呟く。「人間はいやだ。牛や馬も人間にいじめられる。そうだ、海の底の貝ならば、いじめられない」と答えた……。

「そうでしたね、柴さん、よく憶えておられましたね。テーマというのか、作り手が我々に伝えたかった点の一つは、おそらくこうです。主人公の主張、上官の命令に従っただけ、という言い分は国際的には通用しない」

ドラマのテーマが自分たち四人にも突き付けられていると柴は理解した。

「あのドラマの主人公同様に当時の坂根部長刑事は逮捕中止命令に従った。つまり、命令を下した前長官と同罪だ。だから、殺されても仕方がないのだと言われるのですか」

「私の意見、というよりも、あなたが犯人の理屈が理解できないとおっしゃったので、こういう考えもあるのではないか、とお話ししただけですよ……上司や上層部の責任は大だが、実行者には実行者の責任があるだろう、ということですね」

「それが、正直、まだ理解できませんね。戦時はもちろん、いまの日本人だって、上司の命令に従った、と聞けば理解し、むしろ、同情するのではないでしょうか」

「そうでしょうか。公のものである街路樹が邪魔、と除草剤で枯らせた民間企業がありましたね。上司の命令で実行した社員たちを、仕方ないよねえ、と世間は許しましたかね」

確か、公益性より私企業の利益を優先した会社は非難されて、盲目的に社命に従った社員たちも「社畜」とののしられた記憶がある。そんな柴の反応を見ながら、円谷は続ける。

「役所も同じですよ。生活保護を支給しないのもDV被害の訴えを無視するのも、下っ端の私やボクは悪くないよ。だって、上司がそうしろと言うのだから、自分には責任がない……私はね、柴さん、そんな無責任で主体性のない役人と毎日渡り合っているのですよ」

「先生や犯人は、そんな風潮にひと泡吹かせたい、と言いたいのですか」

「私は犯人の代弁者じゃありません。しかし、末端だから、下っ端だから、上司の命令には従って当然、どんなに過酷なことを一般の国民に行使しても、それは自分に責任はない、という言い分は、私は認めがたい。その場その時、一人ひとりが責任を負うのが公務員、役人の務めではありませんか……民間を含めて、社会人の責任といってもいい」

改めて念を押してから、円谷は書類の束を手に取り、仕分けを始めた。

「……円谷先生、勝手に押しかけて、長居をしてしまいました」

「恩人である柴彬弁護士のご子息と話せて良かった。ご尊父さまによろしく」

「会うことがありましたら」

「そういえば、柴さんは、坂根刑事は上司の命令に従っただけで何の利益も得なかった、とおっしゃられた。本当にそうであるならば、お気の毒ですが……」

語尾を濁して切り上げて、円谷は書類整理を再開した。

柴は静かにドアを閉めて、廊下に出た。円谷の最後の言葉が気にかかる。

坂根部長刑事には命令に従ったことでの利益はなかったように思える。

が、通常なら、生涯、第一線（所轄署）止まり、と直属の上司である柴が評価した坂根が希望者の数%しか入れない警視庁本部捜査一課に抜擢されたのは利益と言えないか。現に坂根本人に泣きつかれて抜擢した神西薫子が、あれはご褒美、と明言した……。

十月十二日、寝不足の柴の長い一日はまだ終わらない。

午後八時、まっすぐ署には戻らず、柴は二子玉川の妹の家に寄った。

もともとは祖父の家で、学齢期の柴三兄妹が平日を過ごした「我が家」である。

大学時代、柴と妹の早織にとってはこちらが本宅となり、父の暮らす本郷には用事がないと寄り付かなかった。古い玄関戸を引いて開けると、つい、あの頃の言葉が口をつく。

「ただいま」

妹の早織がエプロン姿で台所から顔を出した。事前に訪問は伝えていた。

「早かったね。急な電話だから、まだ何も」

「店屋物で良かったのに。へえ〜、ちゃんと作ってくれたんだ」

こちらも昔のままの寒くて暗い台所には鍋がかかり、まな板にはキャベツがあった。

「そっちは早織さんお得意のコールスローですか」

「茶の間にセットしてあるから、先に観ていて。終わるまでにはできあがる予定」

背中を押されて、廊下を挟んだ茶の間の襖を開ける。

大型画面のテレビを除き、炬燵も茶箪笥も襖も天井の汚れも床の間も昔通りだ。炬燵には稲荷寿司三個とお茶のセットがあり、ＤＶＤもあった。ビデオデッキはオシャカで、ＣＳ放送時に録画したという『私は貝になりたい』のＤＶＤをセットする。

ドラマの途中で料理はできたようだが、映像の専門家である妹は邪魔をしなかった。

テレビドラマ草創期らしく、画面は白黒、スタジオのセットのみで展開されるが、迫力は十分で、退屈せず終わりまで一気に観た。

すっかり忘れていたが、印象に残る場面があった。

軍事法廷で主人公は日本の軍隊の「常識」＝上官の命令は絶対を訴えるが、検事役の連合国側には通じず、通訳がたどたどしい日本語で何度も詰問する。

「命令を受けて、あなたはどう思った」

「あなたはどんな気持ちだったか」

「その命令をあなたは正しいと理解したのか」

主人公は憤慨する。記憶頼りに再現すると……。

「どこの国の軍隊の話をしてるんだ、命令をどう思ったか。どうも思ってもないよ、命令は命令だ。上官の命令は天皇陛下の命令なの。気持ち？　気持ちなんて関係ないよ。兵隊に気持ちなんてないの。命令が正しいかどうか？　だから、上官の命令は」

主人公のイラダチを見ながら、柴は泣けてきた。涙がこぼれて、止まらない。

最初は坂根部長刑事のために泣いた。犯人は弁明の機会を坂根に与えたのか、と思うと不憫に思えて、泣けてきた。事件後、初めて坂根のために泣いた。途中、主人公のイラダチが自分のものに思えてきた。円谷泰弘の論理。彼が解説した屁理屈。それらが連合国の追及と同じに聞こえて、耳から離れない。あの逮捕中止命令がよみがえった。

「命令を受けて、あなたはどう思った」

「思うも思わないもなかったさ。相手は警視監だぞ。警視庁本部の刑事部長さまだよ」

「あなたはどんな気持ちだったか」

「関係ないんだよ。現場の警察官の気持ちなんて問題にされない社会なの、警察は」

「その命令をあなたは正しいと理解したのか」

「正しいとか、正しくない、とかのレベルじゃなくて、上司の命令なの。上司の命令は」

同じだ。まったく同じだ。千々岩刑事部長から直接の電話がくるまでは柴は自身の出世を棒に振ってでも命令撤回案を具申すべきと考えていた。

だが、電話で千々岩刑事部長の声を聞いた途端、柴の思考は瞬時に凍結した。

第三章　十月十三日

（1）

「カズアキ！　おい、カズアキ、大丈夫か」

ドアを叩く音と漁師町育ちのコーブン署長の胴間声で柴は起こされた。

着替えもせずに寝込んだようだ。スマホの示す日時は十月十三日、午前四時。

ノックが続くので、柴はドアを開けた。

「すみません。悪い夢を」

「悪い夢だ、と。ざまあみろ。オレをないがしろにしてコソコソ動くから罰が当たったのだ。仕方ない。話なら、聞くぞ」

そのまま入りかけたので、署長を押し戻して、柴は告げた。

「顔を洗わせてください。十分後、隣の副署長用の部屋で」

不服そうだが、署長が引き揚げたので、柴は着替えと洗面道具を持って廊下奥のシャワー室に駆け込んだ。

独身寮は全室個室だが、シャワー室と大浴場、トイレ、洗面所は共用である。

五分で身体を洗って、柴は歯を磨きながら、着替えをする。朝の四時からテレビ時代劇を観る者は署長以外にいないようで、フロアは寝静まっている。

違和感があって探ると、ズボンのポケットに封筒があり、五万円の現金があった。

思い出した。それは、ゆうべ、二子玉川の家で妹の早織に渡された配当だった。

配当の出どころは……。

本郷の家で父と暮らす弟の修二《しゅうじ》で、円谷事務所で言った通り古美術商だ。

演劇専攻でロンドン留学したが、舞台美術から西洋アンティークの虜《とりこ》になった。

売買品目は幅広く、和物も扱うので古物商になるが、十数年前に亡くなった祖父の集めたガラクタ類や先祖の遺品に値打ち物が紛れていて、時々売れる。

祖父と不仲だった父・彬は相続を放棄したので、売買益は相続人の三兄妹で均等に分ける習わしで、年間ひとり十万円前後の臨時収入になる。相続時に第三者の専門家が鑑定し、三兄妹で税金を納めた上に確定申告もしているが、この配当は妻には内緒だ。

柴の小遣いというより、大半が領収書を得にくい捜査費に消える。

この種の捜査費、特に署長の交際費などを捻出するために管内の各方面に協力をお願いするのが所轄署の課長クラスの役目だが、調布狛江署はコロナ騒動以来、自粛しており、気骨《きぼね》の折れる作業からは解放された。梶山署長は生家が裕福で毎月仕送りがあり、捜査費の集金を催促しないのが、ありがたい。彼の唯一の長所だ。

通称ミーティングルームにはコーヒーの香りが充満していた。

「相変わらず、うまいですね。粉のひき方ですか。お湯の落とし方ですか」

チャンバラ署長の長所がもうひとつあった。コーヒーの淹れ方がすこぶるうまい。

「フン、ずいぶん油をかけるじゃねえか」

油をかけるは署長得意の歌舞伎の引用だが、お世辞を言う、という意味の江戸言葉で、戦前の東京・本郷生まれの祖父に育てられた柴には懐かしい言葉だ。

「柄にもない真似をしやがって、カズアキ、望みはオネダリか」

「抗議です。氷室玲奈の件、上長である私に、なぜ話してくれなかったんですか」

「話しただろう。玲奈嬢は、知人の」

「ご令嬢とは聞きましたが、父親が千々岩前長官とは聞いておりません」

署長は朝食のバゲットにかじりついたまま動きを止めて、目で問うた。

「昨日聞きました。情報源は申し上げられません」

署長はようやくバゲットを嚙み切り、咀嚼《そしゃく》しながら足首を振ってスリッパを飛ばし、靴下も脱いだ。ストレスが高まった証だ。案の定、憎々し気に毒づいた。

「フン、ネタ元はおぬしの同期のメギツネだろうさ——そういえば、昨日、あのメギツネ、おぬしと密談した後、監察に追尾されたそうじゃないか」

今度は柴がコーヒーカップに唇を触れたまま、凍りついた。何故、知っているのだ。

「恩知らずなおぬしと違って、氷室部長刑事も栄刑事も報告はきちんとするのだ。シングルマザー連続暴行事件への儂の支援を忘れておらん。感心だよ、実に感心だ」

「しかし、追手が監察と、何故」

署長はｐフォンをスクロールして、氷室玲奈から転送された別当環の写真を見せた。

「前にも話したが、不肖・梶山弘文、監察官室には三年いたから、昔の仲間がいる。彼女は将来の監察官候補、別当環警部。そういえば、彼女も十年前の四刑事のひとりだな」

署長はグッと柴の面前に顔を突き出す。反射的に柴が後ろにのけ反ると、署長は至極愉快そうに笑ってから、大口開けてバゲットに食らいつく。

交番勤務時代に「法規に忠実で融通が利かない」ので監察に島流しになった、と自慢気に話すのを聞いたことがあった。どうせ、ホラ話と聞き流していたが、本当らしい。

すると、すべて計算づくか……捜査一課時代の梶山弘文は法規すれすれの強引な捜査で知られたが、処分は受けなかった。いま思えば、処分する側の監察官室にいたからボーダーライン、さじ加減を熟知していたのだろう。やはり策士だ。いや、ワル、大ワルだ……。

「話を戻して構いませんか」

「氷室玲奈嬢を調布狛江署に呼んだ件か。千々岩隆氏とオレとの馴れ初《そ》めか」

「両方ですが、時系列にお聞きした方が理解は早いかと」

「話はオレの監察官室時代にさかのぼる」

署長はストレスが減じたのか、寒いのか、靴下を履きながら語り始めた。

「オレは剣道選手としてスカウトされて、警視庁入りしたから甘やかされた。特別扱いで、しかも空気を読むのが当時は苦手でな、交番勤務時代、防犯協会や交通安全協会の役員も遠慮会釈なく摘発したし、便宜をはからなかった」

「それで、監察官室向きと見込まれたわけですね」

「島流しさ。融通が利かない不適格巡査と認定された」

「そこで、千々岩前長官を担当された」

「千々岩さんのケースは少し複雑でな、あの人を嫉妬する連中の思惑が見え隠れした……。当時、あの人は四十歳前後、刑事部でマル暴を担当。広域暴力団の壊滅を指揮して、相当な成果を挙げた。海外、とりわけ極東ルートの麻薬コネクションに精通していて、極東はスパイがらみだから、公安が情報を欲しがった。が、千々岩さんは麻薬関係の情報漏洩を恐れて、公安の要請を拒絶した。それで、疑惑が浮上した」

「疑惑とは」

「裏で広域暴力団の幹部と癒着して、大ネタは隠し、小ネタのみを摘発しているのでは、というものでな、疑われた根拠は警察官にしては暮らし向きが良かったからだ。自宅はいまと同じ世田谷だったが、芝の高輪《たかなわ》と渋谷の松濤《しょうとう》に古いが、お屋敷と呼んでいい邸宅があり、軽井沢には別荘まであった」

「ほぉ……いまなら軽く十億を超える資産ですね」

「調べたら、ご先祖が明治の官僚だった。ご本人も奥方の生家も。本省の課長クラスだが、明治時代の官僚は高給取りだったのだなあ、カズアキ、凄まじい年収だぞ」

察しはつく。柴家は賊軍・会津出身で、小役人の系譜だが、東京府庁勤めだった曾祖父は本郷に家を建て、警部補止まりだった祖父も二子玉川で建売住宅を購入した。その子と孫は稼ぎが悪く、先祖の恩恵で暮らしている。なお、三鷹市下連雀の柴の自宅は妻の生家だ。

「すると、公安筋の嫉妬がらみの思い込みで、疑惑は晴れたのですか」

「そちらは晴れたが、別件が露見した」

「別件、氷室玲奈の母親ですか」

「そうだ。警視庁本部の一般職員でなあ……千々岩さんが苦手だった裏帳簿の見抜き方を教えてもらったのが、ことの始まりらしい」

「エリート官僚に愛人。それをネタに公安は情報共有を求めたわけですか」

「公安は知らんよ。オレが上にあげなかった」

「え、じゃ、もみ消した」

「女性と三歳の玲奈嬢が不憫でなぁ。三流週刊誌の記者が母娘の写真を撮った。その現場をひとりで張り込み中のオレが見ちまって、記者からフイルムを取り上げた」

「妙じゃありませんか。三流週刊誌が当時の千々岩前長官を知るはずは」

「マル暴（暴力団）だ。千々岩さんさえ担当を外れれば、打つ手はあったのだろう」

「すると、バックは暴力団。平警官が脅しても、記者は承知しないでしょ」

「……フン、オツリキなこと言うじゃねえか」

これまた江戸弁だ。歌舞伎での使用例は知らないが、戦前の本郷育ちの祖父は当たり前を「あたりき」と言い、当たり前ではない、珍奇なこと、「おつ」なことを「おつりき」と表現した。署長は心外そうだから、「なめたことを言うじゃないか」くらいの意味だろう。

ここは嵐が過ぎ去るのを待つほかない。柴は時間稼ぎに署長用のバゲットに挑戦する。

案の定、待ちきれず、署長の口が開く。

「記者には別の特ダネを渡したのさ。監察官室ってのはスキャンダルの宝庫だからな」

「……記者を黙らせて、千々岩前長官と直に交渉されたわけですか」

「また、また、おっしゃるもんだねぇ。ちと人聞きが悪かろうぜ、カズアキくん。オレは、ただ、はっきりケリをつけるなら、他言はしないと千々岩氏に伝えただけだ」

「ケリをつける、とは脅迫のネタになるような二重生活はやめろ、という意味ですか」

「離婚するか、二度と狛江に近づかないか、どちらかを選ぶ時だ、とは言ったな」

「じゃ、氷室玲奈母娘は当時から狛江に」

「そうだ。母娘の住まいは変わらないが、父親は来なくなった」

電話で話した氷室玲奈の言葉がまたよみがえった。

《我が家は母子家庭で、母の帰りが遅かったもので、私も放課後は学童で過ごしました》

氷室はプライベートな話題を滅多に口しない。聞き込みや同僚との意思疎通にもう少し腹を割って自分をさらけ出せ、と柴が助言した時、困った顔をしたのを思い出した。

悪いことを言ってしまった。反省と同情が入り混じり、柴の口調は湿り気を帯びた。

「……千々岩氏、認知は？」

「出生時にしたそうだ」

だからどうした、という話だが、出生時と聞いて、柴はほんの少し誠意を感じた。

「そうしてケリをつけた千々岩氏は出世の階段を駆け上がり、署長、あなたも刑事畑に異動して、本部の捜査一課で存分に仕事をされた。警視庁強行犯捜査係、別名・殺人捜査班で抜群の実績を残して、数係を統括する管理官に就任した。ところが、大変申し上げにくいのですが、管理能力を疑問視されて、不遇の扱いを受けることに……」

「おぬし、オレの九年の苦衷をそんな薄っぺらに解釈しておったか」

「……では、署長の長い不遇期間には他の理由がある、と」

「無論だ。当時の本部の警視以上はみんな知っておる。だが、誰も口にはしないさ」

その説明を待ったが、署長は口をつぐんだ。柴は息苦しくなって、話題を変えた。

「……氷室玲奈の存在と署長就任には因果関係がありますね」

署長が頷きながら、身を引き、椅子に背もたれたので、柴は話を続けた。

「私の想像では、おそらく氷室玲奈は実父である前長官に相談せず警察に応募した。戸籍謄本で認知した父親の名を見て、人事は大いに慌てて、現役の長官だった千々岩氏にお伺いを立てた。だが、千々岩氏はとくにリアクションしなかった。氷室玲奈は優秀な成績で警察学校を卒業、都心の名門所轄に配属。交番勤務で有能ぶりを認められ、本部機動捜査隊を経て、北品川署刑事組織犯罪対策課に異動。ここで問題を起こした」

「聞いたのか」

「はい。初対面の挨拶の時に。要約すれば……傷害事件が起こり、犯人は逃走、被害女性に事情を聞いた。以前から犯人のＤＶを同署生活安全課に何度も訴えたが、無視されて、今回の事件になった、と。氷室玲奈は憤慨し、女性の抗議を上司に報告したが、他部署に口出しするな、と叱責を受けた。ひるまず、生活安全課の一ヶ月分の業務を精査したら、同種の無視や被害届の不受理が五、六件あった。見逃せない怠慢と怒り、同課の女性刑事と連名で署長に報告。それが双方の課長に露見して、厳しい叱責を受けるさなかに、冒頭の被害女性が逃亡中のＤＶ男にまた襲われて、今度は重傷を負った」

「その通りだ。事件はマスコミにも漏れて、生活安全課の課長は退職、刑事組織犯罪対策課の課長は降格、左遷に追い込まれた。ふたりの女性刑事は警察の良心とマスコミや署外では称賛されたが、署内では厄介者扱いで、まったく浮いてしまった」

「そこで、署長、あなたが乗り出した」

「さよう。千々岩さんに面会を求め、提言した。自分を署長に据えてくれたら、ふたりの良心的な警察官を守り、健全に育成できる、と」

「千々岩前長官は」

「何故、氷室玲奈に関心を持つと聞かれた。だから、オレには責任があるからと答えたよ。二十数年前に幼子から父親を奪った責任がある、と」

「……前長官は」

「泣いた……目尻から、こう一筋、涙を流して、オレに頭を下げたよ。玲奈のことだけが心残りだ。よろしく頼むと背を向けた。帰れという合図だ。仕方なく本部の窓際席に戻ったらその日のうちに異動の内示があったよ。八月の定期交流で希望通りの署長就任さ」

（厭だ、厭だ。厭だ。かくもあからさまな情実人事がまかり通るとは……）

柴は心の中で叫ぶ。そんなコネ社会に自分もいるのだ。気を取り直して話を進める。

「それで、署長の赴任と共にふたりの女性刑事、氷室玲奈部長刑事と栄都刑事も昨年の八月に調布狛江署へ異動したわけですか」

「うむ。ま、そんな顚末だ。満足したか」

署長との付き合いは長いが、いつも強引に押し切られて、不満が溜まった。それが今回、初めてすっきりした気がする。署長の浪花節にやられたのは前長官だけではないらしい。何でも話せる親戚のように思えて、柴の口から出たのは自分でも意外な言葉だった。

「署長、ＢＣ級戦犯という言葉を知っていますか」

「藪から棒になんだ」

「改めて、昭和史を勉強し直そうと思いまして」

「……伯父貴《おじき》、母親の兄貴がＢＣ級戦犯だったよ」

「そうでしたか……それで伯父上は」

「死刑を宣告された。が、なかなか執行されず、巣鴨プリズン暮らしだったらしい。ほら、サンフランシスコ講和条約か、あの頃に〈ＢＣ級戦犯は上官の命令に従っただけの不幸な犠牲者です〉と助命嘆願運動が日本中に起こったそうだ。それで伯父貴は戦後も八、九年してから、やっと釈放されたそうだ」

なるほど、と柴は合点した。「上司命令に従ったから、部下に罪はない」という免罪符はいわゆる「武士道」に馴染まず、江戸時代や明治維新の頃に通用したとは思えない。

おそらくは幕府が「国防」のために農民中心に急ごしらえした幕末の兵制、さらに、明治政府の徴兵制を遂行するために「上官命令は絶対」という単純化が進んだのだろう。そして、現代日本にも残る「上司の命令に従った部下には罪がない」という責任不在の組織論は思惑ある人々の戦後のキャンペーンが起源なのかもしれない。

署長は静かに話を続けた。

「伯父貴は無論、一族郎党も社会復帰を喜んだ。が、前の職場には戻れず、網元だったオレのオヤジが副業で始めた水産会社を任された。伯父貴は戦争で一度、裁判で一度、二度も死にかけたからって働いてくれて、今日、オフクロや兄貴、オレまでが楽をできる」

「それは良かったですね。本当に……」

柴は身近に戦後史の具体例があることを知らなかったから、無事生還を喜び、安堵の息を漏らし、署長の伯父への敬意を示すために軽く頭を下げた。それから、用件を告げた。

「ご存知ならば、話が早い。実は、今回のＶＸガス連続殺人の犯人。単独か複数か不明ですが、その犯人に思想的に近いと思われる人物が妙な屁理屈をこねましてね」

柴は円谷泰弘の言い分を要約して伝えた。

署長は神妙な顔で耳を傾け、話の腰をおらず、最後まで聴き終えて、呟いた。

「上官の命令に従った兵隊が戦犯裁判では死刑を宣告されたように、日本型組織の常識は国際標準ではない、ということだな。だから、命令に従った坂根刑事は命令を出した千々岩さんと同罪というわけか」

「はい。だから、殺されても、自業自得。理不尽とはいえない、と」

「一理あるな。そう睨むな。賛同はとてもできんが、理屈は通っておるではないか」

円谷泰弘に言われた時は反発を感じたが、署長解釈を聞き、柴は少し冷静になった。

「そういえば、カズアキ、坂根は異を唱えず、命令に従った。結果、本部捜査一課入りした。一方、フダを寄越せ、とおぬしに飛びかかったそうじゃないか、別当環は」

「どうして、そこまで」

署長はワイパーのように面前で手を振り払って、重々しく告げた。

「そんなことより、坂根刑事が殺されて当然ならば、命令を取り次いだ課長の神西薫子、結果的には命令に従った課長代理のおぬし・柴カズアキ、部長刑事の別当環、同じく部長刑事の尾野一久も殺されかねんぞ」

「はあ……イッキュウさん、尾野一久のことまで、署長はご存知で」

「オレは何でも知っているのだよ、カズアキくん」

署長はアニメの名探偵のように顔に表情を作ってミエを切った。

「では、元凶のＤＶ先生、菅沢直之教授の失踪も」

署長はギョッとした顔になって、思わず立ち上がった。

「ほんとか。いつだ。いつ、いなくなったのだ」

「捜索願が受理されたのは昨日付けですから、行方不明は二～三日前では」

「すると、どっちが先だ。千々岩さんか。ＤＶ教授か」

教授、前長官、坂根部長刑事の順と推定しているが、柴は首を傾げるにとどめた。

「カズアキ、おぬし、悠長に構えておる時ではないぞ。まず、犯人は十年前の逮捕中止命令の関係者をなぜ特定できた。犯人側に関係者がおるのか。あるいは犯人に情報を漏らした内通者がおるのか。おぬし、すぐ行け。関係者に会え」

「別当環とは、今日の昼、会います。イッキュウさんの現状も聞くつもりです」

「そうか、よしよし。ＤＶ教授のいまの学校は静岡だったか」

「山梨です。イッキュウさんを訪問した後に出向きます」

「ゼニはあるか。軍資金は十分か」

「はあ」

署長は分厚い長財布を出して、茶封筒に十枚ほどの紙幣を差し込み、柴に渡した。

「今後は報告を忘れるな」

別当環の都合で一時間早まり、十月十三日午前十一時、日比谷公園近くのオフィスビルにあるレストランで面談となった。場所柄、マスコミ関係者も多い店だ。

「かえって、目立たないんです。みんな、忙しいから」

確かに忙しそうな客ばかりだが、何人かチラチラこちらを見る。あからさまではないが、著名な文化人や芸能人などに遭遇した際に、柴が取る態度に似ている。

柴も別当環も都心のレストランで気づかれるほど「顔」が売れた警察官ではない。

するると、理由は別当環の美貌だろうか。十年前は鋭角すぎた美形に知性と年齢相応のおおらかさを身につけて、現在の環は雑誌の編集者か新進気鋭の研究職に見える。空手は四段に昇段したそうだが……。

「別当さんに聞いても答えないだろうけどさ」

「なんでしょう」

「神西薫子を監視している理由」

「代理、失礼、柴警部は対象外です」

「しかし、別件では、きみも私も対象になり得るよ。千々岩前長官と坂根の連続殺人」

「ええ。坂根さんは残念でした。私との相性はよくなかった人ですけど……」

別当環はハンカチで目尻を拭った。

柴は菅沢直之教授の失踪も告げ、円谷泰弘の言い分も要約して、伝えた。

「命じた者も、命じられて従った者も、等しく同罪、ですか……宮仕えには厳しいですが、理にかなった言い分かもしれませんね」

梶山署長に続いて別当環も「命令に従ったのならば罪はない」という日本型組織論には与《くみ》しな

い口ぶりだ。環は十年前もそうだったが、柴はあえて食い下がってみる。

「……意外に冷静だね。それで、殺されても後悔はしない」

「後悔します。殺されたくもありません。でも、憎悪を生む行為に加担したのは事実です」

「きみだけは最後まで抵抗した」

「結果的には従いました」

「だが、神西薫子をパワハラで告発し、闇に葬られそうな事実を警察内部では公にした」

「中止命令そのものを問題にはできませんでした」

「……それは、誰にもできなかったさ。きみだけじゃない」

「いいえ。イッキュウさんは伊豆大島へ転勤されてからですが、本部警務部に提言しました。逮捕中止命令は間違いだった。調査すべきだと何度も、何度も意見具申を」

初めて聞く話で、柴は面喰った。記憶にある温厚な尾野一久部長刑事と警察社会では絶対タブーである「抗命」と取られかねない意見具申が結びつかなかった。否、柴が深く知ろうとしなかっただけで、尾野には気骨ある古武士の趣があった気もする。

「それで、あの人は」

「大島の交番勤務のまま定年前に退職しました」

（それも知らなかった。いったいオレは何をしていたのだ……）

本部の事情通に聞けば分かるのに、尾野の不遇な処分の背景すら柴は調べなかった。

（娘のネット性被害が当時の最優先課題だった。モラハラや殴打未遂など夫婦間の問題もあった。

が、逮捕中止命令の件を無理に忘れようとしていた、というのが正しい）

　柴は別当環の視線を感じながらも、頭に占める想念を振り払わなかった。なにか、とても大切なものに思い当たった気がして仕方がない。

（あの逮捕中止命令はあってはならないことだったのだ。警察官なら誰にもあてはまるが……とりわけ、予科練で敗戦を迎えて、戦後民主警察一期生として平和と安全を国民に約束した祖父・柴一蔵の薫陶を受け、奉職した自分にとっては警察官の本分に悖《もと》る不祥事だ。だから、記憶から抹消したのだろう……。いま、それに初めて気がついた）

　柴が返事をしなかったのだろう。別当環が覗き込むように見て、告げた。

「柴警部、大丈夫ですか」

「大丈夫だ。すまん。いまのいままでイッキュウさんのこと……。恥ずかしいよ」

「私も同じです。イッキュウさんの抗命活動を警務の人から聞いていながら、アクションは何も起こせませんでした。せめて、連絡くらいすべきでしたが……」

「卑怯な物言いかもしれないけど、誰もが口をつぐむ案件だったのは事実だよ」

「ええ。でも、当時、本部の管理官、おひとりだけ抗議をされましたよね。千々岩刑事部長に直談判されましたでしょ」

「……そんな話、知らないな。その管理官の名前、知っている？」

　別当環は怪訝そうに柴を見た。

　厭な予感がする。朝の四時から一緒だった人物の顔が浮かんだ。

「……まさか、ウチの署長《おやじ》」

「ええ。ご存知なかったんですか」

「まったく知らなかった……。でも、別当さん、署長とは面識なかったでしょ」

「はい。イッキュウさんのご紹介でした」

「紹介って変だな、彼も署長を直接は知らなかったはずだけど」

「イッキュウさんが言うには、捜査一課時代の仲間からの紹介だそうで——あの事件を調べている本部の幹部がいるから、会ってみないかって。でも、私、とても本気とは信じられなくて、連絡を取らずにいたら、あちらから電話があって。代理の、柴警部の警察での師匠格だと自己紹介されました。師匠として許せないって」

不意に自分の名前が出て、柴は面喰った。

「……オレ、いや、私が命令に従ったことが許せないって意味かな」

「いいえ。手塩にかけて、一人前の警察官に育て上げた愛弟子に対し不当な命令、逮捕中止命令を下した人間が許せないって、すごい剣幕でした」

その怒りは本物だろう。だから署長はあの時のメンバーをフルネームで知っていたのだ。

しかし、何故だろう……。他者が扱った事件、案件に立ち入ることは警察ではご法度だ。そんなことは、百も承知、二百も合点の歴戦の兵《つわもの》、策士、否、すれからっしの梶山コーブンが、何故に、こんなややこしい問題に首を突っ込んだのだろう。

「電話でとても熱心な印象を受けましたので、お会いして、一部始終をお話しししました」

「署長は」

「泣かれました。両目を真っ赤にされて、こんなことはいけない。これだけは許しちゃいけないって、涙混じりの鼻声で言われて、私の手を取って約束されました」

思わず別当環の手に目がいく。とても空手四段とは思えず、白く美しい。

「自分は欠点だらけの人間だが、これだけは約束する。命令を下した千々岩刑事部長に抗議して、逮捕中止命令を撤回させるって……実際、千々岩刑事部長に掛け合ったようです。監察官室に記録が残っていました。会談内容は不明ですが、梶山弘文管理官が千々岩刑事部長の部屋に入って、三十分ほどして退室。その後、梶山管理官は……」

「九年間の不遇、窓際生活か……」

柴は深く息を吐く。署長・梶山コーブンの別の顔を知り、頭が混乱した。

安定した老後しか考えない、と公言する俗物で、恩人・千々岩前長官の死さえも利用してはばからない策士が、十年前には警視庁幹部で唯ひとり、警察官の本分に悖《もと》る逮捕中止命令に異を唱えて、結果的に九年に及ぶ不遇を強いられた、というのだろうか。

署長の付き合いで観たテレビ時代劇に「ひとりの人間が良いことも悪いこともする」という意味合いのセリフがあったが、それを現実に体現しているわけか……。

さりげなく、別当環がスマホの画面を見た。時刻の確認らしい。

梶山コーブンという複雑怪奇な人間の探求は後回しにして、柴は用件に入る。

「ところで、日下部綾緒さん、亡くなったね」

「ええ。こないだ彼女の弁護士さんに確認したら、故郷に埋葬されたそうです。お父さんと弟さんの傍に……。私、来年、一周忌にはお参りに行くつもりです」

「その弟さん、日下部輝人氏の防衛医療大学の友人に会ったことは」

「紹介はされたかもしれませんが、警察官の私は彼らにとって敵側でしたから」

「そりゃ、そうだ。ひとりでいいから、友人の名前を知りたい。分かったら、メールして……それからね、是非、確認してもらいたいんだけど」

柴はpフォンをスクロールして、画面に新百合ヶ丘の円谷泰弘の写真を出した。

「この人物に見覚えは」

環は画面を覗き込んだが、首を傾げる。

画面を変えて、先日、柴が撮影した吉祥寺の浅間勝利の写真を見せた。

環は首を横に振りかけて、pフォンを手に取った。

「見覚えあります。マスコミの方ですよね」

「いや、その人は」

「確か、地方のテレビ局の名刺でしたよ。何度か取材要請を受けました」

「例の逮捕中止命令の件で?」

「ええ。この方に限らず、取材はお断りしました。お話をしたのは梶山管理官のみです」

柴は私用スマホに浅間のマスコミ偽装の件をメモして、江波警部にも送った。

「イッキュウさんの現住所、分かるかな」

別当環は頷き、自分のスマホを取り、操作し始めながら告げた。

「代理のスマホにいま送ります……あの逮捕中止命令、いろいろな人の人生を変えましたけど、一番傷ついたのはイッキュウさんかもしれません」

送ってくれた尾野一久の現住所は茨城県の阿見町《あみ》だった。

老眼が始まった柴が見慣れない地名を凝視していると、別当環は立ち上がった。

「今日はありがとう。気をつけてね。きみも私も逮捕中止命令に従ったわけだから」

「はい。柴警部もお気をつけて。それから、これは差し出がましいようですが、どんな形であれ、神西薫子警視正から金品を受け取らないでください」

柴は即答せず、見つめた。神西薫子が監察の対象なのはカネ。噂の裏金疑惑だろうか。

柴が口を開きかけた時、別当環は踵を返し、足早に去った。ランチ客とすれ違いながら、神西薫子と同じように別当環も振り向かなかった。

「……ということは、薫子提供の軍資金百万円は使わない方がいいな」

立ち上がりかけたら、江波警部から返信が届いた。浅間勝利がマスコミ関係者を自称した経緯を詳しく書き送れ。それが面倒なら午後からの事情聴取に立ち会え、という。

メールで茨城県阿見町への出張を伝え、連続殺人の背景に十年前の逮捕中止命令が関係と匂わせた。その途端、「どういう意味だ」と問い合わせがあったが、詳細は車で移動中に電話で応じる。が、開始は三十分後、と付け加えた。

それから、柴は手を挙げて、フロア係の女性にランチを頼んだ。

(2)

車移動しながら、江波警部との電話を終えて、柴は高速に入り、苦手な運転に集中した。

午後三時、ナビに住所を入力し誘導されたのは霞ヶ浦湖畔に立つ大きな建物だった。

西日の当たった看板には〈起死回生園〉とある。

薬物やアルコールなど依存症の療養型治療施設らしいが、起死回生園とは希望にあふれ気合の入った名称だ。いかにも退官後の警察官の再就職先らしい、と思いながら、柴は車のドアを開ける手を止めた。

（まさか、入所者なんてことはないよな……）

数時間前に聞いたばかりのイッキュウ・尾野一久の不遇を思えば、可能性は捨てきれないので、別当環がメモに書き添えてくれた携帯番号に電話してみる。

「もしもし、イッキュウさんですか。ご無沙汰しております。十年前、青山署でご一緒した柴です。柴一彬」

《あ、代理。失敬、いまの職制を存じ上げませんで》

「代理で結構。近くに来ているのですが、お会いできますか」

《いま、ですか》

「ええ。無理ならば、時間を指定していただければ、出直します」

《一時間後なら。あの、代理、小職、いえ、私は外出できませんけど》
「結構です。では、一時間後にお伺いします」

時間つぶしといっては失礼だが、町内の別の施設に向かう。

〈阿見町予科練《よかれん》平和記念館〉

軍歌で有名な予科練は「海軍飛行予科練習生」の略で、パイロットを養成した学校も同じ略称で呼ばれる。歌詞には霞ヶ浦と表記されているが、所在地は昔もいまも阿見町だ。

当初、予科練は貧困や親の無理解で進学が難しい少年を救済する含みもあって、一般教養と専門知識を修める三年制の教育機関だった。学費は無償で、わずかながら給料も支給されたから戦前の貧しく向学心の高い少年が殺到。のちに、旧制中学在学生対象のコースも増設されて、理系の難関校として全国的に人気が高まり、軍国少年の憧れとなった。

柴三兄妹の祖父も予科練に入学し、一年で敗戦となり、中途で追い出されたそうだが、生涯、「最高の学び舎」と懐かしがった。戦争映画でも時々は描かれるが、「学校としての予科練を理解していない」「教育機関として認めていない」と、祖父は不満を漏らし、「学徒出陣したインテリなど実際の予科練を知らない人が作ったのだろうさ」と手厳しかった。

存命中にこの記念館が開館していれば、祖父は終戦記念日に毎年通っただろう。

土門拳《どもんけん》撮影という館内の写真パネルの予科練生たちは潑溂としていて、清々《すがすが》しい。学校だったと強調した祖父の気持ちが分かる気がした。もっとも、同じ写真を見ても、反戦平和主義者の父は、「兵隊を促成栽培した軍事施設に過ぎない」と辛らつに批判するだろうが……。

柴は来館者名簿に祖父の名も併記して、退館した。

尾野と会うにはまだ間があった。スマホの電源を入れると、着信が三件あった。三件とも氷室部長刑事だったので、電話する。受話器の向こうが妙に騒々しい。

「もしもし」

柴が呼びかけたら、ふだん折り目正しい氷室部長刑事の興奮した声が飛び込んできた。

《課長、やりました！　たったいまべービーを逮捕しました》

「おおーッ！」

柴の場違いな大声に平和祈念館周辺の人々が何ごとかと注目する。なんでもないです、と頭を下げて、柴は場を離れながら電話に告げた。

「で、べービーは税務署か、税理士か」

《税理士でした》

「どこのなんて野郎だ」

《独立開業して十五年の税理士で、氏名は長峰隆司《ながみねりゅうじ》、四十二歳》

「正体を暴いたきっかけは？　いま時間があるから、長くなっても構わないぞ」

《はい、実は、課長のアドバイス通り動いたら、辿り着きました。課長、憶えておられますか、武蔵府中の被害者が番号をメモしたスマホの持ち主》

「中野区鷺宮の八十二歳のおばあちゃん」

《はい。昨日、新百合ヶ丘で課長と別れて、例の監察官室のカーチェイスに付き合った後、老婦人のお宅を訪問しました。保育園の氏名不詳者五名の写真を見せましたら、長峰をウチの税理士だ、と。合同捜査で、被害者三名の参加した税務相談会にいずれも長峰が臨席、と確認されましたので、留守中の柴課長に代わって宇崎係長経由で家宅捜索令状を得て、森口係長以下の鑑識チームとカニと私で、ブツの特定に向かいました》

「スニーカーだっけ、靴底だね」

《はい。長峰の自宅を訪問し、靴箱にあったスニーカーを発見しました。当人の許可を取り、鑑識チームが照合。連続レイプ犯のゲソと一致しました。その場で、電話にて逮捕状を請求し、カニが受け取りに走りました。約一時間後、逮捕状を執行しました》

「ベービーは被疑事実を素直に認めたのか」

《いいえ。否認し、逮捕にも抵抗しました。余談ながら、電車内で女子高生に痴漢して、逮捕歴がありました……本人はその痴漢も冤罪だったと主張し、激しく抵抗、逃走をはかりましたので、鑑識チームの応援も得て少々手荒い逮捕劇となりました。格闘の末、私が手錠をかけましたが、栄刑事も尻に強烈なケリを入れておりました》

「ハハハハ、カニが蹴ったか。見たかったよ、尻キック。よし、今夜は祝杯だ。思い切って飲め、飲め。署長に軍資金もらったから、オレに領収書回せば精算してやる」

《ありがとうございます。何から何まで課長のお陰です。では、後ほど改めて》

「了解。カニにもよろしく」

電話報告でも、逮捕、と聞けば、刑事の血は騒ぐ。

興奮冷めやらず、柴が起死回生園を訪れると、職員服の尾野一久は静かに迎えた。

動から静への落差が大きく、尾野の容貌も大きく変わっていて、柴は戸惑った。

この時間は誰も来ないから、と尾野は柴を食事室の厨房に案内した。

「代理は相変わらずお若いなあ。私の変わりように、さぞ驚かれたでしょうね」

豹変していた。DV事件から十年、満六十四歳のはずだが、尾野は全体がしぼんだ印象で後期高齢者にさえ見えた。腕には数珠《じゅず》のようなものを巻いている。若者のつけるミサンガに見えるが、数珠ならば宗教に関わるので、話題にはしなかった。

「イッキュウさん、お元気で安心しました」

「いまはパート職員ですがね、三年ここに入所して治療を受けました」

「……酒、ですか。いや、イッキュウさんは余り召し上がらなかったっけ」

「だから、です。飲めないのに無理に飲み続けて、アルコール依存症になりました」

柴はしみじみと頷く。刑事畑のベテランが五十代半ばで交番勤務だ。しかも、離島。酒を飲みたくなる気持ちも分かる。

「身の上話を始めれば、長くなります。ご用件をどうぞ」

十年前の関係者で、何故、尾野一久のみが不遇を強いられたのか。

そのカラクリを知った以上は寄り添って苦労話を聞いてやりたかったが、いったん帰京して、明朝早く山梨・甲府への出張がある。尾野の気遣いに甘えて、柴は用件に入った。

「さっそくですが、千々岩前長官と坂根の件は」

「ニュースで……なにも、坂根まで殺すことはなかったのに」

「すると、十年前の逮捕中止命令が今回の発端と」

「そう思います。あのＤＶセンセも行方不明だとか」

「ご存知で」

尾野は愉快そうに笑って、頷いた。

「調べましたよ。坂根まで殺して、元凶が無事なはずはない」

穏やかな口調だが、尾野の言葉の端々に屈折した冷ややかさが感じられた。

薫子や別当環も十年前のＤＶ事件捜査、逮捕中止命令の当事者だが、彼らと柴はあくまで昔話をした感じだった。が、尾野は違う。この十年間、尾野はもがき、苦しみ、流転した。

深いところで、それはいまも続いているようだ。

柴は言葉を慎重に選びながらも、口調は昔通り、少し軽めに話を進めた。

「イッキュウさんね、ＤＶセンセが登場したのでお聞きしますが、日下部輝人さん、センセの被害者・日下部綾緒さんの弟で防衛医療大生。卒業し医師免許まで取得しながら、富士の樹海で消息を断った、とされる人物ですが、彼の慰霊祭にイッキュウさんも参加されたそうですね」

尾野は少し訝しがるように柴を見たが、合点がいったように頷いた。

「小職、いや、私の前に別当環くんにお会いになりましたね。彼女、元気でしたか」

「はい。監察官室のエース候補として活躍しているようです」

「良かった。私が親戚や友人知人にも連絡せず、ここで療養していた頃、彼女が探し当てて面会に来てくれました。会って話せる状態じゃなかったもので、帰ってもらいましたが、回復して、ここの臨時職員になった時、メールで礼をしました……。十年前のあの日を境に誰もみな変わってしまったが、彼女だけはまともなのが救いです」

言い終えて、柴も当事者と思い出したらしく、尾野は苦笑しながら付け加えた。

「すみません。依存症の影響でしょうか、どうもひがみっぽくなりましてね、勝手なことを……当時の神西薫子課長は警視庁本部の課長さんで、確か階級は警視正、もう雲の上ですな。坂根も捜査一課のデカ長としてバリバリやっていると誇らしげで」

「お会いになりましたか、あれから、坂根と」

「いいえ。結局、会わずじまいで死なれましたが、どういうわけか、今年、賀状をくれまして……老眼には読みにくい細かい字で自分と皆さんの近況を報せてくれました。あ、代理は少年犯罪のエキスパートになったとか」

柴は尾野の世間話には乗らず、事実確認を優先した。

「坂根は何故、ここの住所を知っていたのでしょうね。十年前の関係者で、唯一知っている別当環くんとは、彼、疎遠のはずですが」

「DV事件の被害者、日下部綾緒さんの支援者から聞いたようですよ」

柴は言葉を呑み込んだ、話はやはり十年前の逮捕中止命令に繋がるらしい。

「ここにも来ましたよ、今年の五月頃だったかなあ」

「日下部さんの支援者がここに来た？　イッキュウさん、ここに知った顔、ありますか」

柴はｐフォンの画面を見せた。浅間勝利にも円谷泰弘にも尾野は反応しなかった。

「最初に来たのはおばあさんでした」

「おばあさん……」

拍子抜けした。ＶＸガスが凶器に使われた殺人事件の捜査である。事情を聴いたのも「反警察キャリア」の活動家や元「過激派」幹部など一筋縄ではいかない相手だったので、健全な市民活動家のイメージが頭に浮かばず、柴の頭は少し混乱した。

「品の良い、人が良さそうなおばあさんでしたよ。元警察官の私が、初対面でうっかり話をしかけたほど聞き上手でしてね」

「話題は十年前の逮捕中止命令の件でしょうね。あの日、現場でどんなことが起こったか、とか。何故、そんなことを知りたいのか、老婦人は説明しましたか」

「日下部綾緒さんが昏睡状態のままで亡くなったのがいかにも不憫だから、お手伝いしているって。民事は勝ったのだから、刑事でも裁判に持ち込み、黒白をつけてやりたいって。熱心なおばあさんでしたが、坂根は門前払いしたというし、私も、あの話を見ず知らずの人にする心境にはなれなくて、断りました」

柴は話を最後まで聴き終えて、途中でひっかかった点を確認する。

「そのおばあさん、警視庁本部にいた坂根くんはすぐ見つけたでしょうが、ここは誰から。坂根は去年おばあさんからここを聞いたのですよね」

「ええ。ですが、そのおばあさんも教えてくれない。カミさん、別れたカミさんや息子もここは知らないのですがね……」

柴が頷き、私用スマホにメモを取っていると、廊下で数人の話し声が聞こえた。

調理服の数人が来月のメニュー会議を開くと言うので、尾野は厨房を明け渡した。

その際、少し厭なことがあった。

若い調理服が柴の顔を見て、笑った気がした。小バカにした笑いではなく、意外な場所で有名人に会った時のような、好奇心丸出しの笑いだった。


尾野の個室に移った。入所者棟とは別棟の六畳ほどの部屋だった。

大きめのトランクと寝具、衣類以外、家財道具は何もなかったが、立派な釣り道具一式と壁には釣果を誇る小さなパネル写真が数点貼ってあった。

尾野より年長の老人との写真もあった。

「それは、義理の父親、カミさんのオヤジです。あァ、このオヤジさんかもしれませんね、例のおばあさんにここを教えたの。今年の夏、脳梗塞で亡くなりましたが。このオヤジさんだけがいつまでも私を見捨てず、愛用の山小屋を生前贈与してくれました」

尾野は写真パネルの一つを示した。

伊豆高原の山奥にあるという丸太作りのロッジ風の小さな別荘で、ここの職員をクビになったら、終《つい》の棲家《すみか》にするつもりだ、と尾野は弱々しく笑った。

「素敵なロッジじゃないですか」

「退職金の大半を女房と長男に奪われて、ローンを払い終えた我が家も追い出されました。余りに不憫だって、義父が山小屋をくれたんですよ。この施設にもいれてくれました」

自室で気が緩んだのだろう。尾野一久はタガが外れたように身の上話を始めた。明日は山梨出張だが、今日は署に戻るだけなので、柴は少し付き合うことにした。

柴の世代でも離婚の話を聞くようになった。だが、妻子に退職金の大半とマイホームまで奪われる一方的な例は知らない。賭博や薬物や借金などよほどの事情がなければ……。

「イッキュウさんが離婚されたのは、お酒が原因ですか」

「いや、逆ですね……離婚されて、孤独に耐えきれず酒に走りました。離婚は伊豆大島に異動になって四年目かな。あと一年で定年退職って時に、私、辞表を……それがカミさんの逆鱗に触れましてね。実は、私、本部の警務部に抗議文を……」

やはり、逮捕中止命令がらみのあの件だ。警察社会で、命令に背く〈抗命〉は文字通りの命取りとなり、まず職場にいられなくなる。それで退職を余儀なくされたのであれば、早期退職の恩典はなく、再就職の紹介もない。年金である共済の支給は六十五歳以降が普通だ。

妻の老後計画は破綻し、「もう一緒に暮らせない」と激怒したのも、少しは頷ける。

「さっき、別当環くんに事情を聞きました。逮捕中止命令の撤回要求ですね」

激しく警察批判をする、と予想したが、尾野はうつむいて、気弱に語り始めた。

「最初は抗議するつもりなんてなかったです、全然。異動も宮仕えの宿命と諦めていました。島暮らしといっても伊豆大島は都会風に開けていて、私は好きでした。休日は大好きな釣り三昧で文句なかった。カミさんもリゾート気分で姉妹や友達を次々に呼んで……。それに意外な話ですが、私なんかのことを若い署員が慕ってくれまして」

「当然ですよ。イッキュウさんは刑事警察のベテランで、無類の後輩思いですから」

「いやいや、それほどでも……。これ、誕生日にくれましてね、嬉しかったなあ」

尾野は腕をかざして、腕の数珠のようなものを見せた。

「昔から伊豆大島で作っている椿の実のアクセサリーですよ。ほら、椿油を絞って、残ったタネですね。島には椿が三百万本もあるから、こうした加工品に利用します」

「なるほど。しかし、見事に磨くものですね、サンゴの類か鉱石に見える」

「こんなものを贈られるほど慕われて、少々得意になって自慢話をします。教訓めいた話もする。するとね、あの件がどうしても許せなくなるんですよ、どうしても」

「警察官の本分に悖る逮捕中止命令でした」

間を置かず反応した柴を尾野は意外そうに見た。

「イッキュウさんが自分を慕う若い後輩に申しわけないというか、情けない気分になったように私も自分の妻子には話せなかったですよ。警察官の道に私を導いてくれた祖父に線香をあげる際、ウソをつきたくなくて、あの件自体を忘れることにしたようです」

尾野は目を逸らさずに柴を見て、深く頷く。

「したようです、などと他人事みたいにいうのは、さっき別当環くんにイッキュウさんの抗議活動を聞くまで、私は記憶にフタをしていたからです」

今度は頷かなかったが、尾野は思案顔で傍らに置いた柴の名刺を手に取った。

「その名刺の通り、私はいま調布狛江署にいます。署長は梶山弘文です」

「では、あの」

「ええ。これも別当環くんに聞くまで、梶山署長がイッキュウさんと同じ抗議の意見具申をしたこと、その結果の左遷であったという事情を知りませんでした。その署長から前長官と坂根の連続殺人に十年前の逮捕中止命令がからんでいるのではないか、と聞かれた時まで、あの件、逮捕中止命令自体を忘れていたんです。自分が当事者であった、という記憶がすっぽり抜け落ちていたんですね」

まだ他人事のようだな、と柴は自覚しながらも、嘘はついていないつもりだ。

尾野は急須の蓋を開け、茶葉を足して、魔法瓶の湯を注ぐ。

この施設に入った時からpフォンと二台のスマホに電話やメールの着信音がしたが、通話する気にはなれず、メールを確認することも億劫で、柴はすべての電源を切った。

「安心しました。現役警察官に代理のような方がいてくれて。あの問題はけして風化してはいかんのです」

改めて、尾野は柴の目をまっすぐに見た。

「この施設にはいろいろな人が入所します。この秋に退所した小説家がいて、主に時代小説の人で、売れなくなって、酒浸りになったそうですが、時々いいことを言いました……いまの役人はテレビ時代劇以下だ。同心や岡っ引きが悪党の味方をして、庶民を苦しめて終わる話は時代劇にないって……。実際の岡っ引きは金次第で悪党になる輩が多かったそうですが、日本で最初に捕物帳のお話を作る時、岡本綺堂《おかもときどう》という作家さんがあえて正義の味方にしたそうですね。岡っ引きは役人とはいえないが、法を取り締まる側はすべて善人でなければならない。まず、そこを決めたそうで」

柴は苦く頷く。名も知らぬ時代小説家と元「過激派」幹部の円谷泰弘は期せずして、同じことを言った。勧善懲悪の重要性である。

チャンバラ署長の愛好する歌舞伎は勧善懲悪の演目ばかりではない。人生の厳しさ、残酷さを強調し、皮肉や風刺を込めた悪女ものや悪漢《ピカレスク》ものも少なくない。ひとりの人間が良いことも悪いこともする。時には悪が善に勝つこともある。そうした江戸の文化、日本人の本来の人生観は「冷ややか」だったのではないか、というのが署長の持論である。

一方、勧善懲悪。最後には、正義は勝ち、悪は罰せられる概念。由来は古代中国だろうが、明治以降、日本人が生きる上での規範として庶民文化に定着させたようだ。その鉄則が元首相の「友には便宜を図る」方針、そして、それを忖度、追従する役人たちによって根底から破壊された。取り返しのつかないことを我々は黙認してきたのではないだろうか……。

「小説家先生はこうも言いました。現実の警察官は正義の味方になる必要はない。社会正義などと力まず、ただ法を守ればいい。職務に忠実であれば、それで十分だ、と」

「ええ。祖父にも同じことを言われて、育ちました」

「私たちにはそれができなかった」

その言葉が柴の胸にズシンと重く響いた。

「私たち」が尾野を除く「お前たち」に聞こえた。面と向かって言われて、衝撃を受けた。

この十年の柴の傍観者的な生き方に負い目があるからだろうか、尾野の目に怪しく鈍い光が見えた気がする。何かに向けた怨念、一種の殺意のような……。

尾野は険しい表情を変えずにふたりの間の薄闇を見据えている。

（よもや、イッキュウ、尾野一久が犯人……）

元同僚に初めて抱いた疑惑に柴は戸惑った。

ふたりはそのままましばらく黙り込んだ。

室内が一気に暗くなった気がする。

尾野が柴の存在を思い出したように顔を向けて、口を開いた。

「そろそろ夕食です。食べていかれますか」

「いや、署に報告して、今後の打ち合わせもしません、と」

「そうでしょうね。お役に立てたかな。えーと、本日ご訪問のご趣旨は」

「第一に、あなたの安否の確認。坂根も殺されましたから、我々も安全とは言えない」

「気をつけます。これまでも知らない訪問者とは単独では会っておりません」

「どうか、くれぐれも、お気をつけて……第二に、犯人側から十年前の関係者である尾野さんへ接触はなかったか」

「犯人側かどうかは不明ですが、先ほど言いましたように、今年の春から初夏に来ました。五月におばあさん、六月か七月には三十代の男性が」

説明を聞きながら、尾野が犯人の可能性もあり、という新たな項目を柴は肝に銘じた。

「イッキュウさん、五月の訪問者は品の良いおばあさん、でしたね」

「ええ。ふくよかな笑みを浮かべて、優しい物腰で。なんでも話したくなるような」

柴はそんな老婦人に会ったことを思い出した。pフォンをスクロールした。

ペーパー・ウエイトと共に微笑する円谷事務所の老婦人・城戸を見て、尾野は断言した。

「このおばあさんです。間違いない」

(3)

午後五時半、尾野と別れて、駐車場で車のドアを開けながら、柴は江波に連絡した。
《柴、電話には出ろよ!》
「すまん」
《すまんじゃ、すまん。チャンバラ署長がやってくれたよ》
早朝四時の柴とのミーティングで、自説に確信を得た我が梶山コーブン署長は特捜本部へ自ら出向いて、蛇蝎《だかつ》のごとく嫌う西東管理官に意見具申した。

十年前の逮捕中止命令とＶＸガス連続殺人の関連について、署長が切り出すと、寝耳に水の西東管理官は、調べた上で対処する、と丁重に答えた。

さっそく事実関係を調べたが、殺人の動機となる関連があるとは断定できなかった。

ところが、午後になって、柴から「十年前の逮捕中止命令と関連する可能性が大」と情報提供を受けた江波が西東管理官に報告した。関連がにわかに現実味を帯び、浅間勝利への聴取を再開すると共に、西東管理官は以下の点について、特捜本部に着手を命じた。

一、十年前のＤＶ被害者・日下部綾緒。その関係者の現況を探る。
一、同ＤＶ事件の加害者・菅沢直之。失踪中の同人の情報収集を山梨県警本部に依頼する。
一、同ＤＶ事件の支援者・円谷泰弘。同人への事情聴取に改めて捜査員を派遣する。
一、上記の事情に詳しい調布狛江署・柴一彬課長を特捜本部の専従とする。

最後の件、柴は知らなかったが、ｐフォンに一方的に通告されていた。今後、柴は特捜本部の許可なく行動できず、見聞したことは逐一報告となった。

要するに、薫子の要請で許された特命捜査という名の自由行動は禁じられて、特捜本部最優先となったわけだ。とはいえ、書類上のことで、実務には変化がない。柴は江波警部の許可を取り、報告を欠かさなければ、何をしても良いのである。

「それで、ウチの署長《おやじ》は何をやらかしたんだい」

《もう聞いたと思うが、お前の部下の女性刑事たちが連続レイプ事件の被疑者を逮捕して、事前の取り決めに従い、この調布狛江署に帳場を置くことになった》
「さっき一報を聞いたばかりで、詳しくは知らん」
《いや、なかなかに優秀な女性刑事たちで、お手柄はめでたいが、その帳場を開く会見で、チャンバラ署長が記者の場違いな質問に答えちまった》
「どんな質問をした。十年前の逮捕中止命令とＶＸガス連続殺人事件の関連は、お前にも伝えた通りに、まだ不確定な要素が多すぎる。記者が独自の取材や推理で辿り着いたとは到底思えない。記者はなんて斬り込んだんだ」
《ちょっと待て、部下のメモを読む……署長とは旧知のベテラン記者が一つの所轄署に二つの大きな捜査本部が置かれた偶然を話題にした。そして、昔話を持ち出した。十年前の逮捕中止命令を下した千々岩前長官が殺されて、その前長官に諫言《かんげん》したために左遷された梶山署長が捜査に加わるのはなんとも因縁ですね、と》
「ふーむ。そりゃ、また、高等テクニックを駆使したなあ。だって、その場に居合わせた記者たちは何の話かさっぱり分からないだろう。誰かが過去の因縁を説明しなきゃ」
《チャンバラ署長は打ち消したらしい。〈や、昔の話をみなまで申されますな〉と》
「それそれ、それにみんなダマされるんだ。あのな、チャンバラ署長用語例で言えば〈みなまで申されますな〉とは、〈よくぞ言ってくれた。遠慮せずどんどんもっと褒めろ。オレを褒めちぎれ〉の意味になる」

《なんだと？　じゃ、あのベテラン記者はチャンバラ署長の仕込みか》
「旧知の記者とお前が言ったぞ――でも、今回に限れば、お前たちが悪いなあ」
《ふざけるなッ。どこが悪い》
「署長《おやじ》は一応、意見具申して、仁義を切った。それに沿って捜査方針を変更したのに、お前たちは何も連絡しなかったんだろう。署長は無視されたとヘソを曲げた」
《ったく、メンドーくさい野郎だなあ》
「だから、署長の顔を立てて筋を通せ、と何度も助言しただろうが、ハハハハ」
《笑うな。すぐ帰れ》
「待て待て、まずは緊急報告あり。十年前、中止命令を受けて、逮捕を見送った刑事のひとり、尾野一久に接触した人物が判明」
《また、浅間勝利か》
「下の名前は分からないが、城戸という円谷事務所の事務員だ」
何故かリアクションしない江波のｐフォンに、柴は老婦人・城戸の写真を送った。
《柴、事務員じゃないぞ。城戸朝子は腕の良い司法書士で、円谷の女房だ》
「女房。あ、夫婦別姓ってヤツか」
《意識の高い方々だからな。おまけにふたりそろってドロンした》
捜査方針変更の一環で先ほど出向いた捜査員によれば、事務所に残っていたのは夫婦が他の事務所に委譲した書類のみ。〈お前が友を庇うなら〉関連のペーパーやデータはすべて処分されていた。ビルは一階のテナントであるパン屋へ五日前に破格の安価で売却済み。道理で、柴が尋ねた時、円谷の評判がやたら良かったはずだ。

「そうか。あの品の良いおばあさんが円谷の女房、というより同志か。一杯くわされた……参ったなあ。オレも修行が足らんな」

《それを笑えないオレが情けないよ。なんだって？　柴、そのまま、ちょっと待て》

江波が部下の報告を受ける声がするが、よく聞き取れない。急に名を呼ばれた。

《柴、柴、聞こえるか？　お前、このまま甲府に行けるか》

「DVセンセが見つかったか」

《死体でな》

堅い干物のカンカイをしゃぶって運転しながら、江波からの最新情報を柴は復唱する。

「死体発見現場は甲府市郊外の昇仙峡《しょうせんきょう》。死後三、四日。VXガスの痕跡は消えており、ガスの使用、未使用は共に不明。死因は失血死。捜査の手伝いに特捜本部から若い衆三名を送る、か……」

苦手な長距離ドライブの前に、柴は灯りが目についたレストランに立ち寄った。

が、その夜に限って午後七時開店で、まだ準備中。若い男女が音合わせをしていた。聴きなれない音色だったので見ると楽器は三味線だった。オーナーが現代風な三味線の家元だそうで、定期的にライブ演奏をする夜だという。多少うるさいが、食事は待たずにすぐにも出せるというので店内に入って注文した。時刻は午後六時過ぎだ。

若い演者が軽快に弾く津軽三味線をバックに、ステーキ定食を二人前《ににんまえ》たいらげた。

気持ち良い食事だったが、帰り際、例の視線を受けた。別当環と会った昼のレストランや尾野の施設の厨房と同じ一瞥や微苦笑である。すれ違うように入って来た革ジャンの若い男女の客だった。見返したら、目を背けた。面識はないようだ。ハッとした。

《坂根と同じように、オレの顔が世間にさらされているのではないか……》

車に戻りながら、柴はスマホで確認する。

会員制サイト〈暗躍警察〉のお尋ね者欄に最新版の写真があった。

柴、別当環、尾野一久の三人と神西薫子の顔写真もさらされていた。しかも、「十年前に悪人を逮捕せず、野放しにした罪深い悪徳警官たち」なるキャプション付きだ。この情報に接した後、柴と遭遇すれば、つい顔をジロジロ見るだろう。

と、他人事のように考えながら、全身には震えが走る。強烈な恐怖感だ。

(衆人環視ってことは、居場所もネット上にさらされているんじゃないのか)

江波警部に電話したが、出ないので、メールで〈暗躍警察〉に削除させろ、と頼んだ。

その返信メールはすぐ届いた。

本日、十月十三日午後五時、特捜本部は会員制サイト暗躍警察の拠点を摑み、急襲。いま現在も家宅捜索の最中なので、間もなく写真は削除される模様、とあった。

柴がスマホで確認すると、数分前にはあった暗躍警察のサイト自体が消滅していた。

尾野一久と別当環に電話した。いずれも留守番電話だった。イライラと車内を見廻したら、薫子の専用スマホが目についた。助手席にずっと置き忘れていた。

彼女からはメールが一件あり、公安情報の転送だった。先を急ぐ旅だが、菅沢教授は既に死体で発見されている。その前に是非目を通しておきたい内容だ。それは新百合ヶ丘の円谷泰弘に対する柴の疑問への回答という形になっていたからである。

事務所で円谷と面談した際……。

柴は樹海での遺体遺骨収集活動について尋ねた。収集のきっかけは旧友の身元確認と聞いたので、長年の間には他にも知人の遺体遺骨に接することもあったのでは、と聞いた。

円谷が「過激派」と呼ばれたセクトの元幹部だったと知り、〈身を隠したい友人、知人が多そうだ〉と思いついただけだ。

約二十年で知人三人の白骨遺体を収集した、と円谷はこともなげに答えたが、二十年間で三人は多い気がして、柴が話題にしかけた時、拒絶するように顔を背けて、書類を広げた。

泰然、余裕綽々《しゃくしゃく》だった円谷の小さな変化が気になって柴は薫子に調査を頼んだ。そして、とんでもない新事実が分かった。

その公安情報によれば……。

十日前、本年十月三日に都内のアパートで高齢者A氏が亡くなった。

病死だが、病院以外で発見されたので不審死の扱いとなり、A氏が生活保護受給者で、身寄りがなかったこともあり、身元確認のために指紋照合なども行われた。

するとと、遺体の指紋とA氏の指紋が一致しない。

A氏は過去に暴行容疑で逮捕されたことがあった。「微罪処分」で前科はつかなかったが、前歴（逮捕歴）は残った。土地では知られた乱暴者なので担当刑事が「懲らしめ」の意味で指紋を採取した。微罪処分の運用には明確なルールがなく、A氏の指紋は記録に残った。

その指紋と一致しないので、遺体の指紋を調べたところ、八年前に富士の樹海で遺骨を収集されたはずの芦辺《あしべ》公彦《きみひこ》、享年八十歳と判明したのである。

その事実が確認されたのが、遺体発見の四日後、十月七日である。

翌朝、十月八日の山梨県のローカル紙が第一報を報じた。ベタ記事だった。

そして、十月十日、芦辺公彦が「過激派」セクトの元活動家と判明した。

そして、本日十三日、芦辺と円谷泰弘の関係が分かり、遺骨収集の偽装も発覚した。

「つまり、円谷は、他人の遺骨を知人の遺骨だと偽装した経験あり、ってことだよな」

柴は発信者の薫子が傍にいるかのように話す。

「十年前の被害者の弟・日下部輝人の遺骨も他人の遺骨と入れ替わった可能性が……」

柴は興奮を抑えきれず、薫子に電話した。が、応答はない。つい独り言が洩れる。

「日下部輝人は被害者の弟というよりも、一連の騒動で人生を台無しにされた被害者そのものだ。動機は十分だ。防衛医療大でVXガスを研究した可能性もある。あるぞ、あるぞ、あるぞ。生きていれば、日下部輝人は犯人像にぴたり当てはまるぞ」

三回連呼は署長の歌舞伎風悪癖で、門前の小僧で、柴も身についたようだ。

うんざりしながら、専用スマホをpフォンに変えて電話したが、薫子は出ない。

イラ立つ気持ちが円谷泰弘の顔を闇に浮かび上がらせた。

「オレが質問した時、円谷は既に山梨のローカル紙を読んで、逃げる準備を進めていたのに違いない……だから、オレが知人の遺骨収集数を尋ねた時に動揺したんだ。何かある、とは思ったが、ここまでとは……」

何度もかけたが、薫子が電話に出ないので、柴は車を出した。

高速に入る前に、妻のかすみに電話した。
娘の円が使うSNSにも〈暗躍警察〉から拡散された「お尋ね者」写真が転載され、既に削除されたが、心配して母親に話したらしい。
《カズさん、命を狙われているのよ。まだ仕事をしなきゃいけないの》
「大丈夫。危険を感じたら一目散に逃げるから。給料分は働かないとさ」
《そんなにもらってないじゃない》
珍しく妻が語気を強めた。
柴は返す言葉がすぐ出なかった。
《命をかけるほどはもらっていないわよ》
給料が安いという意味で言ったのでない、とフォローしてくれたのは分かったが、柴は気の利いた切り返しができなかった。沈黙が続き、娘が電話を変わった。

《パパ、いますぐ隠れてよ。警察の留置場とかなら、逆に安全じゃない》

「心配いらない。大丈夫だ」

柴の落ち着いた声に娘は安心して、大人びた返事を返した。

「暢気なパパが天変地異にあった感じね。仕事に追われて、かわいそう」

この十年関わった少年犯罪では帰宅できないほどの激務はなかった。家に帰れないだけでなく、命まで狙われているのである。娘の言う通り、天変地異にあった心境だ。

上司格となり連絡を絶やせない江波警部にも電話で、新事実を伝えた。

《となると、柴、円谷ってとんでもない食わせ物かもしれんな。奴は司法書士だから、やる気になれば、戸籍の交換くらいできるぞ》

「あり得る。自殺防止や困窮者救済のボランティア団体を主宰しているのも気になる」

《気になるどころか、身代わりになる死体を調達できるじゃねえかよ——おい、もしや、円谷の工作で、DV被害者の弟・日下部輝人も生きている可能性が》

「ある」

「生きていれば、防衛医療大卒の奴が一番犯人像に近い。どうだ。他に思いつくか」

尾野イッキュウの顔が浮かんだ。尾野は逮捕中止命令に従った反省と悔恨《かいこん》を沈痛に語り、当時の警察首脳への怒りを隠さなかったが、VXガス連続殺人の犯人に命を狙われている可能性は言及しなかった。怯えてもいなかった。

（何故だ。警察組織を離れ、孤独な境遇なのに。柴に保護を求めても良かったはずだ）

尾野への不審が面会時よりも強まった。

（ＶＸガス製造と尾野は結びつかない。だが、実行犯に標的となる関係者の氏名や現状を教えた情報提供者がいるはずだ。それが尾野ではないか。だから殺されない確信があり、怯えてもいなかった……。尾野と日下部輝人の接点は不明だが、日下部綾緒が亡きいま十年前のＤＶ事件と逮捕中止命令で人生を狂わされた最大の被害者はこのふたりだろう）

日下部輝人が生存していれば、という難しい前提があり、元同僚の名を軽々には出すのは信義にもとる。時期尚早と考えて尾野の名は出さず、柴は江波との話を続けた。

「江波のいう通り、海外ドラマ風にいえば、日下部輝人が第一容疑者、だろうな。しかし、奴が本当に死んでいるのなら」

《死んでいたら、どうなる。他に怪しい野郎はいるのか》

江波に問われて、一度消した尾野の顔が柴の脳裏に再び浮かんだ。が、やはりいまはまだ口にする段階ではない気がする。しかし、頭に浮かんだ尾野の顔が消えていかない。

電話の向こうで、江波がイラ立って声を荒らげた。

《おい、柴。お前、昔みたいに、ひとりシミュレーションしているんじゃなかろうな》

「すまん。いるとすれば、弟・日下部輝人の遺志を継ぐ者だろうな」

《だから、誰だよ。オレの方じゃ、他に怪しい野郎は思いつかんぞ》

「ひとり気になる人物がいる。弟・輝人の防衛医療大時代の同級生だが、ＤＶ先生の姉弟への悪口を告げ口した。それで輝人が激怒し、道を踏み外してしまったようだ……その同級生を調べたい。江波、死体になったセンセは若い衆に任せて、オレは同級生と八年前の輝人の遺骨収集の件を重点的に調べてみるよ」

その提案を江波は了承し、現地での捜査指揮を柴に任せてくれた。

(4)

十月十三日、午後七時。

氷室玲奈部長刑事は路上駐車中の高級セダンの運転席にいる。

セダンは署長車とも呼ばれ、管轄内の行事や警視庁本部での会議などに署長が出向く際の専用車両である。通常は総務課の署員が運転手を務める。今夜は不測の事態が起こって、氷室が運転を担当し、私服の梶山弘文署長を埼玉県東松山市まで連れ出して、現在も同市の住宅街で待機中だ。

というのも……。

三時間半前、氷室はカニ・栄刑事と共にベビーパウダー常用の性犯罪者・長峰隆司を逮捕し、調布狛江署に帰還した。取り決めの通り、逮捕した調布狛江署に捜査本部開設となり、氷室たちが戻った頃には署長室の隣にある中会議室に帳場が置かれていた。

だが、被疑者の長峰隆司が逮捕時に暴力を受けたと騒ぎ出し、違法捜査と冤罪を主張したこともあり、氷室と栄刑事は捜査本部入りを見送った。

一般的に逮捕に関わった捜査員は「逮捕までの苦労や感情を引きずり、冷静な取り調べができない」といわれ、取調官を別に立てる場合がある。梶山署長は逮捕と取り調べは別物という捜査理論の推奨者で、調布狛江署では以前から徹底されている。だから、氷室たちが捜査本部に残っても取り調べはできないわけで、帳場を外れることには異論がなかった。

むしろ、手柄のご褒美で早退を許された氷室と栄刑事は上機嫌で、合同捜査を共に担った阿佐谷署や武蔵府中署の女性捜査員たちと逮捕祝いの飲み会の連絡を取り合った。

一方、小笹副署長が手配したマスコミ関係者を前に署長の記者会見が始まった。

署長は記者の質問に答える形で、ＶＸガスによる千々岩前警察庁長官と坂根部長刑事の連続殺人が十年前の「逮捕中止命令」に起因する疑いが濃厚、と告げた。

これは特捜本部が公表していない大スクープ級の新事実で、会見会場は騒然となった。

小笹副署長が会見を途中で切り上げて、爆弾発言として問題になるから「身を隠してください」と署長に進言し、身体の空いていた氷室に警護と運転手役を命じた。

こうして、ふたりは署を追い出されたのである。

連絡係として署に残ったカニ・栄刑事によれば……。

小笹副署長の予測通り、特捜本部は梶山署長の行方を懸命に捜し始めた。会議中の桜田門で事態を知った署長の天敵・西東管理官は烈火のごとく怒り、警視庁本部首脳へ直訴して、梶山署長の処分を求めたそうだ。

氷室がカニ経由の情報を伝えると、梶山署長は西東管理官をあざ笑った。

「チイせい、チイせい。フン、西東め、捜査方針を正した恩人になんて仕打ちでェ」

ほどなく、カニが第二弾の情報として、小笹副署長による現状分析を送って来た。

西東管理官の訴えもあり、後ろ盾の千々岩前長官がいなくなったいま、問題署長の梶山をこの際処分しよう、と警視庁首脳が暗躍を始めたらしい、と……。

署長の耳に入れてもよい、というので、氷室が聞いたままを伝えると、梶山署長は不敵に笑った。虚勢を張っているようにも見えたが、署長は芝居がかった口調で氷室に告げた。

「案ずるなかれ、氷室部長。敵が動き出す前に加点があれば、勝負は勝てるのだ」

亡き父・千々岩前長官の暗躍を棚にあげるようだが、氷室は権力闘争にこれまで無縁で、まったく慣れていない。身近な上司を案ずる一心で率直に尋ねた。

「署長、何か、切札のようなものがおありですか」

「切札はある。きみと栄刑事が根気よく調べてくれた、あれだ、あれ」

あれだ、と言われて、氷室は思い出した。

一年前の夏、梶山の署長就任と共に氷室と栄刑事は調布狛江署に着任した。

署長直々の配置転換なのですよ、と小笹副署長に囁かれ、北品川署では居場所がなかったふたりは梶山コーブンに深く感謝した。同時に何か魂胆があるのでは、と氷室は署長の真意を少し怪しんだ。

が、署長は恩着せがましいことは一切言わず、北品川で貫いた正義をここでも発揮しろ、と激励しただけだ。但し、一つだけ変わった「密命」をふたりに与えた。

それは、奇妙な調査だった。指紋を扱う警察施設と連絡を取り合って、ある特定の遺留指紋に動きがあった場合、指紋の持ち主の人定《じんてい》、身元確認をすることだった。

遺留指紋とは犯罪現場に遺った指紋のうち、被害者の指紋や関係者が捜査機関に提出した（協力者指紋）以外の指紋——被疑者が遺留した指紋のことである。

その遺留指紋に、去年の暮れ、初めて動きがあり、指紋の持ち主の所在地が判明し、すぐ確認に向かったが、ひと足違いで持ち主は姿を消した。以後、消息は途絶えた。

ところが、前日、鷺宮の老婦人宅を辞した後、数ヶ月ぶりに遺留指紋の持ち主の新たな所在地が判明した。だから氏名と現住所は知っているが、その人物が署長の窮地を救う切札になり得るのか、氷室は知らない。署から車を出した時、署長は氷室に前日摑んだばかりの新住所へ向かえ、と告げたので従っただけである。そして、いま待機している。

（何を待っているの。ここには誰が住んでいるの。これから何が始まるの）

全体を知らされず、上司の指示を待つアシスタント的な業務が氷室は苦手である。

急にぽっかり空いた時間、署長と話す話題もなく過ごす沈黙の中で、氷室は長い間、目を背けてきた問題と向き合うほかなかった。

それは、ひとことで言えば、父親のことだ。

前警察庁長官・千々岩隆……。

幼時から簞笥の上の写真立てにいる父親だった。

だから、殺された、と言われても、怒りが湧かず、喪失感も特になかった気がする。ただ母のいっそう小さくなった背中を見るのが辛い。そうだ。氷室にとって、父とは母を介さずには実感できない存在なのだ。

が、記者会見で署長が話したとされる爆弾発言――ＶＸガスによる千々岩前警察庁長官と坂根部長刑事の連続殺人が十年前の「逮捕中止命令」に起因する疑いが濃厚。

つまり、氷室の父は殺人の被害者であるのみならず、いま日本中を騒がせている大事件の元凶らしい。そこに氷室は向き合わざるを得なくなったのである。しかし、この間の事情は何も知らない。どこから調べたら良いのだろうか。

（いずれにしても、いままでみたいに、知らぬ存ぜぬ、では済まないわよ、氷室玲奈）

氷室が心ひそかに覚悟を決めた時だった。

住宅街の狭い通りに新聞社名入りの小旗を付けた高級車が現れた。後部席の初老の男が旧知らしく梶山署長に二本指で敬礼の真似ごとをして、走り去った。

（あの意味ありげな挨拶は何のサインだろう……）

出過ぎた真似かもしれないとためらいながら確認しようと、氷室は後部席に首を向けた。

「車を降りる」

梶山署長は落ちついた声で氷室に告げた。

織田《おりた》信一。

読み違いが多いのだろう。表札の名字にルビをふった住人は玄関先で眉をひそめて、梶山署長と脇に立つ氷室を見つめた。それから、渡された名刺を確かめるように尋ねた。

「警察の署長さんがどういうご用件でしょう」

「きみ、ノビ師のユーレイだろう。ずいぶん捜したぞ」

にこやかに署長に語りかけられて、織田は眼球が飛び出るほど目を見開いた。

氷室は事態がのみ込めず、戸惑った。というより、いら立った。否、怒りを感じた。秀才、優等生を通して来た氷室にはこういう不安定な状況が許せないのである。

織田は険しい目で睨み、梶山も泰然と見返す。その目には剣道五段の静かな圧力がある。暗闘を続ける目は逸らさずに、梶山署長が脇に控える氷室に手を差し出した。

氷室は車から提げてきた一升瓶を両手で差し上げた。

梶山署長は一升瓶を受け取って、織田の面前にかざした。

「織田くんな、今日は逮捕ではない。出頭を勧めに来たわけでもない。お願いがある。まず、あげてくれ」

織田が脱力したように少し後退ると、梶山は靴を脱いだ。

自分の吐いた息が氷室の耳にはっきり聞こえた。

居間に通された。が、氷室には全体像がまだ摑めない。

（あの指紋は遺留指紋――被疑者の指紋として登録されていた。ならば、何故、逮捕ではなく、

出頭要請でもなく、お願いなのだろう）

氷室の戸惑いに構わず、織田と梶山署長は旧知のように語り始めた。

「署長さんはどうして私の正体を」

「話せば長くなるが、きみの知らない因縁が我々にはあってね」

氷室は不意に挙手した。学校のホームルームのようだ、と柴課長によくからかわれるが、署長と織田は面喰った顔で見て、どちらともなく発言を許可するように頷いた。

「すみません、録音させてください」

今度は同時に眉をひそめた。そういう話じゃないだろう、と署長に少し睨まれた。

「本日は非公式の会談と心得ておりますが、後で報告書を求められる可能性があります。最後に、この録音を織田さんに聴いていただき、支障がある部分は消去します。あくまでも私の事務処理の都合です。録音をお許しください」

氷室の説明に織田は迷った目を宙に泳がせた。

「きみが全部消せというなら、全部消す。儂を信じてくれ、織田くん」

またお得意の浪花節ですね、と副署長ならば茶化すだろう署長の殺し文句が出た。

しかし、効果覿面《てきめん》、織田が渋々頷いたので、氷室は録音アプリをセットしたスマホを食卓に置き、メモ帳とペンも膝に用意した。

「織田くんはずっと葛飾区内に住んでいたね。去年の暮れ、お隣の独居老人が二人《ににん》組の強盗に襲われた際、たまたま、きみは知人と囲碁をしていた。すると、隣から異様な物音がした——これは異変と察知して、きみは通報してくれたね」

「……では、やはり、あの時の」

「そうだ。あの時の協力者指紋だよ」

協力者指紋は関係者指紋ともいって、殺人や傷害、窃盗などの事件現場に日頃出入りする関係者の指紋を捜査から除外する目的で、任意提出を求める制度だ。当該事件が解決すれば協力者指紋は廃棄するのが原則だが、指名手配犯の確認に指紋照会される場合が多い。

「署長さん、協力者指紋を提出しても、照合する私の指紋は警察にはないはずですが」

署長は持参した一升瓶の包装を解きながら、氷室を見て愉快そうに解説する。

「氷室部長、この織田氏はな、伝説の窃盗犯、ノビ、すなわち忍び込みの達人なのだ。侵入の痕跡は残しながら、指紋や微物は現場に残さないから、通称ユーレイ。だがな、織田くん、公表していないから知らんだろうが、唯一、きみが指紋を遺した現場がある」

「指紋を遺した。そんなはずは……どこです？」

「十年前、港区南青山八丁目、菅沢家。奥さんが亭主に殴られて重体となり、きみが通報してくれたお陰で一命を取り留めたＤＶ事件だ」

（そうか、そういうことか……）

氷室は事態がのみ込めた。カニがメールで送ってくれた関連情報によれば、ＶＸガス連続殺人の原因は十年前の「逮捕中止命令」にあり、その発端は元首相と親しい大学教授による妻へのＤＶ事件だ。織田は事件を通報した人物。同時に、窃盗犯でもあるらしい……。

「いや、署長さん、ないですよ。あの家にも痕跡を遺した覚えはない。いったい」

「金属製のホルダーからトイレットペーパーが取りづらくて、手袋を外さなかったか」

署長の指摘に織田は記憶を辿るように目を泳がせた。

氷室も窃盗事件を扱ってきた。年季を積んだプロの窃盗犯は犯行に直結する場所や物に指紋は遺さないが、気が緩んだ帰り際、手すりや郵便受けに素手で触れることはある。

織田は合点したようで、半開きだった口を閉じた。

梶山署長は感触を得た顔で、一升瓶の蓋を指で取り外した。

「織田くん、その名は去年の暮れに知ったばかりだが、儂は十年前からきみには強い関心を持っておってね。通称ユーレイの遺留指紋が登録された指紋照合センターに通って、密に連絡を取っておったのだよ。十年待った甲斐があって、去年、きみの協力者指紋がヒットした。ここにおる氷室玲奈部長刑事がただちに葛飾まで訪ねたのだが、きみは転居した後だった……さすがはユーレイ、見事な危機管理能力だ。なあ、氷室部長」

その時の悔しさを共有したように署長は言うが、全体像を知らされていなかった氷室は指紋の持ち主を「訪ねましたが、逃げられました」と報告した使い走りに過ぎなかった。

しかし、明らかになってきた全体像に氷室はがぜん興味を持った。

梶山は立ち上がり、茶簞笥から勝手にグラス三つを取り出して、氷室に目で指示した。

氷室は頷き、一升瓶からグラス二つに酒を注いだ。三つ目は自分と判断して、ハンドルを握る手真似をすると、署長は頷き、織田の肩を軽く叩いた。

「トイレットペーパーの件は、弘法も筆の誤りだ。織田くん、まず一献《いっこん》」

織田は差し出されたコップ酒を受け取り、一気に飲み干した。

「ありゃー！　こりゃー！」

署長が奇声を発した。氷室は母のお供で通ったから年齢の割には歌舞伎通のつもりだが、署長の胴間声と歌舞伎が結びつかず、毎回戸惑う。これは違う。これは歌舞伎ではない。

「いいねえ。いい、いい、いい飲みっぷりだ」

織田の置いたコップに氷室が二杯目を注ぐ。織田はこれも一気に飲み干す。

「駆けつけ三杯か。いいね、いい、いい、さ、さ、さっと飲め飲め飲め」

署長の目の指示で、氷室はレジ袋から出したピーナッツとミニチョコの袋の封を切って、テーブルに並べる。署長は私服のポケットから実家製造の房総の海産物瓶詰を二つ取り出して、蓋を開け始めた。氷室はすかさずコンビニでもらった箸をふたり分置いた。

気が利くじゃないか、と署長が見たので、氷室は微笑で返し、スマホを確認した。録音は順調だ。メモ帳にも要点が記されている。自分のペースになりつつあり、氷室は安堵する。

織田は途方に暮れた目をようやく上げ、署長を見たが、口は開かず、三杯目の残りの酒を飲み干した。氷室は四杯目もグラス一杯に注いだ。そのグラスを織田はぼんやり見る。

織田に動きがないので、署長が口を開いた。

「織田くん、話を戻すが、協力者指紋を求められた時、きみも厭な予感はしたのだろう。警察からの感謝状を辞退し、逃げるように引っ越して、消息を絶ったわけだからね」

「ええ。念には念を入れて。隣近所には一軒家は防犯が心配だから郊外のマンションに移ると挨拶はしましたが、転居先はハガキで報せると言ったきり縁を切りました」

「この氷室部長が、ひと足違いで逃げられたと憤慨してね。あれ以来、頼んでもいないのに、粘り強く、きみの行方を捜してくれたのだよ、ハハハハ」

命じられた任務が果たせず、悔しかったのは事実だが、頼んでもいないのに、というのはウソだ。廊下などで署長と会う度に催促されるので、懸命に行方を追うほかなかった。

「とうとう見つかりましたか。郵便局での住所変更をせず、住民票も移していなかったのに、よく見つけましたねえ」

苦く笑って、織田が氷室を見た。

北品川署時代に警視庁本部SSBC（捜査支援分析センター）に恩を売っておいたので、秘かに協力してもらった。違法捜査ではないが、手続き上の問題はある。署長のしつこい催促から逃れたい一心だったが、「よく見つけましたねえ」と逃げていた織田に言われると、褒められた気がして、氷室は少し嬉しい。

「ご事情は分かりました。しかし、署長さん、私は十年前のあの晩以来、足を洗った。もう時効のはずでは」

氷室はメモに時効と記した。だから逮捕ではなく、お願いか……。

「時効だよ。しかし、用件はそっちじゃない。あのDV被害にあった奥さん、今年の一月に亡くなってね」

氷室は初耳だった。カニ情報はその点に触れていなかった。

織田は筋金入りの犯罪者のはずだが、善良な隣人のように故人を悼む表情である。

「私も新聞で読みました。小さく載っていましたね」

「どうもね、あの奥さんの関係者と思われる人物が復讐というのかな、十年前にＤＶ事件のあった今月、十月に入って、突然、人を殺し始めた」

世間話のように淡々と話す署長のメモを取っていた氷室の手が止まった。

（話はそこに結びつくのか……ＶＸガス連続殺人事件に）

氷室は息を殺して、ふたりを見る。

織田はいったん持ちあげたグラスを食卓に戻し、少し震えた声で尋ねた。

「人を殺し始めた……では、あの暴力亭主を」

「彼奴はさっき死体が発見されたばかりだが、他に二名殺された。共に警察関係者だ」

「じゃ、警察のお偉方と張り込み中の刑事さんが殺されたってニュース」

「そうだ」

「何故です。復讐なら亭主を殺せば済むはずだ。何故、警察の人まで」

犯罪者の織田が警察官である自分の代わりに疑問を示した。氷室は不思議な気分だ。

「ＤＶ亭主を逮捕しなかったからね、裁判所は逮捕状を出したのに」

氷室は急に重くなった瞼《まぶた》を閉じた。

（やはり、逮捕中止命令に行き着く……しかし、それを織田に話してどうにかなるのか）

氷室はカッと目を開け、対峙するふたりを見据えた。訪問の目的が明らかになりそうな気がして、見逃せないと思った。

織田は何度も小さく頷き、四杯目の酒を噛みしめるように口に含んだ。

梶山署長も一杯目の酒を少し口にした。

「そうですか、あの奥さんの縁者が、人を三人も……」

「この後も続けば、四人目は儂の部下になるやもしれん」

どうにもやりきれないというような署長の声に、メモを取る氷室の手がまた止まった。

（四人目。しかも、署長の部下って……）

氷室は思わず注視するが、織田が署長に顔を突き出して、確認した。

「その部下の人も逮捕しなかったひとりですか？」

「うむ。優秀で誠実で誰にも優しい良い刑事だが、優柔不断なところがあってさ、上からの無茶な命令に従ってしまった。一本筋が通っていないのだな」

氷室は思い当たった。署内に優柔不断な先輩は多いが、署長がこれだけ愛情を示す相手は柴課長に違いない。

（そうか、柴課長も逮捕中止命令で引き返したひとりか……）

父親が殺されたという深刻な事実を除けば、ベービーの事件を追っていたこともあって、遠く感じていたＶＸガス連続殺人事件がにわかに氷室の身近に感じられた。

「こういう出来の悪い子分ほど可愛くてな、みすみす殺させたくはないのだよ」

署長の声音には愛情がある。二度も通報して他人の命を救っただけあって、織田は人の気持ちがわかるらしく、およそ犯罪者らしからぬ反応である。親身に頷き、静かに酒を飲む。

「そういう次第でな、織田くん、頼みというのはほかでもない。連続殺人を続ける犯人に、きみから呼びかけて欲しいのだよ」

織田は呆れたように半開きに口を開けて、見返す。氷室も理解不能で署長を見た。

「私が犯人に何を呼びかけるんです」

「奥さんを殴って重体にしたのは亭主だ。オレはこの目で見た、と」

「そんなことなら、とっくに。警察やマスコミに手紙を書きましたよ」

「ん。ありがとう。お陰で民事では奥さん側が勝訴した。だが、匿名の情報提供だから、警察も検察も重視せず、刑事事件としての裁判はまだ開かれていない。たぶん、連続殺人犯はそれが不満なのだろう、と儂は睨んでおる」

署長の強引な言い分に氷室は面喰ったが、織田も納得できない顔で確認した。

「しかし、署長さん、いまさら、私が公表して、何か変わりますかね」

「きみが顔を見せて実名で証言すれば、検察も警察も放置できなくなるだろうな」

「でも、ＤＶ亭主はもう殺されたわけでしょ。いまさら無意味じゃありませんか」

「犯人には意味がある気がするのだ。ＤＶ亭主はこう言ったそうだ。〈逮捕も起訴もされてないから犯罪は成立しない。国家はオレを犯罪者と見ていない〉と言ってのけてさ、奥さんの親族縁者を深く傷つけたのだよ」

氷室は素早くメモを取りながら、逮捕を中止したことの意味を理解した。

署からの移動中、署長は氷室に逮捕中止命令のカラクリを簡単に解説してくれた。署長自身が調べた結果によれば、発令者は当時の警視庁刑事部長・千々岩隆だが、それは警察首脳からの指示であり、さらに政府首脳の要請があった。そこにはＤＶ亭主と昵懇だった当時の首相がからみ、周辺の忖度《そんたく》の連鎖があったのだ、と。

しかし、と氷室は思った。それほどの権力者がからんでいるのなら、逮捕をしてもすぐ釈放できるだろうし、起訴しなければ良いだけではないか。何も現場の警察官の意欲を削ぐ強引な中止命令を出す必要はなかったではないか、と……。

しかし、そこには重要な意味があったのだ。

「逮捕も起訴もされていないから犯罪は成立しない。国家はオレを犯罪者と見ていない」

ＤＶ教授の言い分はマスコミや世間を黙らせるだろう。そして、それで黙らせられた被害者たちが加害者のみならず、「国家」に繋がる警察官へ怒りや憎悪をたぎらせていることも氷室は頭では理解できた。

(ずいぶん罪深いことをしてしまったのね)

氷室はいまだ実像を摑めない亡父へ心の中で呟く。

長い沈黙を破って、織田が口を開いた。

「署長さん、お願いって、要するに、私が新聞やテレビに顔をさらして、ドロボーだった過去を明かすわけですか」

「そうだね」

「そんなことして、私に何のメリットがあるんです」

「……人としての徳を積める」

無茶だ、と氷室もさすがに思った。いまどき、僧侶でもそんな説教はしないだろう。

案の定、織田は怒りを絞り出すように吼《ほ》えた。

「冗談じゃないッ」

「冗談ではない！」

署長が負けずに大声で返した。

その剣幕に織田は身体を後ろに引いた。署長は追い込むように顔を突き出す。

「いいか、あんたは二度も他人の命を救った。人として、徳がある証拠だ。そして、犯人に呼びかけて、その声が届けば、残る関係者の命を救えるのだぞ」

織田は開いた口が塞がらないという体《てい》で署長を見ている。

氷室も呆れている。肝心な時に芝居がかっちゃって困るんだよ、と小笹副署長も柴課長も署長への不満を漏らすが、まさかこれほどとは思わなかった。身勝手過ぎる。

しかし、いったん火がついた署長はその身勝手な言い分を続ける。

「あんた、いや、きみの崇高な善意を尊重してだな、マスコミには悪く書かないように要請する。たとえばな、窃盗目的で侵入したのではなく、菅沢家の前を通りかかったら悲鳴を聞いて、玄関が少し開いた家に呼びかけたが、応答なく、やむなく入ったら、女性が血を流して倒れていたので通報した。これなら、どうだ」

氷室は冷めた目で署長を見たが、織田の口調にも皮肉が混じってくる。

「なるほど、警察はそんな風に調書を作文するわけですね」

「いや、いや、いや、きみ、そういう話はひとまず置いておこうじゃないか……DV亭主がガシャンと閉めて外出したから、玄関戸が少し開いていたのは事実だ。ここにはウソがない。きみのためを思って多少脚色はするにしても……どうかね、なんなら上層部に頼み込んで、警視総監からきみに感謝状を出すぞ」

「そんなものいりませんよ」

氷室も同感だ。隣人を救った感謝状を断って逃亡したのは窃盗犯の過去を消したいからだろう。いまさら名乗り出るはずがない。

「そうか……いらんか」

署長は未練がましく呟いて、さりげなく氷室を見た。助け舟を出せという意味らしい。

優等生の常でこうした場合は何とかするものだが、署長の身勝手な論理には常識派の自分はついていけそうにない。氷室はスルーしてメモに専念する。

「私はね、署長さん、離婚して子どももありませんが、田舎に親兄弟が健在です。家族に迷惑をかけたくない一心で、指紋も髪の毛も残さずにドロボー稼業を続けたのですよ。そうやって大事にしてきた家族に、オレはドロボーだった、と正体を明かすのは……」

泣きそうな顔で織田は訴えるが、署長は笑みを作って切り返す。

「だから、その辺の事情は善処するよ。実は、犯人はあと四人殺すかもしれんのだよ。その殺人を阻止できるのは、きみだけかもしれんぞ、織田くん」

織田はソッポを向いて、吐き棄てた。

「警察が犯人を捕まえれば済むことじゃないですか」

織田はピーナッツを口に頬張って、コップ酒を流し込んだ。

「おっしゃりますなあ、ユーレイ殿。それを言われちゃ二の句が継げぬ。困った、困った、さあ困ったぞォ」

署長も酒をなめながら、溜息を吐き、チラチラ氷室を見る。

（この目、この目）

一年間、氷室とカニを苦しめた催促の目である。織田の所在を摑んで解放されたと思った次から新たな催促が始まるらしい。

「儂はアイデアや指示を出す。実務はお前らが何とかせえ」

小笹副署長や柴課長を泣かせる署長のルーテインに氷室も組み込まれたらしい。

（ひらめきは良いけれど、ノープランで突破しようとするのがあなたの欠点です）

優等生の氷室はそう心で呟いて退避するのだが、今回は亡父の行状の罪深さを痛感したばかりで、逃げるに逃げられない気がした。気がついたら、氷室は口を開いていた。

「あの、織田さん」

目を合わさず酒を呑んでいた織田と署長がこちらを見た。次の言葉が出てこない氷室の胸中を察したように織田が確認した。

「録音の件ですか」

「いいえ。わたくしは逮捕中止命令を発令した警察幹部の娘です」

反射的にそう告げていた。氷室の発言に織田は驚き、あんぐり口を開いたままの署長に事実確認するように目をやる。署長は織田に頷き、氷室に囁く。

「氷室部長、きみ」

「署長、これから警察官が四人殺されるかもしれないって、本当でしょうか」

「逮捕執行しなかった関係者はまだ四人いるからな、最悪、そうなるやもしれん」

「織田さん」

「はい」

「私も犯人に呼びかけます。織田さんもご協力願えませんか」

織田はまた伺いを立てるように署長を見たが、その署長も明らかに混乱している。

「氷室部長、犯人に呼びかけるって、いったい何を」

「逮捕すべき人物を逮捕しなかった、父の非を詫び、犯人にこれ以上の殺戮《さつりく》を繰り返さないで欲しい、とお願いするつもりです」

織田は絶句し、珍しく署長も押し黙った。

氷室はふだん饒舌な署長の沈黙を推察する。

現在の警察首脳が過去の過ちを認めるだろうか。そもそも、氷室に発言を許すだろうか。

認知はされたが、氷室は千々岩の非嫡出子である。妻と嫡出子が反対することもあり得る。

（こちらの覚悟は決まった。署長さん、あとはあなたにお任せします）

署長を真似て、氷室は目で意思を伝えてみた。

梶山署長は目を逸らさず、「ウー」となって、考えこみ始めた。

織田は手持無沙汰で柱時計に目をやる。

つられて、氷室も時刻を確認する。午後八時四十分過ぎ。

署長がまたうなった。どうやら長い夜になりそうだ。

第四章　十月十四日

（1）

日付変わって、現在は十月十四日、午前零時……。

三十分ほど前、柴一彬は甲府市内に入った。特捜本部から合流の若い衆と夜食を摂る店がなくなる時刻なので、捜査一課時代の出張で馴染みのある蕎麦屋に寄り、甲府名物の鳥モツ煮を調達した。柴自身はホルモン類が苦手だが、若い衆は喜ぶだろう、と多めに買って、閉店間際の店で柴も蕎麦をかっこんだ。

甲府中央署の前で赤バッジ・本部捜査一課の榊悠吾《さかきゆうご》部長刑事と井之頭署の松岡晋作《まつおかしんさく》刑事が合流し、山梨県警本部との交渉に入る。

「この時間です。話は始業の八時半からにしてくれませんかね。現場検証も途中で切り上げましたし、解剖してみないことにはＶＸガスの使用も判明しませんもので」

ジャージ姿で宿直室から現れた山梨県警本部・捜査一課の油谷信司《あぶらたにしんじ》係長（警部）はアクビを噛み殺しながら、真夜中の打ち合わせに抵抗した。

「油谷警部、夜分遅くに押しかけた非礼は十分に承知しております」

柴が一礼すると、若い衆二名も最敬礼した。低姿勢に徹しながらも、粘りに粘って、遺体の確認だけは渋々認めさせた。その粘り腰に、若い衆二名が感心した顔で柴を見た。

署の裏に仮設したテントに菅沢直之の遺体は収容されていた。

「むごいですよ」

油谷係長が首に巻いたタオルで口を塞ぎ、覆っていたシートをめくる。

ドブのような物凄い臭気が襲いかかり、一同は鼻を手で覆った。

外観観察のために柴は改めて遺体を見る。

搬送したままの状態で、全身が泥だらけだ。腹部から下は血まみれである。

柴は視線を外さず、油谷係長に質問した。

「下腹部の、多量の出血は野生動物の仕業ですかね」

「犯人でしょう。股間をハンマー様の鈍器で打撃されています」

「ガイシャの股間にハンマーを振り下ろした、ってことですか」

柴の確認で事情が呑み込めたらしく、若い刑事たちは遺体から顔を背けた。

甲府市内で大きなイベントがあるらしく、宿が取れず、甲府中央署の宿直室を借りた。

柴が仕入れた名物鳥モツ煮を楽しみにしていた若いふたりはハンマーで破壊された股間を見たショックではないだろうが、ほとんど箸をつけず、早々に寝床に入った。

いまは松岡刑事の規則的な寝息と榊部長刑事のいびきが聞こえてくる。
二十人の宿泊スペースの半分が埋まっている。柴たち三人と油谷係長ら県警組だ。
寝入りを起こされた油谷が眠れないらしく、柴と同様に何度も寝返りを打っている。
申しわけないと思う気持ちで、柴はさらに眠れなくなる。
pフォンのバイブが震えた。発信者は氷室玲奈だ。
柴はそっと身を起こし、スリッパを履いて、廊下へ出る。

《課長、夜分遅く、というより真夜中に失礼いたします》
通話ボタンは押したが、電話に応えず、柴は無人の廊下の自動販売機の前へ向かう。
《課長?》
「聞こえている。残念だったね。せっかくベービーを逮捕したのに、きみとカニは帳場を外されたって」
《お聞きでしたか。でも、署長の方針で、ウチでは逮捕した刑事が取り調べはできないので帳場にいても雑用係です。カニも私も気にしてはおりません》
「けどさ、暴力を振るわれた、違法捜査だ、とベービーが騒いだそうじゃないか。カニの尻キックが問題になったんじゃないのか」
《フフ、課長には正確な報告がいっていないようですね。平気ですよ。鑑識チームが動画を撮ってくれていましたから問題にはなっておりません。否認して、逃げ出したホシを追いかけて逮捕

したただけです。カニの蹴りも逃走阻止の一環で》
「そうか、なら良かった。すると、ベービー事件の取調官は赤バッジかい」
《はい。それと、ウチの帳場なのでと署長が宇崎係長も加えました》
「署長《おやじ》はアピール忘れないなあ。夕方、爆弾発言して、逃げ回ったって」
《はい。私がお供して逃げました。でも、どうやら局面打開の目星はついたようです》
「へぇ。西東管理官が大爆発したって聞いたけど、沈静化しそうなの」
《ご安心ください。正式には明朝、首脳級の会談で決定するようですが、署長の仕掛けで、想定外の展開となりそうです》
優等生の氷室にしては珍しく笑いを含んだ思わせぶりな口調である。
「なんだい、想定外の展開って」
《たぶん、明日になれば明らかになるはずです。ご期待ください》
「楽しんでいるみたいだな。なんか署長の言い方に似てきたぞ」
《フフ、僅かな時間で、影響を受けました。その上、しばらくは署長の見張り役を副署長に仰せつかりました》
「そりゃ、ご苦労さん。カニも一緒か」
《カニはVXガスの特捜本部へ入りました。甲府の応援組です。彼女は甲府出身で、今夜は実家に泊まると夕方には出発しました》
「そうか、あいつもこっちか……すると、この電話の趣旨はなんだい？　真夜中に、きみがわざわざ電話を寄越すような緊急用件はなかったようだが」
《すみません。実は捜査には関係のない、私用でおかけしました》
「どうした」
《課長のお知り合いの神西薫子警視正が私の留守中、自宅に来られまして、その……》
「きみと千々岩前長官の関係は承知している。昨日、知ったばかりだが」
《そうですか……では、私の自宅を》
「神西警視正に教えた。前長官の保管する機密書類を収集、犯人像を探りたいと言われてね……すまん。住所を教えて良いか、やはり、きみの了承を得るべきだった」
《それは構わないのですが、少々乱暴な方のようで、私もつい先ほど帰宅して事態を知ったのですが……》
日付が変わったので前日の午後三時頃、神西薫子は訪問して、氷室玲奈の母親に前長官の私物を調べたい、と申し出た。一般職員として警視庁本部に勤めた経験のある母親は事情を理解し、前長官が使用していた和室に案内した。
薫子は一時間ほど念入りに調べて、書類の束を持参の段ボールに納め始めた。
そこに、監察官室の別当環警部が現れて、神西薫子警視正と話がしたい、と言った。
母親が取り次ぎに和室に入ると、薫子は裏庭から裸足で飛び出した。裏口に回っていた監察官室の係官の制止を振り切って、軽く格闘までした末に、駆け去った。別当環警部と母親が玄関から表を覗くと、裸足の神西薫子警視正は自分の車で逃走した。

別当環警部ら監察官室のメンバーもあわてて後を追った、という……。

「そうか、それはひどいなあ。お母さん、さぞ驚いたろうね」

《母も監察官室がどんな部署かは存じておりまして、もしかして、その、父、前長官が不正や悪事に加担していたのでは、と気をもみまして》

「もっともなご心配だ。だがね、氷室部長、監察官室の目的はオレも分からない。憶測で、ものは言いたくない。すまん」

《そうですね。すみません。課長にお電話したのは神西薫子警視正と連絡が取れなくて》

「私も午後からずっと取れない――連絡が取れないって、彼女の靴を返すためか」

《それもありますが、書類と一緒に母の大切な品を持ち去られまして》

「いかんな。そりゃ、いかん。連絡がついたら、必ず返却させる。ものは何?」

《アルバムです》

「アルバムか……」

若き日のチャンバラ署長が妻子ある千々岩隆との仲を引き裂いた。当時の写真を貼ったアルバムは氷室母娘にとっては「宝物」に違いない。十分察せられたので「必ず返却させる」と改めて約束した。電話を切る前に元気づけてやりたかったが、これまでプライベートな事情を聴いていないので、適切な言葉が思い浮かばない。職場の話でまとめるほかない。

「とにもかくにも、逮捕おめでとう。署長のお供もご苦労さん。よくやった。おやすみ」

《真夜中に大変申しわけありませんでした。おやすみなさい》

寂しさを引きずった湿り気ある氷室の声を聞きながら、柴は電話を切った。

すぐに、薫子に電話したが、応答はなかった。

不意に肩を叩かれた。

振り向くと、県警捜査一課係長の油谷警部がウイスキーの小瓶と紙コップをかざした。

(2)

午前一時半。署の小会議室で、柴は眠れない油谷係長のナイトキャップに付き合っている。

若い衆二名が手をつけなかった鳥モツ煮が謝罪の役目を果たしてくれた。

「うまい。地元の私が知らないのに、柴警部はいい店をご存知だ」

油谷係長はいったん退室し、小さなタッパーウェアを持参、モツ煮を小分けした。同僚用だろうか。そう言っては悪いが、チマチマした感じが「田舎刑事」っぽい。

禁酒中の柴は自販機で買った大きめのお茶のペットボトルで相手をしている。

「当分、禁酒ですか」

「胃腸の具合は改善されまして、医者のOKは出ましたが、どうせなら、酒はカミさんの全快祝いに再開しようと」

妻かすみの話を始めたら、油谷の妻も看護師と判明して、大笑いになった。

警察官や消防士と看護師は不規則な勤務を互いに理解し合えるので、結ばれやすい。油谷夫人は甲府市内の総合病院の総看護師長だという。

「総師長とは凄い。会社で言えば重役ですよ」

「ウチは晩婚でしてね、子どもふたりがまだ中学生。あっちの稼ぎがいいから、私は主夫になって家事に専念しろとイジメられています」

「私もね、ついさっき言われました。そんなに給料もらってないじゃない」

「それは、それは」

「命をかけるほどはもらっていないって意味よとフォローはしてくれましたがね」

「それがフォローに聞こえない。いやはや、他人事とは思えませんね」

油谷は紙コップに残っていたウイスキーを飲み干して、柴もお茶で応じる。

それからダメ亭主ぶりを披露し合って打ち解けると、油谷が意外な話を始めた。

油谷率いる捜査チームはおととい強盗殺人事件を解決したばかりで非番のはずが、急に駆り出された。死体が発見されたDV教授、生前の菅沢直之と面識があったからだ。義弟・日下部輝人がらみで……。


九年前、県警機動捜査隊の主任（警部補）だった油谷は通報を受け、甲府市内の信玄学園大学に急行した。若い男性が同大の菅沢直之教授を研究室に閉じ込めて、籠城した。

菅沢教授から助けを求める電話があり、事務長と警備員が駆けつけたところ、日下部輝人と名乗る訪問者が研究室に鍵をかけた。解錠を求めたが、聞き入れない。曇りガラス越しに武器を所持するシルエットが見えたので通報した、という。

事務長に代わり、油谷が説得したところ、間もなくドアは開けられた。

菅沢教授に怪我はなかった。武器に見えたのは研究室内にあった金属のブックエンドで、床に落ちたものを拾い上げただけだった。その点は菅沢教授も認めた。

油谷が穏やかに誰何《すいか》すると、日下部輝人は住所氏名を名乗り、学内の会議室に移動しての事情聴取に応じた。

日下部輝人の訪問の目的は、報道などで油谷も承知の件――姉の綾緒へのDV事件の真相、そして日下部姉弟を大勢の前で誹謗中傷した発言の撤回と謝罪だ。

菅沢教授の言い分は、逮捕もされず起訴もされなかったのだからDV事件は存在せず、救急車内などでの綾緒の証言は妄想だろう。講演会での日下部姉弟への発言には誹謗中傷の意図はなかった、と義弟・日下部輝人の抗議に対してまともには取り合わなかった。

輝人は冷静に義兄・菅沢に食い下がったという。

そもそも防衛医療大に招かれた菅沢教授の特別講義に感銘を受けた輝人が姉・綾緒に紹介したことが、結婚のきっかけだった。その姉がDV被害を受けたと告発した以上、両者を取り持った弟として真相を教授自身の口から聞きたいのだ、と。

が、菅沢教授は「逮捕もされず、起訴もされていない」からDV事件など存在しないと国家が認めたのだ、と言い張り、退室を促して、話し合いに応じようとしなかった。

その膠着状態が続いただけだと輝人は弁明した。

事務長や警備員も過剰反応で通報したきらいはある、と釈明したので、聴取を終えた。

油谷は「誤解が解けたようなので、事件化はしない」と県警本部に伺いを立てた。

すると、菅沢教授は既に弁護士を通じて、不法侵入されて、拘束、脅迫を受けたと刑事告発していた。最寄りの甲府中央署へ任意同行せよ、という命令を油谷は受けた。

輝人が応じたので、油谷は共に甲府中央署へ移動した。

すると、裁判所から逮捕状が届き、輝人に読み上げられた。輝人は激怒、激しく抵抗した。

引き継ぎは終えたが、成り行きで油谷は輝人を制止した。

「日下部さん、我々とは話し合えたじゃないか。暴れるなんて、きみらしくないぞ」

「ならば、あなたたちも紳士的に振る舞え。急に逮捕なんて、卑怯じゃないか」

「逮捕状が出た以上、我々は粛々と法に基づき、職務を遂行するだけです」

「じゃ、何故、菅沢直之を逮捕しなかった！　あの時も裁判所は逮捕状を出したのに警察は逮捕しなかったぞ」

報道で事情を知っていた油谷は言い淀んだが、甲府中央署の担当者が言い放った。

「裁判所は逮捕状を発付する機関だ。その逮捕状を使うかどうかは警察が判断する」

油谷係長は溜息を吐いて、告げた。

「いま思い返しても、後味が悪くてね……奴さん、あの年の秋に樹海に消えちゃったし」

「油谷さん、実は、その件も詳しくお聞きしたいのですが」

「いいですよ。次の年の夏だったか、白骨死体の身元確認もオレに担当が回ってきたから」

「それは助かります」

pフォンが会議机の上でバイブ音を立てて震えた。いまや無視できない上司格となった江波警部からだが、柴の口調にはつい不満がにじむ。

「江波、なんだ、こんな真夜中に」

《薫子が殺《や》られた》

「え……殺されたって、意味か」

《そうだ。神西薫子警視正が殺された。すぐ戻れ》

「いや、オレが戻っても、弔いの言葉くらいしか言えない。状況は変えられない。こっちはこれから現場検証だ。八年前の重要情報も聞けそうなんだ」

《お前宛ての遺書がある。いいから戻れ》

(3)

十月十四日午前六時、柴は夜明けの中央高速を光の方——東京へ向かって走っている。

電話による江波の緊急命令の直後、甲府市内の実家に前ノリで宿泊していたカニこと栄都刑事が甲府中央署に捜査車両で迎えに来た。

柴の精神状態では運転は危険だから、と江波の指示でカニが運転手となった。

相当に落ち込んでいると江波に案じられたようだ。警察社会での同期の絆は一般よりも深いようだが、柴や江波や薫子の期は在学中から結束が固かった。加えて、凄い勢いで出世する薫子が嫉妬や怨嗟《えんさ》の的となり、同期で守る雰囲気が生まれた。「薫子親衛隊」と他の期に笑われたものだ。

確かに、柴のショックは大きかった。

親代わりの祖父に死なれた時の喪失感に近い。この十年は数年に一度会う程度だが、若い時期の密度が濃かったからだろう。学友というよりは幼なじみの感覚だ。

その薫子が殺された。

しかも、他殺なのに、柴宛ての遺書を残した、という。

不可解な謎ではあるが、万事心得たカニが沈黙を守ってくれたので、柴は後部席で甲府に残った赤バッジ・榊部長刑事への指示書作成に専念した。

一、菅沢直之教授殺害にＶＸガスが使用されたかどうかを確認する。

一、右が確認された場合は、教授失踪時の経緯を徹底的に把握する。

一、同じく殺害現場の検証を再度確認する。

一、右が確認されない場合や鑑定が遅れる場合は、菅沢案件は山梨県警に任せる。代わって、榊部長刑事は以下を優先する。

一、八年前の定例樹海捜索で日下部輝人と思われる白骨死体が発見された経緯。

一、その捜索に関わった関係者、ボランティアなど全員の氏名。
一、それら全員と輝人の姉・日下部綾緒の関係。樹海捜索以前の面識の有無を確認。
一、白骨死体が日下部輝人と特定された経緯と判定資料再確認（ＤＮＡ、骨折など）。

各項目について柴が入手した情報を漏れなく網羅したメモを添付してメールで送った。

メモは量的にも内容的にも若い榊部長刑事には荷が重そうだが、柴と入れ替わりに応援部隊が特捜本部から甲府に追加派遣されたと聞いている。何とかやってくれるだろう。

「課長」

無言で運転していたカニ・栄刑事が判断を求めるように柴を呼んだ。

車は都心の巨大な高級ホテルの地下駐車場に入っていた。

蒼白い照明の下には、前日の昼間会った監察官室の別当環警部が立っていた。

別当の背後には屈強な部下二名が控えている。

柴は別当の会釈に応えて、ウインドウを降ろす。

「昨日はどうも。どうかしたかい」

「この度は」

薫子への弔意を同期の柴に示したので、柴は小さく頷いて応じた。

「それから、私の写真がネットにさらされた件、ご連絡いただき」

「そんな礼をいうために出迎えたわけじゃないだろう」

「はあ。特捜本部の西東管理官が我々監察の立会《りっかい》を許可してくれません」

氷室玲奈からの深夜の電話によれば、薫子は別当環たち監察官室の追跡を受けた。その結果、薫子はこのホテルに逃げ込んだのだから、経緯や背景は特捜本部も知りたいはずだが、入場を拒むのは殺害現場に何かあるのか。あるいは、例の上層部の派閥争いか……。

いずれにしても、所轄の課長である柴の出る幕はない。

「許可が出るまで待つしかないだろうね」

「はい。ですが、そこをなんとか、柴警部にお口添え願いたく」

昨日の貸しを返せ、といわんばかりの口調に、柴は少々ムッとした。

「昨日、きみから貴重な情報をもらったことは特捜本部にあげてあるが」

「お願いいたします。特捜本部の江波警部は柴警部の同期とか」

「……交渉してみよう。但し、そっちの材料《ネタ》もすべて差し出せよ」


江波警部は営業前のロビーラウンジで待っていた。

奥に二十四時間オープンのティールームが見えたが、照明を落としたロビーラウンジにかすかに射し込む朝日の光で、柴は夜が明けたことに改めて気づいた。

柴の後ろに栄刑事と監察官室の別当環ら三名を確認したのだろう。不機嫌に顔を歪めた江波は柴だけを目で呼んだ。

「何のつもりだ」

「このホテルに至る薫子の前足（事前の足取り）、掴んどいた方がいいと思ってね」

江波は別当環たち三人と所在無げな栄刑事を一瞥した。

「……上と相談する。連絡するまで、ここで待て」

江波は封印されたA４サイズの茶封筒を柴に押しつけた。

表に〈調布狛江署柴一彬課長殿　御直披《おんじきひ》〉と上書きされている。

「薫子が残したものはこれだけか」

「直属の上長である天野警視監宛ての封書もある。オレも後で見せてもらうぞ」

「約束はしかねる」

柴は断りを入れた。純粋にプライベートな内容ならば、誰にも見せたくはない。

「フン、御直披だもんな……但し、勝手に焼却しないでくれよ」

江波は別当環を再度睨み、居心地悪そうな栄刑事を連れ出して、立ち去った。栄刑事から甲府からの道中の報告、さらに監察官室が合流した経緯を聴くつもりだろう。

別当環が気まずそうに柴に謝罪した。

「柴警部、ご迷惑をおかけします」

「ちょいと、これ読みたい。迷惑料代わりに、飲み物が欲しい」

ハラスメント厳禁のいま、同僚や部下への「飲み物を持って来て」は禁句だが、別当環は立ち上がり、部下に命じず、自ら二十四時間営業のティールームへ向かった。

相変わらず美しい後ろ姿だと感心しながら、封を切った。

中身はアルバムと封書だった。

確認のためにアルバムをパラパラめくったら、やはり、氷室母娘と千々岩前長官の「家族」写真だ。そこには幸福そうな三人家族がいた……。

封書を開く。

柴一彬さま
取り急ぎ、書き置きます。

これを柴くんが読むとしたら、私はこの世にいないかもしれません。

正直、怖い。生まれて初めて恐怖を実感しています。風邪でもないのに背筋が震えます。

朝からどこへ行っても顔を見られている気がします……。まるで、お尋ね者みたいに。

このホテルでも。監察官室に追われて、ここへ逃げ込んだせいでしょうか。

さて、要件は二点。


最初に謝罪です。

今回の柴くんへの密命、派閥争いには関係がない、と言いましたが、ウソでした。

前長官を被害者とする殺人事件ですから特別捜査本部は警視庁庁舎内に置くべきという多数意見を抑えて、調布狛江署に設置したのは我々の派閥の思惑があったのです。

「千々岩ペーパー」と呼ばれる書類を監察官室に渡すわけにはいかないからです。

つまり、柴くんに頼んだ密命は「千々岩ペーパー」の回収のみが目的でした。

情報収集とその報告が主眼でしたが、最悪の場合、柴くんにも「千々岩ペーパー」の回収および証拠隠滅に協力してもらう腹づもりもありました。

ごめんなさい。

キャリア警察官とは一線を画す「我が道」を選んだつもりが、彼らの泥沼にズブズブにはまって身動きできなくなりました。

きっかけは十年前の千々岩刑事部長（警視監）からの電話でした。

早朝、官舎の警電に直々入電されました。

例の逮捕中止命令でした。具体的指示はなかったので、当時の指南役の参事官に相談したところ、逮捕状請求に至る経緯を知る私は執行に臨場しない方が良い、というご忠告でした。

それで、ごめんなさい、事情を知らない柴くんに逮捕状を預けました。

結果的にですが、あれが良かったと信じます。

現場管理職の責任が曖昧だったので、逮捕状不履行については不問に付され、私を含めた五人全員が処分を免れました。

尾野一久部長刑事はお気の毒でしたが、私には彼の自業自得としか思えません。

あの時、上司の命令は絶対。警察官には命令に従う法的義務がある。

という建前に生きる道を選んだ以上、それからの私が千々岩氏からの指示、要請を拒む根拠がなくなりました。言われるままに派閥の金庫番となり、ウラ金作りに励みました。

千々岩氏が警察庁長官を退任された途端、監察官室のマークが厳しさを増し、暗闘が繰り広げられました。でも、今回、千々岩氏の内閣入りが内定しましたので、安堵しました。

ところが、その千々岩氏の急死です。

事件の真相究明よりも千々岩ペーパー。派閥やウラ金に関する書類の処分が課せられた私の最優先任務でした。

とはいえ、狛江の氷室家に保管されていた書類の回収で決着がつきそうです。

書類をシュレッダーで裁断しよう、と頭が働いたのはホテルに逃げ込んで数時間後。

時刻は夜中の午後十一時。

とにかく、これで任務から解放されると安堵したら、恐怖がこみ上げました。

順不同ながら、千々岩前長官、菅沢直之教授、坂根部長刑事が十年前の逮捕中止の件で、殺されたのならば、私も当然、狙われる。

危険な兆候はないけれど、今朝から複数の見知らぬ人物にジロジロ見られています。

誰かが私の居場所を犯人に報せたら。坂根部長刑事が張り込み中に襲われたように……。

そう考えた時、監察官室から逃れて、巨大ホテルに「籠城」している現状は危険であると気づきました。張り込み中だった坂根部長と同様に警護も味方もおらず、無防備です。

それで、警視庁本部から警護の人員を呼ぶことにしました。

が、呼べば、監察官室に察知されて、ここに踏み込まれるのは確実。既に、あの別当環がこのホテル内に待機している可能性もある。

警護人員の到着の前に、まずは回収した書類の裁断処理を済ませなくては……。
部屋にいる限りは安泰だけど、そうはいかない。私の手で書類は処分しなくては。
VXガスの犯人に狙われるとしたら、シュレッダーまでの移動と帰りに違いない。
その点は、ホテル内の警備担当に同行してもらうので安心。
警察OBが複数在籍していることは承知、挨拶を交わしたこともあります。
そうそう、もうひとつの要件。

氷室家から書類回収の際にアルバムを持ち出してしまいました。
機密文書が隠されていないか精査しているさなかに、別当環が来てしまったもので。
結果、アルバムは問題なし。
氷室千明さん玲奈さんの母娘には非礼をお詫びします。
柴くんからもくれぐれもよろしくお伝えください。

もしかしたら、これが最後の手紙かもしれないですね。
柴くん、長い間、ありがとう。

神西薫子

二十五年の付き合いで、柴は初めて薫子の素顔を見た気がした。

最後の一行をもう一度読むと泣き出しそうな気がして、便せんを角封筒に戻す。

（最悪の場合、オレも証拠隠滅に加担させるつもりだったのか）

身勝手な薫子の計画に乗せられかけたが、不思議と腹は立たなかった。

十年前、否、つい数日前の自分とは違うのだ。祖父直伝の「警察官の本分」を再認識した以上、薫子の要請があっても断った、という確かな自信がある。

不意に、目の前で細く長く白い指が扇子のようにひらめいた。

ハッとして顔を上げると、別当環がコップの横の柴のｐフォンを目で示す。

江波からの着信。バイブだが、相当な音だ。気づかないほど思案に没頭したらしい。

柴はｐフォンの通話マークをタッチする。

《江波だ。上がってくれ》

「別当警部は」

《現場検証中だ。部外者には見せられないよ》

「オレ宛ての遺書も、部外者には見せられないぞ……連れて行く。いいな」

返事を聞かずに、柴はｐフォンを切った。


エレベーターを出ると、廊下での鑑識作業が続いていた。

十七階の廊下から神西薫子の部屋一七〇二五号室までが事件現場となるらしい。

警視庁本部鑑識課の名だたる親方たちが総動員されていて、柴は知り合いと目顔で挨拶しながら進む。後ろには別当環と監察官室の若手二名が続く。

当該客室の前で江波と西東管理官が出迎えた。ふたりの赤バッジが威圧的に見える。

栄刑事は江波に甲府からの報告をした後、地下駐車場の捜査車両に戻ったようだ。

柴は西東管理官に丁寧な挨拶をした後、江波に手紙とアルバムを差し出す。

「読むのは管理官とお前だけにしてくれ。アルバムはすぐ先方に返したい」

江波が目で伺いを立てたが、西東管理官は異を唱えなかった。


江波は柴を連れ出して、西東管理官や別当環たちから少し離れた。

内容は聞こえない距離だが、江波は小声で切り出した。

「柴のお友だち浅間勝利は釈放したぞ。逮捕理由は公務執行妨害のみだから」

「それはありがたいが、大丈夫か？　あの人は日下部姉弟のために地方のテレビ局員を名乗って、別当環に近づいたぞ」

「それはあっさり認めた。一丁前の思想犯気取りに完黙するもんでテコずったが、マスコミ偽装の件をぶつけると、神妙な顔で口を開いた。彼曰く、円谷の縁で知った日下部綾緒さんの災難に同情した。憎いDV犯・菅沢教授を逮捕できなかったことこそがキャリア官僚・千々岩の職権乱用である。警察キャリアを糾弾する立場として綾緒さんの役に立ちたい一心で、知人の名刺を借用した、そうだ。その知人には電話で謝罪もさせた」

柴には根は素直で誠実な浅間の心境が手に取るように分かった。

「一度謝ったら、浅間さんの性格からして、聞かれたことに素直に答えただろう」

「あァ。公務執行妨害になった書類焼却は坂根部長刑事の殺害を知って、すっかり動転し、混乱したからだとさ」

「殺害を知って驚くのは分かるが、動転、混乱する理由が分からない。何故だ」

「事務所を出たオレたちの後を一階の花屋のバイトに尾《つ》けさせたそうだ。我々は張り込み場所を把握されていた。浅間自身は違法な活動をしていないが、いずれガサ入れもあると踏んで、関係者に迷惑かけないように関連書類をストーブで焼却し始めた。同時に裏アカでＳＮＳや〈暗躍警察〉など複数のサイトには、いま不法な監視を警察に受けている、と投稿した。名刺交換したので、オレと坂根の氏名も公表した」

「すると、それを見て、ＶＸガス犯人は坂根の居場所を摑んだ」

　柴の指摘に江波は深く頷き、告げた。

「おそらくな。もっとも、浅間は坂根が犯人のターゲットとは知らなかったそうだ」

　柴は深く頷き、浅間の胸中を察して江波に解説した。

「浅間さんは前長官殺害の件で我々が訪問した時、平然としていたよな？　警察キャリアという頭の中だけの敵だからさ。だが、昼間会った坂根は現実だ。もともと警察官一般にはシンパシーを感じる人だから、自分が殺人に間接的に関わった——標的と知らずに、坂根の居場所を犯人に教えてしまった、と耐え切れなくなったのだろうよ」

「柴の言う通りかもしれんな。取調官によれば、完黙が崩れた途端、別人のように、なにもかも吐き出したそうだ。疲労困憊で、釈放と告げても、立ち上がれず、駆けつけた関係者が病院に連れて行った。血圧が高いので数日の入院加療が必要だってよ」

浅間の人柄を知るだけに、知らずに彼が背負った運命を柴は気の毒に思った。

西東管理官は近くに戻った柴に告げた。

「柴警部、きみとしては遺書もアルバムも他者には見せたくないわけだね」

「はい、管理官。監察官室にも見せません」

途端、別当環の顔が強張った。が、柴に案内してもらった手前、この場での抗議や閲覧要求は控えたようだ。それを見て、西東管理官は頷きかけたが、柴に念を押した。

「柴警部、確認するが、おたくの署長にも見せないわけだね」

「はい、見せません」

柴は迷いなく言った。

西東管理官は頷き、江波には小声で別当環ら監察官室の立会許可を伝えた。

江波は管理官から渡された遺書とアルバムを念入りに確認した後、柴に返却し、別当以下の三名も連れて死体発見現場である一七〇二五号室に案内した。

江波の説明によれば……。

神西薫子警視正は前日の午後五時頃、スーツとスニーカーでホテルに到着。

フロントマネージャーを呼び、自分がチェックインしたことは極秘。警察官を含めて外部からの問い合わせには一切応じない、と厳命してから、一七〇二五号室に入室。

午後十一時過ぎ、当人からフロントに入電。書類を裁断、処分したいと希望。支配人室のシュレッダーを勧めると、薫子は了解。警察ＯＢの警備員二名を自室に呼んで、共に三階の支配人室に移動。

裁断作業中、二階の宿泊フロントを監察官室の別当環警部が再訪した。

神西薫子警視正のチェックイン直後にも訪問して門前払いされていた。別当は薫子の宿泊は間違いないと確信しており、フロントマネージャーに公用携帯を差し出した。

電話に出ると、別当の上長である黛《まゆずみ》監察官が強硬に薫子との面会を求めた。

別当環再訪と聞き、神西薫子は警備員Ａを二階の宿泊フロントへ向かわせた。緊迫した応酬を警備員Ａが無線で拾った音声で聞き、神西薫子は極めて危険な状況と察知した。

裁断を終えた粉砕ゴミの処分を残った警備員Ｂに託す。敷地の外れにホテル専用の焼却施設があると初めて知り、警備員Ｂ自らが粉砕ゴミを燃やすように、薫子が指示した。

それから、薫子は単身で一七〇二五室に戻った。その数分間の間隙。

薫子が十七階のエレベータを降りて、一七〇二五号室までの――約四十メートルの間にＶＸガスの攻撃を受けて、ガスを被曝しながら、自室に逃げ込んだようである。

廊下の当該箇所に設置された防犯カメラ六台は作動していたが、録画記録はない。

モニター担当の警備員はＶＸガス襲撃の瞬間に気づかず、薫子の死体発見で一時的に無人となった警備管理室に犯人が侵入し、ハードディスクを持ち去った模様。持ち出しは十字ドライバー一本で可能だが、犯人はビル管理や電気施設に精通していると思われる。

なお、犯人は襲撃前、十七階廊下でボーイや清掃員などホテル従業員に変装して待機していたようだ。また、襲撃後もすぐには退館せず、警備管理室付近に潜伏。ハードディスクを回収して去っている。その際はホテルの宿泊者などに紛れていた可能性もあり、現在、警視庁捜査一課初動捜査班が館内カメラを精査中である。

初動捜査班は慈愛堂大学狛江病院と同じように犯人に動きを封じられた形だが、病院のほか、犯人が出没した吉祥寺や甲府市内の各種映像も収集しており、人物特定は時間の問題と断言している。

なお、薫子は被曝後、自室に逃げ込み、施錠した後、意識を失ったと思われる。

数分後、警備員Aが薫子の在室を確認に戻った時には応答なく、フロントマネージャーが解錠した時点で絶命していた。

死亡推定時刻午後十一時三十分前後……。


「犯人はＶＸガスの効果を十分把握しているから致死量とみて、神西警視正を深追いせずハードディスクの回収を優先したんじゃないかな」

江波の指摘に一同は異を唱えなかった。

柴は別当環に確認する。

「監察官室はフロントマネージャーの解錠に立ち会わなかったのか」

「それが、ですね、柴警部、神西薫子警視正が電話で招集した刑事部の部下と称する面々が我々の直前にホテルに到着し、身元確認に入室しました。我々は廊下に待たされた上、その後は現場保存の一点張りで、追い返されました。お陰で、三年追いかけた証拠書類はすべて裁断され、焼却された後でした」

別当環が刑事部の一員である江波を咎めるように見た。

途端、江波が逆上した。

「なんだ、その目は。オレに言わせれば、神西警視正の死を早めたのはお前らだぞ」

「なんてことを」

気丈な別当環が唇を震わせて、心外そうに見返した。

「お前らの訪問がなかったら、薫子はひとりにならなかった。警備員が警護していれば」

「よせ、江波」

柴は場を収めようと両者の間に半身を入れた。

「柴、間違いなく殺しのテンポが早まっているぞ」

江波は柴と別当環にゆっくり視線を動かして、宣告した。

「次は柴か別当か、どっちかが標的だな」

別当環は抗議を抑えて、しかし、不快そうに顔を背けた。柴も聞き流すつもりだったが、ずっと押し殺していた犯人への怒りが爆発した。柄にもなく、啖呵を切っていた。

「この上、好きにさせてたまるか！　おい、江波、同期の薫子が殺されたんだぞ。わけ知り顔で憎まれ口、叩いてないで、さっさと殺人鬼を捕まえろよ」

その剣幕に数歩後退った江波に、柴はさらに言い放った。

「いいや、オレがやる。お前より先に、オレがこの手で捕まえてやる」

（4）

十月十四日、正午。青一色の秋晴れの下、首都圏中央連絡自動車道――。

柴は茨城県・阿見町の起死回生園へ向かっている。運転は今回もカニ・栄刑事だ。

早朝の甲州路でも感じたが、カニの運転はなめらかで、柴は思索に集中できた。

「次は柴か別当か、どっちかが標的だな」

VXガス殺人の標的として、江波警部は尾野一久の名を忘れた。面識がないから単に言い忘れただけだろうが、柴にとっては、尾野は共犯または情報提供者の疑いもある、曰く付きの人物だ。

早朝、巨大ホテルから電話したら、応答がなく、施設長に連絡すると、前夜から尾野は行方不明だという。

前夜、柴が施設を去った時点で、薫子、柴、尾野、別当環の顔写真がネットで公開されており、入所者が「尾野は元警察官だぞ」と騒ぎ立て、嫌がらせを始めた、という。尾野は前職が公務員と明かしていたが、元薬物中毒者にとって警察官は公務員ではなく「敵」だ。

身の危険を感じた尾野は施設長や同僚職員にも告げず、深夜、姿を消した。

詳細は現地で聞くつもりだが、江波の指摘通り、犯人側の動きが早まっている。

安定したカニの運転に身を任せて、柴は車中思索を続ける。

そういえば、会員制サイト〈暗躍警察〉も突然、過激に変貌したようだ。

暴走族のOBが始めたサイトで北関東の同好の士が会員の過半だったが、自称「知恵者」なるハッカーが参加して、拠点を都内に移動。海外サーバーを経由し、「お尋ね者」として警察官の顔写真と実名を公表。閲覧者が一日五十万人を超える日もあるそうだ。

千々岩前長官の写真氏名と慈愛堂大学狛江病院への入院を浅間や円谷のサイトと同様に告知したことで、江波たち特捜本部が〈暗躍警察〉を徹底的に再チェックした。すると、初期メンバーは既に手を引いており、「知恵者」が残って、発信を続けていた。前日の摘発で数人が逮捕されたが、全員がサイトのファンで「知恵者」のメールによりアルバイトで留守番をしていただけで、知恵者の顔や本名は知らない、という。

彼らの言い分はどうあれ、アルバイトが運営するサイトの掲示板に会員やファンが標的となる人物の位置情報を報せて、VXガス連続殺人の犯人を助けているのは間違いない。まさに人間狩りだ。一億総ネット社会の新しい娯楽となっている。自分が標的でなければ興味深い話だが、この現象は爆発的に拡散するのが実に怖ろしい。

「課長」

カニが呼びかける。巧みな運転に柴は寛いでいた。氷室部長刑事の陰に隠れているが、栄刑事は運転技量抜群、柔道二段、射撃術最優秀という頼もしい護衛でもあった。

「課長、さっき、ホテルの駐車場で鳥モツ煮いただきました。夜中出る時、山梨県警の油谷警部がタッパーに分けたものを持たせてくれまして」

深夜に小分けしていたのは若い衆が菅沢教授の亡骸を見て食べられなかったと聞いて、配慮してくれたらしい。田舎刑事と侮ったが、油谷は気配りの達人だった。

「モツ煮、絶品でした。油谷警部が柴課長はグルメだぞ、と笑っておられました」

「グルメじゃないけどねえ。あ、カニ、そこ停めて。喰える時に喰っておこうや」


運転し通しの栄刑事を休ませるために、前夜寄った阿見町のレストランに入った。ステーキ定食を二人前たいらげて、オーナーに褒められたのは昨日のことだ。今日も同じものを三人分頼んで、若く大柄な栄刑事に多めに分けた。

昼間はやらない三味線ライブをサービスで若い男女の店員が演奏してくれた。地元の国立大学生たちだが、就職せず演奏家の道を選ぶそうだ。前夜は気づかなかったが美男美女コンビで、栄刑事は上機嫌。カニの視線が妙に熱いので、どちらがお気に入りか、柴は単純に気になったが、迂闊には聞けないご時世だ。昔風に言えば、口にチャックした。

そこに小笹副署長から電話が入った。

演奏中なので、店の外に出て、話を聞いた。

梶山コーブン署長が午後二時に緊急記者会見を調布狛江署で行うという。

柴もずっと気になっていた十年前のＤＶ事件通報者ユーレイこと織田信一を梶山署長が自力で見つけ出して、織田が連続殺人犯に呼びかける内容の会見、だという。

その趣旨を小笹副署長の早口で聞きながら、「何をいまさら」と柴は正直思った。

しかし、明らかなチャンバラ署長のスタンドプレーを警察の最高首脳が許可したと聞き、藁にもすがりたい気持ちは柴も同じと悟った。慣れない寝不足続きで理解が遅れたが、深夜の電話で、氷室部長刑事が「お楽しみに」と予告したのはこのことらしい。

ユーレイの呼びかけで、連続殺人犯が殺戮を中止してくれればありがたい。

標的のひとりらしき我が身可愛さは、無論ある。だが、それよりも行方不明の尾野一久の安全をひたすら祈った。共犯を疑いながら、疑い切れない旧知の人物である。


「課長、こちらですか」

食後で、うたた寝したらしい。栄刑事の声で目が覚めた。

昨日は西日が当たって読みにくかった「起死回生園」の文字がくっきり見えた。

「起死回生か……オレには闇夜の光のようにありがたく見えるが、カニはどうだい」

「気合、入り過ぎでしょ。照れ臭くて疎ましく感じるんじゃないでしょうか」

「入所者の気持ちになれというんじゃなくてね、捜査員としてさ。犯人に一方的に押しまくられている現状を脱して、反撃を加えようって気になったよ、オレ、あれ見て」

カニがふだんとは違う口調、つまり敬意を込めてしみじみ言った。

「課長は肝が据わっていらっしゃいますね」

「上司として見直してくれたのなら、ありがたいがね、とんだ見立て違いだな。前例のない恐怖に怯えて、反応ができなくなっているだけなんだ。いっぱい、いっぱいさ」

いつもなら誘いに乗って茶化しに変化する頃合いだが、カニは批判的に告げた。

「本部はなぜ課長たちを保護しないんですか。殺人の標的にされているのに」

柴は妙に冷静で、他人事のように分析していた。

「上も、判断がつきかねているんじゃないかな……菅沢教授はことを起こした張本人、前長官は逮捕中止命令の発令者。神西薫子警視正は命令を受けて実行させた責任者。坂根部長刑事は実行者。いずれも、逮捕中止命令に疑問を示さず、抗議もしなかった」

「実は、別当環警部や尾野一久元部長刑事の当時の行動は記録データで読みました。ですが、大変失礼ながら、課長はあの件で目立ったリアクションを取っていませんよね」

柴は苦く笑った。着任以来、会話らしい会話のやりとりはほぼなく、「大変失礼ながら」というフレーズがカニの語彙《ごい》にあるのを初めて知った。じっくり話すことのない上司と部下だった。

柴は運転席のカニを改めて見て、静かに尋ねた。

「正直に答えてくれ。カニが犯人ならば、オレも殺すか」

「……微妙です」

気持ちを正直に表現できることは貴重だ。カニはいい刑事になれるかもしれない。

「その通り、曖昧だ。そこを見極めたいのかもしれんね、お偉方は。だから、本来ならばオレは捜査回避のはずなのに、外れろとは誰も言ってこない」

「冗談じゃありませんよ。それじゃ、イケニエじゃありませんか。課長を、敵をおびき出すオトリにする気ですよ」

斜に構える変化球タイプと思われたカニがいつになく直情的に、熱っぽく怒っている。

だが、柴はいっそう冷静になり、テレビのコメンテーター風な口調になっていた。

「判断力が低下しているのだろうね、我が警視庁は」

柴の答えが暖簾に腕押し過ぎたからか、怒りの矛を収める場を失って、カニは誰に対してというよりも、とにかく吼えた。

「そんなんでいいんですか！」

柴は自分のために怒ってくれている部下をねぎらうように付け加えた。

「上がどうあれ、オレは持ち場で仕事をするのみさ。大仰に力むのは性に合わないけどね、この犯人にはオレがワッパをかけるよ」


施設長の平柳道隆《ひらやなぎみちたか》は日に焼けた精悍な面構え。六十代だが、年齢より若い印象である。僧侶の資格を持ち、「保護司」も兼ねるが、薬物依存症を克服した体験者でもあるという。

「依存症に克服と言う言葉はふさわしくありません。ウチではとりあえず乗り越えた人をサバイバー、生還者と呼びます――おっといけない。お急ぎでしたね」

無駄口を切り上げて、平柳は失踪当時の状況を柴と栄刑事に簡潔に話した。

前夜、姿を消した尾野一久は着替え入りのリュック一つ、所持金は数千円で心配した。が、銀行預金を降ろしたので当面困らないという尾野からのメールが今朝届いたそうだ。

見せてもらったメールには施設長や同僚職員への感謝と謝罪がつづられ、落ち着いたら改めて挨拶に来るので探さないでください、とあった。

「当面は困らないと書いてありますが、イッキュウさん、預金はどれほど」

「それが、腑に落ちない。ウチに入所した時は、奴《やっこ》の義理の父親がパジャマや衣類一式買い揃えて、本人は文無しだったからねえ」

三人称をヤッコと呼ぶ表現が柴には懐かしかった。祖父の同僚刑事や出入りの大工の棟梁も使っていたが、昔の職人や香具師や博徒の言葉のような気がする。薬物依存者だったと自己紹介した平柳はおそらく人生の裏も表も知り尽くしたタイプなのだろう。

「平柳さん、つまり、尾野さんは蓄えなしですか？」

「だと思いますよ。自慢じゃないが、ウチの臨時職員の手当は微々たるもの。警察時代の共済年金は来年から受給と聞いています。余分な金があるとすれば、あれかな。雑誌の取材がありましたよ、梅雨の頃、六月、いやもう七月でしたね」

「雑誌ですか」

吉祥寺の浅間勝利が別当環に地方のテレビ局員と称して近づいたことがある。

「ヤッコは面識のない訪問者とはひとりで会わないと決めていて、私が同席しました」

「本人から聞いています。確か、この春、おばあさんともう一名」

「そうそ、そのもう一名。おばあさんが五月の終わりに来てから一月半くらいして、三十代の男性が来ました。聞いたことない雑誌だったが、昔のこと、ほら、いま話題になっている十年前の逮捕中止の件ですが、その話を聞かせてくれ、と」

柴は猛省した。前回、おばあさんの正体が城戸朝子と判明して舞い上がって、もうひとりの人物を聞き漏らした。尾野は十年前の件は話していないと明言したが、それがウソなら取り返しがつかない柴の失態となる。

柴が黙っているので、スマホにメモを取り終えた栄刑事が確認した。

「あの、施設長さん、尾野一久さんはその取材に応じたわけですか」

「断りました。私の前では」

メモを取るカニに代わって、柴が確認した。

「平柳さんの前では、と言いますと。別の場所で会っていた」

「ええ。次の週、いや、梅雨明けで猛暑だったから、一月後の八月頃でしたが、私が食材を安く仕入れるために農家を廻っていたら、林の中でヤッコが若い男性、さっき話した雑誌社の三十男と思しき人物と熱心に話し込んでいました」

その人物についての描写に限って、言い方がくどい気がした。柴は穏やかに確認した。

「訪ねる客は少なかったのに、同じ人物、雑誌社の三十男、とは断言できませんか」

「年恰好は自信があるがね、何しろ初回と二回目に一ヶ月の間隔があるからさ」

「正確さを期していただきありがとうございます。その上でお聞きしますが、記者と二回目と思われる林の中での面談、何を話したか、後で平柳さんが確認などは」

「聞きませんでしたね。本人の自由ですから」

「では、取材を受け、その謝礼を受け取ったのではないか、と思われた根拠は」

「林での面談の次の日に、ヤッコが携帯を買い換えました。それからは月に一度くらいは衣類も買うようになった。間違いなく金回りが良くなったね」

「なるほど。平柳さん、その三十代の男性ですが……」

柴はpフォンをスクロールして、日下部輝人の写真を平柳に見せた。山梨県警の油谷係長から九年前の逮捕時の輝人の写真を送ってもらっていた。

「九年前の写真ですから、いまは印象が違うかもしれませんが」

「違うね。いまも昔も他人の顔色を見て、私は生きている。見間違いはないですよ」

平柳は自信満々に笑う。酸いも甘いも嚙み分けた、といわんばかりの顔だ。

「課長」

栄刑事が柴に公用携帯の画面を見せた。知らない若い男の顔が写っている。

「誰」

「課長がマークされていた日下部輝人の同級生・井戸文昭《いどふみあき》です」

「菅沢教授が講演会で口にした誹謗中傷を、日下部輝人に告げ口した人物か」

「ええ。この写真は八年前の輝人の慰霊祭の時のもので。さっき、甲府の榊部長刑事から。課長にも届いているはずですが」

pフォンではなく、柴の私用のスマホに届いていた。その写真を平柳に見せる。

「あァ、この人だね。言葉遣いが丁寧で、賢い印象。さしずめインテリだね」

柴が目で確認すると、栄刑事は頷き、告げた。

「現在は脇田記念茅ヶ崎病院の勤務医です」

「お医者さんかあ。なら、どうして雑誌記者なんて。あ、これも捜査機密ってヤツですか。ヤッコの部屋、見ておきますか。夜逃げ確定なので、明日、別の職員が入ります」

柴は案内されるまま尾野一久の個室を点検した。

大きなトランクと衣類、自慢の釣り道具や写真パネルも残したままだ。畳の隅に、尾野が若い後輩にもらったという腕輪の椿の実が落ちていた。

「収容者ともみ合った際、ご自慢の腕輪がちぎれましてね」

柴は赤く染められた椿の実を拾って、ハンカチにくるむ。尾野が義父から相続したという丸太作りのロッジ風の小さな別荘の写真を見て、柴は尋ねた。

「別荘は伊豆の山奥と本人が言っていましたが、平柳さん、住所、分かりますか」

(5)

調布狛江署の小会議室は異様な熱気に包まれていた。

梶山署長の挨拶に続き、ユーレイ織田信一の犯人への呼びかけが終わったばかりだ。

氷室玲奈部長刑事はスマホ画面で時刻を確認する。

十月十四日午後二時四十分。

小笹副署長がマスコミ各社にVXガス連続殺人事件の犯人に関係者が呼びかけるという趣旨の連絡をしたところ、百人を超える報道関係者が押し寄せて、会場を署長室の隣の小会議室に移したが、入りきれず、廊下からもカメラが向けられている。

雛壇には梶山弘文署長とユーレイ・織田信一が座り、傍らに司会進行役の小笹副署長、離れて警視庁本部から派遣された幹部二名と特捜本部の江波警部が臨席している。

氷室も前長官の娘として犯人に呼びかけたい、と改めて申し出たが、前長官遺族の猛反対と警察首脳の判断で却下された。氷室は怯まず、会場整理係を志願し、これは認められた。

氷室はユーレイ織田に陳謝したが、境遇を同情されて、かえって信用された。いまは雛壇の後ろ、音響スタッフやカメラマンの傍に立っている。

梶山署長の天敵・西東管理官は署内にいるはずだが、多忙を理由に姿を見せていない。

先ほど氷室が小声で報告すると、署長は上機嫌で「ざまあみろ」と小さく吼えた。

子どもみたいな人だなと呆れながら、隣の織田のカラになったコップに水を注いでやる姿は腕白なガキ大将のようでもあり、憎めない人だと思う。この一種独特のチャーミングさに小笹副署長や柴課長、そして自分まで取り込まれているようだ。

「では、質疑応答に移ります。ご質問のある方」

小笹副署長が呼びかけると数十の手が挙がり、指名された記者が質問を始めた。

「質問は二点あります。第一に、織田さんがこの時期に犯人に呼びかけた理由がいま一つ理解しがたいのですが、その点をもう少し分かりやすく教えてください」

織田の発言内容に多少の警察批判があっても構わない、との許可を得ていた。次の標的も間違いなく警察関係者と推定されるので、警視庁本部も必死なのである。

連絡係の氷室が近づき、そっと背中に手を当てると、織田は冷静に語り始めた。

「私が臆病で、匿名で告発したせいもあるのでしょうが、警察や検察は菅沢教授が奥さんにふるった暴力、DVを公式には認めていません。意識があった時期の奥さんの証言と私の目撃談はほとんど一致しており、正確な目撃証言と民事法廷では認められたようですが、いまだに刑事事件として受理されていない、と聞きました。犯人の方、否、犯人はそれに怒り、逮捕中止命令に関わった警察関係者まで殺そうとしているのではないか、という見方をこちらの梶山署長さんからお聞きしまして、私が顔をさらしてマスコミの皆さんの前で、改めて奥さんの負傷は菅沢教授の犯行と公表すれば、犯人の怒りも多少は緩和されて、あるいはこれ以上の犯行を思いとどまってくれるのでは、無論、これは私の願望ですが、その、私の臆病さを改めて謝罪し、犯人には冷静になって欲しい。憎い敵は菅沢教授と逮捕中止命令を出した偉い人で、現場の警察官に罪はないのでは、という私や世論の声に耳を傾け、考えを改めてもらえないか、と……」

逮捕中止命令を出した偉い人、と告げた途端、氷室の表情は凍りつき、警視庁幹部ふたりが目を剝いたが、梶山は大丈夫だ、オレが守る、と織田の肩を軽く叩いた。

「織田さん、ありがとうございました。会見の趣旨は分かりました。織田さんの目撃証言の信憑性が高いことは認識した上で、お聞きします。何か、目撃証言を裏付けるものはありませんかね。なければ、新たに思い出した補足の証言でも構いませんが」

同じ記者の二点目の質問に、織田が首を回して、後ろの氷室を見た。

残念ながら新事実はない。その通りを述べる段取りだったので、氷室は頷いたが、織田は迷った目で、氷室をまた見る。氷室は梶山署長にアイコンタクトで伝えた。署長も察して、マイクを掌で遮った状態で、小声で確認した。

「どうした。織田くん、何か思い出したか」

「殴っているところ、犯行の動画があります」

梶山署長の目が宙を泳ぎ、探り当てたように氷室で停まった。氷室は織田の耳に囁く。

「その動画はありますか」

織田はポケットから何かを出して、掌を開いた。USBメモリーだ。織田が告げた。

「私が犯人にされるかもと思って、夢中で撮影しました」

会場内はざわつき、小笹副署長が近寄ったので、氷室が前に回って簡潔に説明した。

副署長は頷き、雛壇でUSBメモリーを握っている梶山署長に告げる。

「署長、内容を確認しないものを公開するのは」

氷室は息を詰めて見守ったが、USBメモリーを握る梶山署長の目に迷いはない。

「危険は承知だがな、副署長、儂は織田くんを信用している。あちらの幹部にはきみが説得してくれんか」

副署長が頷いたので、梶山署長はマイクを手前に寄せて、記者席に告げた。

「新事実を発表しますので、暫時、お待ちください」

会場は騒然となり、小笹副署長は警視庁幹部二名に駆け寄って説明した。幹部が首を振る姿が見えたが、梶山は構わず、氷室にUSBメモリーを手渡した。

織田からも頭を下げられて、氷室は後ろに向かって、走った。リハーサル中雑談していた音響スタッフにUSBメモリーを託す。スタッフはヘッドフォンを装着する。その場で再生し、内容を確認するつもりらしい。

氷室は待ちながら、少し離れた雛壇を見て、息をのんだ。

江波警部が小走りに来て、梶山署長が仁王立ちになって、押し留めた。小声で凄んだ。

「邪魔するな」

「お手伝いに参りました」

江波警部は踵を返し、殺到する幹部二名に両手を挙げて、制した。小声で告げた。

「お声はマイクで拾われます。ご自重下さい」

自重すべきは梶山署長であり江波警部だが、体面を気にするエリート二名は足を停めた。

氷室は安堵の息を洩らす。

五分後……。

暴力的な映像が流れると推定されるので、気をつけて視聴して欲しい、と小笹副署長が前置きして、小会議室のスクリーンに織田信一が提供した動画が流れた。

菅沢教授は妻・綾緒を口汚く罵倒し、何度も殴り、蹴った。

氷室は絶句し、女性記者たちから悲鳴が上がり、会場は再び騒然となった。この第一報を本社に報せるために外に出る記者もいて、混乱したが、梶山署長はマイクで呼びかけた。

「静粛に！　静粛に。どうか、静粛に願います」

潮が引くように騒ぎは収まった。

氷室は織田のコップに水を注ぎ、署長のコップにも注ぐ。

そのコップの水を飲み干して、梶山署長は努めて冷静に語りかけた。

「この映像は警視庁幹部と精査した後、皆さんにご提供できるか判断します。静粛に！　すぐにお渡しできるか、内容をすべて提供できるか、協議する時間をください。それから、織田さんが大変お疲れです。会見を終了したいのですが、最後に、ご質問のある方。大勢いらっしゃるようですので、では、代表幹事の方」

旧知のベテラン記者を指名して、梶山はマイクを置いた。

「では、代表幹事が織田さんに最後の質問をします。けして批判するつもりはありませんが、こんな決定的証拠を所持されながら、何故いまのいままで公開されなかったのですか」

難しい質問だ。前夜の織田の苦渋の表情がよみがえり、氷室はうつむく。

梶山も沈痛な表情でマイクを持ち上げ、織田の前に置いた。

なかなか口を開かないので、氷室が覗き込むと、織田は泣いていた。

「話せますか」

氷室が小声で尋ねると、織田は頷き、マイクに向かった。

「恥ずかしかったからです。私は自分が犯人にされるかもしれない、という恐怖で、夢中で携帯電話のカメラを向けました……でも、あの場合、私がすべきことは、我が身の心配をするよりも、飛び込んで、亭主の暴力から奥さんを守ることでした。救出すべきでした……そのことが頭にあって、この動画のこともずっと忘れていました。たぶん、自分のしたことを忘れたかったのだ、と……本当にもうしわけありませんでした」

織田は全身を震わせて、号泣した。

その背中を氷室は後ろから水泳のコーチのように両手で撫でた。

「織田くん、ご苦労さま。とにかく、儂の部屋で休もう」

梶山が織田に肩を貸すと、もう片方の肩を江波警部が支えた。

氷室は目を見張った。そして、心の中で呟いた。

（柴課長の親友だけあって、江波警部もなかなかの人物ね……）

梶山署長も少し嬉しそうに氷室を見た。


同じ頃……。

平柳施設長の書いたメモを頼りに、栄刑事運転の車は伊豆高原へ向かっている。

柴は助手席で堅い干物のカンカイをしゃぶりながら、何度もうなっていた。

尾野一久は十年前の逮捕中止に抗って、警察官の本分に殉じた硬骨漢だ。そんな一本筋の通った元刑事が取材の謝礼金に目がくらんで機密を漏らすものだろうか……。

今回、柴の頭を占めているテーマは人間の心の弱さ、変節である。

前回も尾野一久に「もしや、犯人では」という疑念を抱いた。

だが、テーマで言えば、それは刑事としての心の強さ、反骨心である。逮捕中止命令以降の尾野の抵抗、不遇、流転の十年間が柴とは違い過ぎて、まぶしくもあり後ろめたくもあり、多少の嫉妬もあって、柴は疑った気がする。尾野は自分を逆境に陥れた原因が「正義を捻じ曲げた連中にある」と考え、残りの生涯をかけて復讐するつもりなのではないか……。

だが、柴の想像以上に、尾野は良心に従って行動したことへの手痛い報復、しっぺ返しを受け、すっかり打ちのめされており、生活に窮していた。

取材者らしき人物と会った翌日に携帯を買い替えた。ほんの少しオシャレにもなった。

平柳施設長が指摘した——この生活感あふれる変化は大きい。前回は邪魔したバイアス、元同僚への信義が揺らぎ始めた。柴はいまストレートに推論を進めることができる。

(尾野一久が取材の謝礼で変節したのなら、やはり真犯人を知っているのではないか)

尾野が施設を出たのは元警察官の素性が露見して、入所者に騒がれたからだ。

常識的に考えれば、妻子と縁が切れ、友人知人がほぼなく、組織にも頼れない尾野は柴に連絡してきてもおかしくない。柴にはそれほど気を許していないとしても別当環には連絡するのではないか……。別当環には柴が電話で確認したが、その事実はない。

少し身を隠せば安全と尾野は楽観しているフシがある。

（何故だ？　少し飛躍するが、ＶＸガス連続殺人犯に襲われない確信があるのではないか？　犯人が必要とした情報の見返りに生命の保証を担保されたのではないか？）

とりあえず……。そう考えて、尾野にも警戒した方がよさそうだ。

柴は考えがまとまり、息を吐いた。カニが待ち構えたように口を開いた。

「課長、伊豆高原着は夜になります。茅ヶ崎で井戸文昭医師に会っておきますか」

雑誌記者を装い、尾野から逮捕中止命令の真相を聞き出したのなら、大いに怪しい。ＶＸガス連続殺人犯の共犯と疑っていい動きである。否、真犯人かもしれない。

そんな人物に会うには材料不足な気もする。

たとえば、雑誌記者偽装のネタを当てても、親友・日下部輝人の姉が不憫でした、と釈明されたら、それ以上は攻められない。そんなことで逃げられてはたまらない。

しかし、どんな人物か、見ておきたくもある。

「一応、茅ヶ崎に寄ってみよう。遠くから観察して、話を聞くかどうかはその時次第で」

茅ヶ崎まで所要時間は二時間程度と聞いて、柴は江波警部にメールした。

井戸医師への尾行や監視、いわゆる行動確認《コウカク》の必要性を訴え、担当人員の派遣を要請した。了承されたので、柴たちよりも先着の場合は、待たずにコウカク開始。周辺への事前の情報収集も頼みたい。但し、けして本人とは接触しないことも伝えた。

すぐ、江波から「了解」の返信があり、追伸として「お前がチャンバラ署長を信奉する理由が少し分かった。なかなか味のあるオヤジだな」とあった。

（別に信奉なんてしてないし。ただの腐れ縁だよ、バカ）

柴は毒づきながら、旧友にコーブン署長を褒められて、少し嬉しかった。

（6）

十月十四日午後五時半、茅ヶ崎駅前にはコウカク担当の捜査員二名が先着していた。甲府から戻った榊部長刑事と調布狛江署の一瀬翔平《いちのせしょうへい》刑事だ。

「課長、署長の開いた記者会見で大変な騒ぎになりましたよ」

一瀬刑事が興奮気味に告げた。例のユーレイ織田信一の犯人への呼びかけ会見だ。江波が署長を見直した理由も同じ会見の成功にあるようだ。

一瀬刑事は柴が束ねる刑事組織犯罪対策課員。カニと同じ二十六歳で課内最年少だが、暴力団、トクリュウ（匿名《とくめい》・流動型犯罪グループ）、半グレなど組織犯罪対策係なので、柴と口を利く機会があまりない。梶山コーブン署長の派手な演出に魅了され、いつもより舌がなめらかなようだ。

「署長や協力してくれた織田氏の呼びかけが犯人に通じれば良いがね」

柴は努めて冷静に対応したが、一瀬は物足りない顔で話を続ける。

「はあ、記者会見場では氷室部長刑事が織田氏に親身に対応しまして、署長のコントロールも巧み、副署長は大喜び。彼女のあだ名も委員長から猛獣使いに変わったようで、はい」

「イッチ、署内ニュースはもういいから」

警察学校同期で同じ年のカニが一瀬をたしなめたので、遠慮していた榊部長刑事が柴に大判の茶封筒を差し出した。

「忘れないうちに、これ、日下部輝人のレントゲン写真です」

日下部輝人は生きているのではないか、と柴は思いついて、白骨遺体が当人か否か、鑑定できる資料を探し始めた。が、死亡が確定してから八年である。ＤＮＡなど照合資料は見つからず、骨折した高校時代のレントゲン写真も廃棄されていた。それでも、捜査の肝だからと、柴は江波警部に資料収集を頼んであった。

「よく見つけてくれた。これ、どこで」

「防衛医療大学在学時の健康診断のものです」

「ありがとう。じゃ、立ち話もなんだから」

互いの持ち寄った情報の確認と共有のために駅裏の洋食屋に入った。


その洋食屋は捜査一課時代に知り、少年犯罪専従になってからも、夏の湘南は非行防止の重点地区なので毎年のように訪れて、店の主と懇意になった。

今回も予約なしで常連客専用の奥の個室を提供してもらった。

「課長はどこ行っても顔が利きますね」

カニが告げた。不愛想な物言いだが、感心したというニュアンスは十分に伝わる。

「食い意地のお陰さ。食べ物屋さんは〈喰いッぷり〉で客の顔を憶えるそうだからね」

先ほどの興奮を引きずっているのか、一瀬刑事が柴の話に乗ってくる。

「いやいや、ご謙遜。今度の事件で署内、課内で課長の見方がすっかり変わりましたよ。署長が記者会見などで爆弾発言を連発するのは課長に対抗して手柄を挙げようと必死だからなんて囁く先輩もおりましてね」

一瀬刑事の饒舌が止まらず、柴も榊部長刑事も苦笑するが、カニは無遠慮に睨んだ。

「イッチ、喋り過ぎ。そんなに愛嬌振りまいたら、マル暴や半グレになめられるよ」

一瀬刑事はさすがに首をすくめたが、神妙に柴に付け加えた。

「課長、今夜くらいはじっくり休むように、署長と副署長からの伝言です」

カニの配慮には感謝しつつ一瀬刑事を邪険にもできず、柴は話を合わせた。

「多少寝不足気味だったけど、栄刑事の快適運転のお陰でね、後部席でイビキをかかせてもらっている。署の連中はふだん楽をしているオレが寝る間もないんでザマアみろと笑っていることだろうさ」

「一瀬じゃないですが、柴課長がひとりで仕事している、と特捜本部でも驚いています」

唯一の赤バッジ・榊部長刑事がしみじみした声音でねぎらってくれた。

自慢する気はないが、それは本当だろう。

公安ルートは当初から成果を出せず、初動捜査班も防犯カメラに精通しているらしい犯人の巧みな工作にまだ本領を発揮できていない。特捜本部の柿沼班が担当した前長官の人間関係捜査は連続殺人の確定で重要性が薄まり、現場となった病院からも目撃者や犯人の協力者は見つけられなかった。

小規模な団体や個人の危険人物を洗った江波班は円谷・城戸夫妻という大物を突き止めながら、逃げられた。犯人の情報源の可能性が高い「暗躍警察」の摘発には成功したが、首謀者は逃走、ＶＸガス殺人犯との関連は得られていない。

八方ふさがりの特捜本部は方針を修正して、十年前の重要人物・日下部姉弟の人間関係に重点を絞り、姉弟の親類縁者、友人、知人、支援者などを洗い直し、とりわけ、毒物など医学知識に詳しい弟・輝人の防衛医療大学同期生をしらみつぶしに調べている。

しかし、それも梶山署長のユーレイ発見と記者会見ですっかりかすんでしまった。

榊部長刑事が教えてくれた最新情報では……。

神西薫子警視正を追尾、監視していた監察官室が協力要請に応じ、殺害までの調査記録を特捜本部に提供した。見返りの品は、柴の保有する薫子の「遺書」らしい。そういえば、尾野からの連絡の有無を別当環に電話確認した時も遺書の閲覧を強く要請された。あの時は「尾野捜索の最中だ」と緊急事態を理由に諦めさせたが、今後も要請は続きそうだ。

さらに、榊部長によれば……。

目下、犯人に一番近い位置にいるのは柴警部、と警察首脳に認識されており、捜査回避の声はどこからも出ていない。つまり、現在の柴は客観的に見ても、警察首脳によって差し出された「イケニエ」であり、犯人をおびき寄せる「オトリ」なのだ。

「冗談じゃない」といままでの柴ならば、逃げ出したはずだ。が、いまは不思議に深刻な恐怖心が湧かない。無論、ないわけではないが、それより真相を知りたい気持ちで一杯だ。

上司の命令に従って、任務を果たしただけの公務員＝警察官に罪はあるのか。

上司の命令に従うことに法的義務があっても、おとなしく従えば、罪なのか。

いまの柴はこう思う。

警察官の本分とは、上司に従うことではなく、国民に尽くすことである。よって、不当な命令に抗っても「警察官の本分」をまっとうする。そうした抗命に対する処罰には甘んじてこれを受け入れて、組織ぐるみの嫌がらせにも耐える。おそらく日本全国どこにいても、生涯続く嫌がらせであっても……。

妻子への釈明には時間を要しても、柴の決意は変わらない。

だが、しかし、と思うことがある。

十年前の自分に殺されるほどの罪があっただろうか。

事情も知らず、管理職だったから立ち会った事件で他に何ができただろうか。

犯人に聞きたい。

日本の役人は無自覚で、無責任だから、過激な手法を用いても目覚めさせる。

円谷泰弘の言い分は犯人の代弁となり得るのか。

直に会って犯人の真意を聞きたい。

薫子を殺された怒りや恨みは本当だが、逮捕するのは職責だ。

これまでの犯行から推して犯人は冷静だ。煮えたぎる怒りや憎悪はあるかもしれないが、とりあえず、聞く耳と話す言葉はありそうだ。だから、直に会って確かめたい……。

「課長、よろしいでしょうか」

カニ・栄刑事の声で我に返った。

ピザやパスタなどの軽食類を食べ終えて、若い一同が柴に注目していた。

「甲府を出てから我々の得た情報は、いま私の方から伝えました。これから、甲府に残った榊部長たちの成果をお聞きすることにしてもよろしいでしょうか」

想念の世界に浸りきる柴の癖を承知して、カニが段取りをつけてくれていた。

「あァ、ありがとう。えーと、私が榊部長に頼んだのは」

カニが小さなノートを開いて見せた。移動中の柴が榊部長刑事に送ったメールを共有、印刷して、貼り付けてあった。半年以上も部下として共に仕事をしながら、栄刑事がこれほど有能とは気づけなかった。(管理職失格だな)と柴は大いに恥じた。

柴が送ったメールとは……。

一、菅沢直之教授殺害にVXガスが使用されたかどうかを確認する。
一、右が確認された場合は、教授失踪時の経緯を徹底的に把握する。
一、同じく殺害現場の検証を再度確認する。
一、右が確認されない場合や鑑定が遅れる場合は、菅沢案件は山梨県警に任せる。代わって、榊部長刑事は以下を優先する。

一、八年前の定例樹海捜索で日下部輝人と思われる白骨死体が発見された経緯。
一、その捜索に関わった関係者、ボランティアなど全員の氏名。
一、それら全員と姉・日下部綾緒の関係。樹海捜索以前の面識の有無を確認。
一、白骨死体が日下部輝人と特定された経緯と判定資料再確認（ＤＮＡ、骨折など）。

「榊部長、あれから甲府の動き、全然聞いていないけど、どうなった」

柴の質問で情報共有の会議は始まり、カニがスマホに議事録を取り始めた。

「柴課長の第一の指示。ＶＸガスの使用が確認されました」

「……ＶＸガスの使用、確認されたの」

「は。屋外で使用されたこと、他の犯行に比べて少量だったこと、さらに殺害から発見まで時間も経過しておりましたので判断がつきかねましたが、解剖の結果」

「死因もＶＸガスの曝露かい」

「いいえ。ガス被曝後、二十数時間は生存した模様で死因は失血死。例の股間、下腹部へのハンマー打撃の傷口からの出血が止まらなかったようです」

意外な内容だが、カニは書記役に徹し、饒舌な一瀬も黙って注視していた。

「ふーむ。初めてだったから、犯人はＶＸガスの適量を間違えたってことかな」と柴。

「それが、他の犯行の使用量は的確で、死亡を確認もせずに逃走していますので、犯人は致死量を正確に把握していたはず、と鑑識や科捜研は推定しています」と榊部長刑事。

「すると、楽に死なせたくなかったわけか。だから、わざわざ股間に……」

柴の呟きに、榊部長は菅沢教授の下半身を思い出したようで肉片の残った皿を遠ざけた。

それを見て、柴は、またしばし、想念をめぐらす。円谷泰弘のような筋金入りの活動家はこんな場合、「鉄鎚《てっつい》」という言葉を使う。「股間に鉄鎚を振り下ろす」と。

股間は性器を意味するはずだ。菅沢は妻を殴って家を出た後、愛人宅で過ごした。つまり、不貞、配偶者への性的な裏切りだ。それが念頭にあって、菅沢の性器を破壊した。

（だとしたら、犯人は誰だろう……）

妻・綾緒、ならば、辻褄は合うが、死亡している。娘の貞操が親の財産だった明治民法下ならば父親も考えられる。だが、その父も死亡している。ＤＶ不倫亭主を姉に紹介したのは弟だ。最愛の姉を不幸に追い込んだ菅沢には弟自身も人生を狂わされている。

やはり、弟の輝人ではないか。

しかし、輝人の生存は確認されていない。

ならば、誰だ。あるいは、綾緒を秘かに慕っていた人物がいたのかもしれない。

とにかく、愛憎がらみでなければ股間に鉄鎚を下すとは考えにくい……。

「あの、柴課長」と榊部長刑事。

「すまん。また、物思いにふけってしまった。榊部長、どうぞ、続けて」

「は。菅沢教授の死亡推定時刻は前長官の亡くなった後、十月十日の昼ごろです」

「すると、襲撃は最初だが、死亡は二番目。坂根を含めて同じ日に三人死んだわけだ」

新規合流組の一瀬刑事が挙手した。

カニがひと睨み「手短に」と無言の念を入れて、一瀬刑事はようやく口を開いた。

「若干、補足します。自分と他二名は課長と入れ替わりに甲府入りしました。榊部長は菅沢教授の足取り捜査と日下部輝人案件、ここ茅ヶ崎在住の井戸文昭医師にも関連する八年前の件の捜査を分担し、同時に進めようとしましたが、事情をもっとも知る県警の油谷係長がいま菅沢教授殺害捜査の中心となられて、過去の話は聞けませんでした」

「了解。一瀬刑事、補足ありがとう」

なんとなく柴には懐かしい捜査会議の雰囲気になってきた。そのまま進行する。

「では、時系列に整理しておこう。菅沢教授の失踪は前長官殺害の前日だね」

榊部長刑事がpフォンの画面を見ながら答える。

「はい。前日、十月九日の朝七時、自宅を出た姿を隣人に目撃されておりますので、直後に拉致された模様です。と申しますのは大学の開門は朝七時で、菅沢教授は用事がない限り、毎朝七時十五分に登校しますが、この日は来ていません」

「了解。すると、榊部長、犯人が単独犯ならば、昇仙峡に瀕死の教授を置き去りにした後、前長官襲撃のために東京に戻ったわけだよね――その移動、本人運転や電車なら仕方ないが、当該ルートのNシステムや街頭カメラに協力者――犯人の関係者は映っていないかな。吉祥寺の浅間氏や円谷・城戸夫妻、噂の井戸医師の姿はなかったの」

「井戸医師の写真はさっき送ったばかりで調査中ですが、他の関係者はヒットしません」

柴は頷き、いったん目を閉じて、思索に集中する。

毎朝七時に家を出た教授は、十月九日の朝、拉致されて、車で二十分程度の昇仙峡に連れ込まれた。早ければ、八時前後には——ＶＸガスと股間へのハンマー攻撃が完了。次の襲撃現場・慈愛堂大学狛江病院へ向かった。甲府市から狛江市は最短で一時間半。午前十時には病院内に入れる。初動捜査班の見立てでは、実際に襲撃した十月十日未明の前から犯人は院内に潜伏していた。

柴はカニがスマホへの書き込みを終えたのを確認して、指示した。

「カニ、警視庁本部の初動捜査班へ、以下の情報提供を頼む——十月九日午前八時以降の甲府・東京間、高速などの上り車線。同じく午前九時半以降の慈愛堂大学狛江病院の人の流れ。さらに、翌十日午前五時以降の人の流れ。防犯カメラなどで、この三点を再点検。三点で同一人物が確認されれば、犯人の疑い、極めて濃厚」

カニがすぐ電話をかけたので、柴は一同を励ました。

「みんな、これで初動捜査班が本領発揮してくれれば、事態は大いに前進するぞ」

「はい」と頷く榊部長と一瀬刑事の目は明らかに輝き、通話中のカニは上昇の意味か指を天に突き上げた。

柴はカニのノートから目を離して、自分のｐフォンを見る。菅沢教授、千々岩前長官、坂根刑事、神西薫子警視正の顔写真が現れる。それを見ながら、柴は一同に告げた。

「犯人は最初の菅沢教授以外、ＶＸガスの使用のみで目的を果たしている。都内三ヶ所の現場検証報告を読んだけど、無駄なく被害者に近づき、VXガスを使用、その後は速やかに撤収している。沈着冷静で気力、体力、運動能力も優れている、と鑑識課の知人が私との電話で断言していた——おそらくは単独犯で、三十代前後の男性。榊部長、井戸医師の写真って、八年前のものかい」

「いいえ。たまたま見かけたので、こっそり撮影した写真です」

榊部長刑事がpフォンを差し出した。コンビニで支払いする白衣の医師の写真だ。八年前の慰霊祭の印象からはかなり変貌した三十代前半の井戸文昭医師である。

「職務質問《バンカケ》不要というご指示でしたので、本人に声はかけておりません——柴課長より先着しましたので病院周辺を歩きながら、評判を探るつもりでした。ですが、どう着手するか迷いまして、コンビニのイートインで一瀬刑事と検討しました」

「そうだね、漠然と言われても難しいよね。無理な注文をしてしまった」

柴が素直に謝罪すると、榊部長が手を振って打ち消した。

「とんでもない。ふたりで思案しておりましたら、急に華やいだ女性の声がして」

「榊部長が気にされるので、自分が立って見ましたら、若い女性二名が白衣の男性を囲んで何やら感謝しています。驚いたことに、それが井戸医師にそっくりで」と一瀬刑事。

「一瀬刑事に促されて、私も立ち上がりました。まさしく、井戸文昭医師でした」

通話を終えて書記役に戻っていたカニが驚きの顔を上げ、柴は事実確認する。

「探す相手が向こうから来てくれたわけかい」

「は。医師が女性たちに解放されて、レジに向かったので、こっそり写真を」と一瀬。

「医師が店を出た後、我々もレジで精算しながら店主に話しかけました。〈お医者さんはもてますね〉と言いますと〈あの人は特別ですよ。熱心ですから〉と店主。〈何科ですか〉〈コロナの最初の年、真夏に流行した時、コロナ専門外来を新設したのね、そこの病院で。新規にお医者を募集したら、真っ先に応募して来たって。それからは寝る間も惜しんで、ほぼひとりで悪戦苦闘、コロナと格闘していましたよ〉ということだそうです」

榊部長の説明に柴は頷きながらも、少し戸惑った。ＶＸガス連続殺人の実行犯ではないか、と柴は井戸医師を疑っている。その人物が成り手のない新型コロナ外来を志願し、ひとりで苦闘したという。柴は事実関係を正確に把握したくて、確認する。

「榊部長、井戸医師は防衛医療大学を卒業した後、どこに就職したの」

「最初は大学付属病院で、主に中東の風土病、感染症などの研究をしていたようです。が、親友・日下部輝人への防衛医療大の対応に怒って、抗議活動を続けたそうで……日下部の言い分をまったく聞かず、菅沢教授の件で起訴されたら、卒業取り消し、関連施設への就職内定も取り消し、その上での学費相当分の全額返還要求ですか。それらに反発し、学内外でビラを配り、集会を開くなど抗議活動を続けましたが、結果、井戸医師も院内にいづらくなったようで」

榊部長刑事が息を継ぐ間に、一瀬刑事が補足した。

「結局、二年余りで防衛医療大と縁を切りました。彼自身の学費返納も発生して、手っ取り早く稼げる美容整形外科のクリニックに勤めまして」

書記役のカニが承知顔で頷き、柴は部下たちと交わした先日の雑談を思い出した。

「美容整形ね。いきなり月給百万円支給なんて話を聞いたばかりだよ」

柴の言葉に榊部長は頷き、話を続ける。

「防衛医療大は戦時、というと差しさわりがあるようですが、基本的に災害や事故などを想定して、命を救った後の怪我や傷の修復、いわゆる形成外科の分野が優れています。井戸医師もたちまち美容整形クリニックグループを代表する凄腕医師になったそうで、数年で借金全額を返済した、とか」

「なるほどね。榊部長、すると、心ならずも背負った重荷が軽くなったので、井戸医師は初心に帰り、救える命を救いに、ここ茅ヶ崎にやって来たったわけかい」

「ええ。コンビニの奥さんも、あんな良い先生はいない、と縁談を勧めているそうです」

「よく調べてくれた」

柴は先着組ふたりの成果をねぎらいながら、言葉を選んで切り出す。

「情報共有は済んだので、少々難しい検討に入りたい。井戸医師の日下部輝人に対する本当の気持ちは分からないかな……不当な処分だと輝人を支援し、そのために病院を辞め、学費返還を求められて莫大な借金まで背負ったのだから、友情のレベルは客観的に超えている。そこまで、井戸医師を突き動かしているものは何だろうか……それが摑めれば、今回のＶＸガス連続殺人への関与も推定できる気がするんだが……」

饒舌な一瀬刑事が「うーん」となって口をつぐみ、先輩の榊部長が釈明した。

「柴課長、もうしわけありませんが、そういう踏み込んだ情報は山梨県警の油谷係長でないと、我々にはまだ……」

「そうだね、まだ準備不足だな。オレの勇み足だ。撤回する」

柴は三人の後輩刑事を見回して、告げた。

「この際、みんなの意見を聞いておこう。起死回生園で雑誌記者を名乗ったことで、井戸医師は十分に怪しい。記者偽装の真意を質し、円谷泰弘・城戸朝子夫婦との関係、日下部輝人生存の有無、VXガス殺人時のアリバイなど直当《じか》たりして聞く材料はある。だが、アリバイ以外はこちらが裏付ける方法がないから、先方の言い分を聞くしかない」

「いわゆるワンマンショーですね」と榊部長刑事。

「ワンマンショーは江波警部の口癖だな。江波は井戸医師について、きみたちにはなんて」

「はあ。江波警部も井戸医師についてはまだ自信がないようです。柴課長は、直当たりは時期尚早と言っているし、オレも同感だ、とのみ」と榊部長刑事。

「ふーむ。オレもそう思っていたし、江波にも報告した。だが、みんな、異論はないかな。直当たり、正面突破でアリバイを聞き、ウラが取れたら、奴さんはシロ。貴重な時間を無駄にせず、次に行けるんだがね。どうだろう」

難しい判断で、三人は顔を見合ったが、年長の榊部長刑事が切り出した。

「目の前にいるんですから、挨拶代わりに会ってみてはどうでしょう」

「でも、榊部長、井戸医師の他に怪しい容疑者、適格者はおりませんよ。しくじれば」

書記役に徹していたカニの冷静な指摘に榊と一瀬が頷いたので、柴は裁定を下した。

「よし、直当たりは伊豆や甲府の後だ――但し、遠くから一目見ておこう」

柴はカニ・栄刑事のみ連れて、脇田記念茅ヶ崎病院を訪ねた。

受付のパネルに医師たちの顔写真と氏名、専門が記されている。新型コロナ専用外来は閉鎖されて、井戸医師は呼吸器内科専門医として登録、救急処置室の医長も兼ねている。

柴は院内の花屋で五千円の花束を買って、事務室を訪れた。

少年課時代、毎年、地区の拠点病院である同病院に顔を出した。また、関わった少女が去年の夏、茅ヶ崎の海に身を投げて、この病院で救命されてもいた。電話で済ませた礼を事務長に改めて述べた。事務長は感激し、少女を救った救急処置室に案内した。

たまたま誤飲の幼児が運ばれて、泣き叫んでいたが、担当の井戸医師は冷静に対応して、ほどなく十円硬貨大の小型電池を口腔内から摘出した。

柴とカニは安堵の息を漏らして、顔を見合わせた。そして、同じ確信を共有した。

(彼が犯人ならば相当に手強い)

第五章　十月十五日

（1）

十月十五日午前八時。

柴とカニ・栄刑事は尾野一久が相続した丸太作りのロッジ風の小さな別荘を訪ねた。

前夜十一時過ぎにも寄ったが、人の気配がなく、柴もカニも疲労のピークにあったので、伊豆高原駅近くのリゾートホテルに宿泊し、ひさしぶりに熟睡した。

その朝も別荘付近に人の気配はなかった。

窓は遮光カーテンで閉め切られ、室内も覗けないが、外観から推して、十畳ほどの居間にキッチンと浴室、トイレが備えてあるようだ。

尾野一久が訪問した際に気がつくように、柴はドアの前にハンカチを敷いて、伊豆大島でもらったという腕輪の椿の実を置いた。小石をハンカチの四隅に置き、固定した。

改めて、柴は周囲を見回す。

伊豆の山奥と聞いた時は渓流釣りが目当てと思ったが、別荘の所在地は伊豆高原の端、眼下に城ヶ崎海岸が広がる海釣りの拠点だった。海岸へは舗装道路のほかに別荘の裏にも山道があり、昇り降りは少々辛いが、老化対策と心得れば、終の棲家にふさわしい。

物置小屋に小型バイクが置いてあるが、車検切れで、動きそうにない。

だが、四輪の跡が砂利や土の上にある。尾野一久が休暇の折に来た痕跡だろうが、新しい車輪の跡もあって、柴は気になった。

無駄口は叩かないカニが唐突に疑問を口にした。

「課長、尾野一久さんはＶＸガス殺人犯の標的でしょうか、共犯でしょうか」

「判断は難しいな。その前に積極的か消極的かは別にして、尾野氏が犯人に情報を提供したのか、どうか、ここを確認するのが先決だ。提供してもしなくても、保護は必要だが。とはいえ、いまオレたちは甲府での情報収集が最優先事項だから、ここで尾野さんを待つわけにいかない。後は静岡県警に託そうや」

別荘の前はかなり開けた野原で、仕事でなければ、転がって空を見上げたい気分だ。

すると、近くで車の止まる音がして、柴とカニは同時に駆け出した。

海岸に降りる舗装道路の途中に渓流が流れており、ヒシャクやバケツが置かれた水飲み場がある。地元ナンバーの古い車が停まっており、三十代半ば、ツナギの作業着を着た無精ひげの男性がペットボトルに水を汲んでいた。

「おはようございます」

息を切らしての挨拶になったが、相手は泰然と受け、会釈を返した。ペットボトルへの水汲みを終えたので、柴は手に水をすくって、口に含んだ。

「うまい。これはいける。この上の別荘の人もこの水を使いますかね」

「別荘は水道が出るラよ。なけりゃ、あんた、風呂が大変ズラ」

「ごもっとも。こういう人、ご存知ですか」

柴がpフォンの尾野一久の写真を見せると、相手は頷きかけて、怪訝に柴を見た。

「失礼。私は」

警察手帳を見せた。

「この人は我々の先輩ですが、連絡が取れません。昔の案件でお知恵を借りたくて」

「あァ、じゃ、この人のことダラ、元警官で頼りになる隣組がいるって、他の別荘の人から聞いたズラ。実際に会ったことはないけど」

「見かけたら、ご連絡ください」

柴は薫子スマホの番号を教えて、松本と名乗った無精ひげの住人と別れた。


甲府へ移動中の車内で、柴のpフォンや私用スマホは鳴りっぱなしだった。

監察官室の別当環からのメールで神西薫子殺害現場での柴の骨折りへの礼と共に、遺書の閲覧を懇願していた。上司に尻を叩かれているのか、別当環らしくもなくヒステリックに電話を寄越す。要求には応じられないので、柴は無視している。

着信の合間に、山梨県警の油谷係長に電話したが、夜まで身体が空かない、という。

仕方なく、油谷係長に教えられた甲府医科歯科大学に電話した。

白骨死体は日下部輝人、と鑑定した医療機関だが、油谷係長によれば、山梨県には監察医制度がないので、同大学の大学院で法医学講座を担当する教授が取り扱うらしい。

ところが、担当した教授は海外出張中。やむなく、当時助手を務めた女性准教授に面会を求めた。准教授は休暇中で、大学事務局になんとか当人の携帯番号を聞き出し、連絡して、渋々ながら准教授指定の場所で会う約束が取れた。

運転席でカニが顔をしかめて毒づいた。

「ヤなヤツ~。いかにもイヤイヤって対応でしたね」

「休暇中だし、八年前の件だし、助手だったからね、無理もない。好物は高級チョコレートだぞうだから、それらしき店を見つけたら、寄ってくれ」

「あれ、課長、そんな情報?」

「携帯の番号を聞いた時さ。大学の事務員が教えてくれたじゃないか。無理なお願いするのなら土産は高級チョコに限ります、ってさ」

「ヤだ、聞き逃しました」

「運転に集中している証拠だ。引き続き、安全運転でいこう」

pフォンが鳴った。すっかり忘れていたチャンバラ梶山コーブン署長である。

軍資金をもらった義理もあり、署長には江波と同じ情報のダイジェスト版を朝晩二回、定期的にメールしているが、今朝はつい忘れた。

「柴です」
《あい、あいえー！　あい、あいえー！　カズアキ、オレはお前の苦情処理係かッ》
歌舞伎風サイレンの後、いきなりの強烈パンチに驚いたが、柴は冷静に対応する。
「電話はスピーカーフォンです。ただいま移動中でして、栄刑事が同乗しております」
《おぉ、カニか。連日いい仕事をしておるな、感心、感心。すまんが、栄くんな、柴課長の失態を説教せねばならん。外聞はばかる内容も含む。スピーカーは勘弁してくれ》
カニが笑って了承したので、柴はスピーカーを解除したが、機先を制することにした。
「外聞はばかる私の失態とはなんでしょうか」
《今朝の定期便メールはどうした》
「この電話をお切りいただければ、すぐ送ります」
《フン、おつりきなこと言うじゃねえか》
機嫌が悪そうだが、愛嬌を振っている暇はない。柴はウソをついて催促する。
「署長、面談する相手がこちらに手を振っています。いったん切りますね」
その手に乗るか、と署長は勝手に話を続ける。
《カズアキな、用件は三つだ。第一に、氷室家のアルバムはいつ返してくれる」
「一両日中にはご自宅に届けます」
《オレに渡せば、届けてやる。あの家の仏壇にも線香を上げたい》
「了解しました。第二の苦情は」

《神西薫子警視正の遺書だ。おぬし、西東管理官と江波係長に見せておきながら、監察官室の別当環警部には閲覧を拒絶したそうじゃないか》
署長から追及される覚悟はあったので、柴は冷静に答えた。
「特捜本部には捜査上必要ありと判断しましたが、監察官室に見せる義理は」
《義理はオレにあるのだ！　監察官室ＯＢとして日頃の恩に報いたい。おい、見せるよな。おや～逆らうのかあ。珍説、珍説。署長命令だぞ。おぬし、抗命する気か》
「署長、神西薫子警視正の遺書は私個人宛てです。それを見せろという命令は」
《あァら、柴さん、お願いなら、構わないのかしら》
ゾーッとする声色を使った。署長の女言葉は爆発寸前の兆候だ。危険だ。
《柴さん、西東管理官と約束したそうじゃないの。署長にも見せない、って》
不機嫌の原因はこの辺りとは察したが、お喋りな署長に見せられる内容ではない。
「署長、この件、そちらに戻り次第、話し合いたいと存じます」
《フン、先送りか。まァ、いいだろう。東京に戻ったら、必ず連絡しろよ。あァ、にしても非常に不愉快だ――だが、しかし、捜査は山場だ。健闘を祈る》
「あの、第三の苦情は」
《苦情ではない。要請、というか、要望、希望の類いだが、ま、これはいいだろう》
こういうジラシもチャンバラ署長の十八番で、重要な案件であることが多い。
「署長、気になります。どうか、お聞かせください」

《氷室玲奈部長刑事、そこにおるカニこと栄都刑事の連名で、おぬしに警視総監賞を授与するように、儂から桜田門へ申請して欲しいと要望があった》
「私に警視総監賞ですか。どの案件でしょうか」
《どの案件でしょうか、だと。おぬし、それほどのスーパーコップか、うぬぼれるなッ》
スーパーコップとは数十年前のハリウッド映画のセンスである。署長の脳内が怒りでマヒしている証拠だ。相手にしない方がいい。警視総監賞は気になるが、後にしよう。
「失礼しました。では、署長、面談者を待たせておりますので、これで」
《ベビーパウダー野郎の事件だよ。あの逮捕におぬしが多大な貢献をしたそうだ》
柴は戸惑った。管内では幸いレイプ未遂だったが、シングルマザーばかりを狙った連続性犯罪事件が氷室とカニによって解決したことは上司としても実に誇らしい。しかし、功労者二名を差し置いて自分に褒章、それも警視総監賞とは分不相応である。
当事者のカニにも聞いてもらった方が話は早いので再びスピーカーモードに変えた。
すると、憎々し気に放った署長の声が復活したばかりのスピーカーに響き渡った。
《よく聞け、カズアキ。せっかく、この儂が、少ない人員と短い時間での逮捕を祝して、氷室と栄にだ、警視総監賞に推薦してやると伝えたら、連中、何と答えたと思う》
運転席のカニが顔をしかめ、それから笑いをかみ殺した。
「署長、私には想像もつきません」
《本当か？　裏でおぬしが画策したのではあるまいな》

署長の勘ぐりにカニは笑いを懸命にこらえている。柴は口に指を立て、電話に告げる。
「署長、あの」
《氷室と栄は小笹副署長にこう言ったそうだ。推薦を辞退します。今回の逮捕はすべて柴課長の的確なご指示とアドバイスの賜物《たまもの》です。捜査指揮官としての類まれなる技量を讃えて、課長を推薦して下さい、だとさ》
カニが笑いながら運転しつつ、間違いないと柴に頷く。
柴は確かにアドバイスし、指示も出したが、逮捕にこぎつけたのは氷室とカニだ。自分が推薦されるのはおこがましい。柴がその件を切り出そうとした時、奇声が聞こえた。
《ありゃー！　こりゃー！》
こちらも歌舞伎の掛け声らしいが、署長の場合は驚きや不満のサイレンだ。相手をしたくないが、勝手に電話を切るわけにもいかない。柴は仕方なく呼びかける。
「あの、署長」
《なんで、お前だッ。アドバイスや指示は課長だから、当然だ。どこが、たぐいまれな技量だよ。ふざけるなよ、ベラボーめ！　何故に、おぬしが警視総監賞だ。え？　どうしてだ、カズアキ。お前はいったい何をした？　いいか！　その気のない阿佐谷や武蔵府中の署長を説得して、桜田門にも辛抱強く根回しして、逮捕した署に帳場を置く約束を取りつけた。捜査本部事件を実現したのは！　署長の！　梶山弘文警視！　このオレだぞ！》
「おっしゃる通りです。署長のお陰です」

柴がねぎらった横で、カニは運転しながら、涙を流して笑いをこらえている。

助手席の柴はカニの運転が心配で気が気ではない。が、署長の怒声も止まらない。

《聞いておるのか！　連続レイプ事件をシングルマザー、否、働く女性全体への脅威であると認識して、旧知の記者を動員して世間に注意喚起したのも、このオレだ。違うか》

「違いません。署長のご功績です」

《なのに、なのに、どうして、お前だ。どうして氷室や栄はオレに感謝を示さないのだ》

署長の声に泣きが入り混じった途端、カニがこらえきれずに噴き出した。

その笑い声が聞こえたのだろう。署長は深い溜息を吐いて、電話を切った。

同時に車内は爆笑となった。


十月十五日午後一時。

約束の時間を過ぎても、指定の場所に女性准教授は現れなかった。

別当環の電話やメールは続き、合間を縫って氷室部長刑事と連絡を取った。チャンバラ署長から伝えられた警視総監賞推薦の件は断って、柴は改めて氷室に事情を聞いた。

警視総監賞は何が何でも調布狛江署と自分をアピールしたい梶山署長の独り善がりな空回りらしい。氷室もカニも職務以上の幸運に恵まれたという認識で、他署の女性刑事たちの手前、辞退した。だが、署員の意識向上のため、屁理屈こねず受けなさい、と副署長に押し切られ、ならば、適切な指導をしてくれた課長の柴を推薦して下さい、と申し出た。

その件で署長が柴にねじ込むとは想定外だったと氷室は何度も謝罪した。

「そういう流れか。氷室部長、もういい、分かった」

「課長」

カニが小声で呼びかけ、前方を目で示した。

ふわふわした厚地のフリース上下を身につけた三十代の女性がやって来た。

「氷室部長、すまんが、もう少し署長の子守を頼む。じゃ、切るぞ」

遅刻だが、急ぐ気配もなく、女性准教授は悠々と来る。休日に呼び出されてイヤイヤ出勤してやったというムードを全身に醸し出している。電話の印象で、陰気で顔色の悪い研究専門医を柴は想像したが、ショートヘアーで快活そうな美人だった。カニが囁いた情報では、フリースやスニーカーは最高級品で耳のピアスはダイヤモンドらしい。

「お休みのところ、ご足労いただきまして、ありがとうございます。柴と栄です」

名刺交換の前に、すかさず、カニが高級チョコ入りの小袋を差し出す。

女性准教授は表情変えずに小袋を受け取り、名刺を差し出した。

〈甲府医科歯科大学　大学院　医学工学総合科　准教授　逸見誓子〉

「へんみ・せいこ、です」

名刺にあるはずの文字がないので、柴はそのままを口にした。

「あの、法医学の先生では？」

「本学には法医学の教室はありません。病理の大洗《おおあらい》教授が警察や県の要請を受けて、司法解剖や行政解剖を執刀されますので、法医学の講座はありますが……」

「すると、逸見先生も法医学がご専門というわけでは」

「いいえ。私の専門は法医学です。解剖には必ず立ち会いますし、樹海の遺体、遺骨収集も実務は私が担当しております」

「では、八年前の日下部輝人さんの白骨死体も」

「はい、私が現地に出向きました。最終鑑定は大洗教授に託しましたが、とくに問題はありませんでした……ですからね、逆にお聞きしたいのですよ。いまになって、いったい、何を調べ直したいのか。どんな疑問があるというのか」

どうやら准教授の不機嫌の原因は休日に呼び出したからではなく、鑑定に疑念を抱くような柴の物言いだったらしい。舌足らずを詫びて、事情を説明したいから、と近くのカフェに移動した。


紅葉の始まった庭にテーブルと椅子があったが、少し肌寒いので屋内の席にした。

柴は円谷泰弘の遺骨偽装から話を始めた。

樹海の収集作業などで面識のある円谷・城戸夫妻の別の顔を知って、逸見准教授は衝撃を受けたようだ。顔色が蒼ざめた。ちなみに、公安と特捜本部の判断で、円谷夫妻の違法行為や失踪は公表されておらず、指名手配もされていなかった。

あくまで推定だが、円谷夫妻には次のことが可能だ、と柴は話を続けた。

姿を消したい人物・Xがいるとしたら、同性で同年配、似たような身長、体重、骨格で、同じ血液型の人物を探す。関係する反貧困や自殺防止の団体で条件に合致する死亡者・Yが見つかった場合、医師の死亡宣告なしに秘かに遺体を受け取り、富士の樹海に運び込む。

Yの遺体にXの着衣を着せて、運転免許証など身分証明となる書類、指紋検出やDNA照合が可能な小物（唾液の付着したマスクや肌になじんだ腕時計など）を置いておく。

半年か一年後、定例遺体遺骨収集の際にYの白骨死体はXの遺骨として収容されて、指紋照合やDNA鑑定の結果、Xの遺骨と鑑定される。

柴の推論を最後まで聞き終えて、逸見准教授は動揺を隠さず告げた。

「信じられません。あの円谷さんや城戸さんがそんなおそろしいことを……」

逸見准教授に、柴はｐフォンをスクロールして山梨県のローカル紙の記事を見せた。

「その記事は存じております。出張前の教授が対応に大わらわで……まさか、これも」

「この遺骨を偽装した芦辺公彦という人物は円谷泰弘の知人でした」

逸見准教授は目を剝き、両の掌で口を押さえた。

「この記事が出た後、夫妻は身辺を整理して、姿を消しました。現在も失踪中です」

「では……日下部輝人さんの遺骨も偽装した、と柴さんはおっしゃるのですか」

「はい。家族が協力すれば、別人の歯ブラシやクシなどを日下部輝人さんのＤＮＡ鑑定資料として提出できます。指紋も同様。八年前当時、日下部さんのご両親は他界されており、お姉さんは意識不明の昏睡状態でしたから、親類や友人が提供したのでしょうね」

「……でも、確か、日下部輝人さんは骨折を」

「ええ。事故で鎖骨を複雑骨折しています」

柴は榊部長刑事から受け取ったレントゲン写真を差し出した。

「これは防衛医療大からお借りした照合資料です。レントゲンは古い骨折も新しい骨折も同様に映ると聞いたことがあります。ですから、病院などでは精査可能な高度な機器で確認するとか。遺骨鑑定の際、そうした精査作業は？」

「照合資料が少ない場合には精査しますが、予算の都合上、ごくまれです。日下部さんは照合する資料が十分あったので機器精査は実施していないのではないか、と」

「では、このレントゲン写真と八年前の写真を改めて比較、検討してもらえませんか」

「分かりました。少し時間をください。こちらを優先いたしますが、私、画像解析の経験が少ないのです。幸い週一回、講義を持っている京都の専門家がおりますので指導を仰ぎます。但し、今日、明日は無理かと」

「京都の先生はいつ甲府に」

「明日の夕方には着きますので、宿で摑まえて、頼みます」

柴は頷きながら、少し迷って、視線を宙に泳がせた。

その視線を捉えて、カニが伺いを立てるように柴を見た。

八年前のレントゲン写真を借りて東京の専門家に鑑定してもらった方が早いのでは、という問いかけだろうが、柴は小さくカニに首を振って、逸見准教授に告げた。

「では、この件は先生にお願いします。判明次第、この番号に連絡願います」

伊豆高原の住人・松本氏の時と同様に、柴は薫子スマホの番号を教えた。

十月十五日午後五時……。

柴とカニ・栄刑事は山梨県警の油谷係長とようやく落ち合った。

油谷はVXガス連続殺人事件の特捜本部がある調布狛江署に出張が決まり、束の間の自由時間だというので、例の鳥モツ煮が好評だった蕎麦屋に入る。

茅ヶ崎の井戸医師は夜勤明けで、自宅で休養中。明日は午後遅くの出勤、という報告が榊部長刑事と一瀬刑事から入った。つまり、柴たちも今夜は甲府泊まりで良いが、とりあえずノンアルコールビールで付き合った。

「柴課長、良い判断でした。東京で画像解析をやられたら、県警本部の上層部はカンカン、甲府医科歯科大学との友好関係も壊れかねなかった」

油谷解説を聞き、カニが柴の判断の正しさに敬意を示すように微笑した。上司としての点数が上がっているようで、にやついた。その柴の肘を気安くつつきながら、油谷が囁く。

「さては、柴課長、逸見准教授が気に入りましたね。いや、冗談、ハハハ。彼女は大洗教授より優秀でしてね。ご老体には退任いただき、逸見准教授に法医学教室を開いてもらいたいとウチの上層部が運動していますが、ジイさん、隠居してくれなくて閉口しております」

「いずこも同じ老害というヤツですね」

「ハハハ、柴課長もご苦労されていると聞く調布狛江署のチャンバラ署長ですか、なかなか愉快な御仁《ごじん》のようで……あ、いかん、いかん、私に聞きたいのは井戸文昭クンの話でしたね」

「ええ、油谷さんは、クン付けされるほど、井戸医師とお親しいのですか」

油谷はグラスのビールを一口飲んでから、穏やかに話し始めた。

「個人的に心を通わせた親しい間柄ではありませんが、日下部輝人氏同様、同情せざるを得ない若者でしたね。会ったのはいずれも輝人氏がらみ。例の菅沢教授監禁騒動の周辺捜査、定例の遺骨収集、日下部輝人氏の慰霊祭。井戸クンは実直で友達思いの好青年でしたが……榊部長刑事の話では、柴課長は当初から井戸クンをマークされておられるとか。逆にお聞きしたいな、どういう点が気になります」

「日下部輝人氏は姉をＤＶで意識不明にした菅沢教授が逮捕されないことに腹を立て、抗議し、逮捕されました。ですが、身内に説得されて、医師国家試験に合格した。ところが直後に甲府で例の騒動を起こした……その原因がこれです」

柴はｐフォンをスクロールして、捜査メモを見せた。例の告げ口の件である。

「すると、この告げ口をした防衛医療大の同級生、というのが井戸クンですか」

「ええ。医師免許を取得し、就職も決まり、人生をスタートしようとした日下部輝人氏に伝えればどうなるか、友達なら予想ができたはずなのに、何故、あえて報せたのでしょうか。単なるお節介か。面白がってけしかけたのか。いずれにしても、この告げ口が日下部輝人氏の人生を狂わせたのは間違いないようです」

そう告げて、柴はグラスのノンアルコールビールを少し飲み、喉を潤す。

油谷はひとりで呑むのは悪いなあ、と遠慮がちだったビールを飲み干し、お替りのビールを注文してから、告げた。

「おっしゃる通りでしょうなあ。自分の告げ口が親友を自殺にまで追い込んだ、という深い後悔が輝人氏の死亡確定の後も、姉の綾緒さんの裁判支援を続けた理由でしょう」

柴は頷き、井戸が雑誌記者を装って逮捕中止命令の情報収集をした件なども話した。

油谷は苦そうにビールを飲みながら、うなった。

「柴課長、それを友情と言うのはたやすいが、もしかしたらね、井戸文昭クンも犠牲者かもしれませんよ。いや、当事者と言ってもいい」

「十年前の、ＤＶ事件と逮捕中止命令の、ですか。被害者の関係者、協力者、支援者にとどまらず、井戸文昭医師も当事者のひとりかもしれない、と言われますか」

「こないだの晩、柴課長がしみじみ嘆いておられましたよね。中年男が浮気して、夫婦喧嘩となって、ＤＶを引き起こした。それが面倒ごとになりそうなので、軽い気持ちで有力者にもみ消しを頼んだ。ところが、その有力者が規格外の権力を持っていたために、通常はあり得ない逮捕中止命令にまで発展した。その結果は飛び火して、それぞれの場所で、様々な葛藤を生み、関わった誰もが深く傷ついた。つまり、中年男のスケベ心がたくさんの人を不幸にした、と……」

文言は少し異なるが、今回の事件以来の柴の感慨に近い。自らを顧みても、欲望は数多の災厄を招く。

（この不幸な連鎖はいつまで続くのか……）

油谷が空になった柴たちのグラスにも勝手にビールを注いだ。

「いただこう」

柴はカニに告げて、自らもグラスのビールを飲んだ。

数年ぶりのビールは苦く冷たく、虚弱な五臓六腑《ごぞうろっぷ》に沁み込んだ。

第六章　十月十六日

（1）

十月十六日午前九時、カニ・栄刑事の運転する捜査車両は神奈川県内に入った。

脇田記念茅ヶ崎病院の救急処置室は看護師の勤務ローテーションに医師もあわせる。前日夜勤明けの井戸文昭医師は今日、午後遅く出勤する準夜勤で、午前十時に自宅での面会に応じる、と柴のアポに対して返答があった。

ｐフォンが鳴った。梶山署長だ。昨日の今日で口を利きたくないが、仕方なく出た。

「おはようございます」

《柴警部、すみません。監察の別当です》

想定外で戸惑ったが、署長と別当は十年前の逮捕中止命令の件の知り合いであり、監察官室と特捜本部は薫子関連で相互に協力関係を結んだ、と聞いている。だが、不快である。

「そうまでして、神西薫子警視正の遺書、いや、置き手紙が読みたいか」

《申しわけありません。三年追った案件です。仕上げをさせてください》

「後にしてくれ。これから、最重要人物への聴取だ」
《はい。では、今後、私の電話に出てください》
「努力する」
柴は不機嫌に電話を切った。

午前十時、井戸文昭医師は柴とカニを自室に招じ入れた。

席に着くなり、井戸医師はＶＸガス連続殺人事件発生時の行動記録を差し出した。

「防衛医療大の同期生たちが警察の訪問を受けて、同じことを聞かれたそうですから」

先手を打つやり方にカニは眉をひそめたが、柴は厭味とは思わず、Ａ４二枚の書類を手に取った。最後まで目を通してから、二枚の紙をカニに回す。

「井戸さん、前警察庁長官ら三名が六日前の十月十日に死亡しておりますが、その前日に、菅沢教授が襲撃されて、拉致されています。したがって、七日前、十月九日の朝から四人目の神西薫子警視正が殺害された十月十三日深夜までの井戸さんのアリバイを知りたいわけですが、井戸さんはずっと休暇を取られておりますね」

井戸医師は柴の話を最後まで聴いてから、静かに語り始めた。

「救急処置室のスタッフ編成がうまくいきませんでした。八月、九月と私が休みなく働いたもので、補充人員が確保できた十月上旬に七日間の休みをもらいました」

カニはスマホにメモを取っている。手帳に筆記する時代には各種の速記法が流行したが、カニのメモ用文字はローマ字が原型だそうで、記した彼女にしか判別できない。

「すると、十月のお休みは井戸先生の遅れた夏休みというわけですね」

「ええ、休暇中はずっとメモに書きました貸別荘に。ひとりで過ごしました」

「富士五湖の河口湖ですか……菅沢教授が拉致された甲府や死体が発見された昇仙峡にも近いですね。都内へのアクセスも良い」

「病院からの緊急呼び出しに備えました」

「なるほど。七日間、まったく、おひとりで。地元で親しく交際された方は」

「買い出しに行ったお店の人くらいですかね。ひとりになりたかったもので」

「ひとりになりたかった、ですか……。私も時々はそんな気持ちになりかけますが、七日間も誰にも会わなかった、というような経験は実際にはありませんね。こちらに買物したお店もメモしていただきましたが、他に書き洩らしがありましたら」

「二軒ほどありますね、忘れていました」

井戸医師はカニから受け取った二枚の紙にペンで書き加え始める。

柴は医師への事情聴取や取り調べの経験が数回ある。一概には言えないが、外科医や井戸のような救急担当医は沈着冷静で自分のペースを重視、というより頑なに守りたがる。そのペースを崩さない限り本音はなかなか引き出せない。柴は攻勢に転じた。

「お店などは訪ねて裏付けを取りますが……井戸さん、単純な質問にお答えください」

「どうぞ」

「あなたがＶＸガスを使用したのですか」

カニが目を剝いたが、井戸医師は微笑をまじえて、首を振った。

「いいえ。私は誰も殺していません」

「では、犯人は誰ですか。日下部輝人氏は生きているのではありませんか」

ハッと息を呑むカニの声が聞こえたが、井戸医師は眉ひとつ動かさず、答えた。

「彼の死亡は法的に確定したはずですが」

「改めて精査中です。質問にお答えください。日下部氏は生きていますか」

「死んだと認識しております」

「では、お会いになっていない。声も聞いていない。メールのやりとりもない」

「……刑事さん、私をからかっていらっしゃるのですか」

「いいえ。本当に日下部氏が死んだのなら、あなたが雑誌記者を装って十年前の逮捕中止命令の経緯を調べた件が納得いきません。日下部氏以外の誰のために調べたのですか」

柴の指摘が井戸医師の急所を突いたようだ。前のめりだった上半身を少し起こし、後ろに退いて椅子の背持たれに身を預けた。

「お姉さんの、日下部綾緒さんのためです」

井戸は冷静さを失っていないが、反発気味の口調は勢いを失った。

「彼女の支援者の方から、民事では勝訴したが、刑事告訴も受け入れさせたい。そのための新たな証拠、証言が必要である、と協力を懇願されまして」

「刑事告訴はもう受け付けられませんよ。あのＤＶ事件は今月、本年十月に、公訴時効を過ぎましたからね。それはそれとして、依頼したのは円谷泰弘氏・城戸朝子氏」

「ええ、そのおふたりでした」

「井戸さん、いかに裁判の支援のためとはいえ、雑誌記者と偽って元警察官を取材するのは度を越していませんかね」

「正攻法でお願いして断られたとお聞きして、一肌脱ぎました。高校時代の友人の名刺を借用して。友人には事後報告をして、謝罪しました」

「尾野一久元刑事への取材ですが、謝礼金は誰が用立てましたかね。あなたの取材に応じたお礼の金です」

「取材は断られました」

「ええ、一度目は。でも、二度目には話を聞けたはずです」

「いいえ、訪問は七月の一度きりです。二度目も検討しましたが、先ほど申しました通り、八月九月、私は一日も休みを取れませんでした」

勤務先で調べればわかることだ。この点で井戸医師が嘘をついても意味がない。すると、二度目の訪問者は井戸ではなく、別人だろうか。妙なことを思い出した。井戸医師の二度の訪問についての平柳施設長の供述である。

「さっき話した雑誌社の三十男と思しき人物と熱心に話し込んでいました（中略）……年恰好は自信があるがね、何しろ初回と二回目に一ヶ月の間隔があるからさ」

平柳は雑誌記者について同一人物という断言を避けた。その件は再検討することにして、柴は井戸医師への軽い威圧、ジャブを放っておいた。

「では、井戸先生の八月の勤務状態を改めて精査します。いまの話が真実ではないと我々が証明したら、面倒なことになりますよ。訂正すべき点はありませんか」

井戸は首を振り、視線を外して、窓を見た。

窓は開いており、軒下に鳥のいない鳥籠が吊るしてあった。

「失礼ですが、あの籠で小鳥でも」

「いいえ。よく行くコンビニのご夫婦が独り暮らしの私を見かねて、生き物を飼った方が良いと、まず、あの籠をくれました。ペットショップにも連れ出されたのですが……」

「気に入った小鳥に出会いませんでしたか」

「はあ……可愛い小鳥はいましたが、やめました。目の前で死なれたくなくて……」

意外な答えで、柴もメモを取るカニも適当な合いの手が入れられない。

「妙な話ですよねぇ。院内でも死と向き合うことの多い救急処置室勤務の医者なのに……。でも、厭なのですよ。身近な死が……」

死を厭う心境のシンボルなのか、井戸はカラの鳥籠に再び目をやる。

「井戸さん、打ち明けますとね、私があなたに興味を持ったのは、失礼ながら、告げ口とも思える余計な連絡を日下部氏にしたからです」

「……パーティーでの、菅沢教授の日下部姉弟への悪口ですか」

「ええ。せっかく落ち着いた日下部氏に何故あんなものを送ったのですか」

「思慮が浅かったとしか言いようがありません。あんなものを送りつけたら、輝人がどう思うか考えもせず、怒りに任せて……。防衛医療大は輝人みたいな国防に燃えた意識の高い学生もいますが、大半は私同様、学費免除をありがたがる貧乏人で。輝人は同期のスターで、清楚で美しい姉の綾緒さんは我々のアイドルでした。そのふたりを傷つけた菅沢教授は許せなかった。教授が支援者たちにどんなことを言うか仲間とからかい半分でパーティーに出かけた。そうしたら余りにひどくて、就職先で必要なICレコーダーを買った帰りだったので、その場で録音しました」

柴は冷めてしまったコーヒーを一口含んでから、告げた。

「録音データを送ったこと、井戸クンはずっと後悔している、と山梨県警の油谷さんが」

「あァ、油谷さん」

油谷の名を自ら反芻して、井戸は懐かしそうに表情を和らげた。

「井戸さん、油谷さんはこうも言っていましたよ。井戸クンは日下部姉弟の支援者ではなく彼自身が十年前のDV事件と逮捕中止命令の被害者、当事者かもしれない、と」

柴は踏み込んだつもりだったが、井戸は表情も変えずに受け流し、またカラの鳥籠を見た。

（この反応はおかしいな。犯人または共犯ならば、なんらかのリアクションがあっても良いはずだ）

柴は辛抱強く待ったが、井戸は籠に生きた鳥がいるかのように眺めている。

タイピングを終えたカニが所在なく見たので、柴は話題を変えた。

「井戸さんはなり手のなかった新型コロナ外来の専門医に志願されたとか」

「ええ。輝人が道を踏み外すきっかけを作ってしまった負い目から、彼に付き合って防衛医療大と縁を切り、死ぬほど働いて学費を返しました。借金の残高はゼロだよ、と立て替えてくれた同郷の資産家に言われた時、私は生きる目標を失いました。美容整形の仕事は続けましたが、生活に張りもなく、キザに聞こえるかもしれませんが、貯まる一方の金にも関心が湧かなかった」

「そんな時、新型コロナが蔓延した」

「はい。患者も医療関係者も疲労困憊しているのに、出身大学と縁を切った医師は働き場がない。美容整形の経歴も邪魔をしました。そうして、やっとここの病院に迎え入れられて、私は生き返った。救える命を救うこと――それだけが天職と痛感しました」

柴は深く頷く。カラ籠を見ながら、死が厭だから鳥も飼いたくないという先ほどの井戸の言葉がよみがえる。そんな人間に連続殺人が可能だろうか……。

柴は食卓に置いた自分のｐフォンとハンカチをポケットにしまった。

「私の妻も長く救急で働く看護師です。お気持ちは分かります。改めて確認をしますが、救える命を救いたい、そんなあなたが人を殺すことはあり得ないですね」

「はい」

「しかし、日下部輝人との友情はいまも変わらない」

井戸は最後の質問の意図を推し量るように柴を見た。カニも息を止めている。

（共犯の線は捨てきれないが、この男に人は殺せない）

柴が確信した時、ポケットのｐフォンが鳴った。氷室部長刑事からだ。

「失敬」

柴はキッチンに向かいながら、小声で電話に出た。

「どうした」

《課長、緊急事態です。ベービーが司法取引を提案しました》

「ベービーはきみの手を離れただろう。ん、いま司法取引と言ったか」

《言いました。課長は憶えておられますかね。ベービーの四件目、吉祥寺での不法侵入未遂事件。坂根部長殺しの現場の近くで、ベービーはＶＸガス殺人の犯人らしき人物を》

「見たのか」

《ええ、あの時の課長のお見立て通りでした。その根拠と人相特徴を話すから、自分の罪状に手心を加えろ、と言い出しました》

「バカなッ。日本版司法取引は検察の特権で、警察には権限がないぞ」

《違法は承知だ。裏取引で構わない。ニュースで有名な名物署長に会わせろ、と……。課長、すぐ帰ってください。署長が、その、妙に張り切っています》

十月十六日午後二時。

柴は外出中の副署長の執務室を借りて、氷室部長刑事との打ち合わせに臨んだ。

井戸医師は現在も重要参考人であり、榊部長と一瀬刑事にカニ・栄刑事を加え、コウカクの継続を命じた。特捜本部の数名が河口湖へ井戸のアリバイ確認にも向かっていた。

さて……。

卑劣な性犯罪者、ベービー・長峰隆司である。

報告にあった通り、氷室とカニは調布狛江署の鑑識チームと共にベービー宅を訪問した。

家宅捜索令状を見せて、靴箱にあったスニーカーを照合。連続レイプ犯の足痕《ゲソ》と一致した。ただちに逮捕状を請求、執行。ベービーは被疑事実を否認、逃亡。氷室とカニが追跡の上、逮捕拘束した。ベービーは逮捕時に不当な暴力をふるわれたと主張したが、一部始終は鑑識チームが動画撮影しており、問題はなかった。

だが、ベービーは被疑事実を否認、黙秘を貫いた。捜査本部は対応を協議し、警視庁捜査一課に判断を仰ぐこととなった。帳場責任者である赤バッジの係長と取調官を務めた部長刑事が桜田門に出向いた後、ベービーはサブ取調官である調布狛江署・宇崎係長に対して「司法取引」を持ちかけた、というのである。

「で、氷室部長、ベービーの要求はなんだい。まさか自分の犯罪行為を全部なかったことにしろ、なんて非常識な話じゃなかろうね」

「署長と話したい、の一点張りです」

「何故、署長《おやじ》だ。ベービーは痴漢で逮捕歴があるらしいけど、所轄署の署長にはそれほどの権限がないことを知らないのかな」

「きっかけは、どうやら、私も臨席しましたユーレイの記者会見のようです。ニュースでも放送されましたが、ベービー本人は留置中で観ておりません。とはいえ、ウチの署が舞台でしたから、留置場に出入りする連中が噂をします。とくに署長が目立ちましたので」

「あの署長なら話を聞いてくれそうだ、と見込まれたか」

「のようです。それで、ベービーを逮捕した私が急きょ帳場に呼ばれまして」

「で、ベービーがVXガス連続殺人犯を見た信憑性を協議し、可能性あり、と判断された。

「で、ベービーの要求、署長の耳にそのまま入れちゃったの」

「とんでもないッ。本部捜査一課の皆さんにどう報告すべきか、小笹副署長や宇崎係長と廊下で密談しておりましたら、署長が偶然通りかかられて」

「立ち聞きか、らしいなあ……せこくて抜け目がない署長のことだ。捜査一課に報告せず、ベービーにも口止めしたんじゃないのか」

「はい。赤バッジに知られたら取引は潰されるぞ。それをベービーにも伝えろ、と」

「で、署長はいま」


来客や会議中以外は開け放しの署長室のドアが閉められている。

「署長」

柴はノックと同時にドアを開けた。

「後だ」

梶山署長はゆでたタコのように顔面を紅潮させて倒立している。

「署長、お話があります」

「後だ！」

柴はいったん引き下がって、その足で、廊下奥の中会議室に向かう。

シングルマザー連続レイプ事件の捜査本部が置かれている。現場責任者である赤バッジの係長は桜田門から戻っていたが、来客中で、柴は部屋の隅で待たされた。

にしても……。

梶山コーブン署長が倒立、ということは「取引」に前向きである証だ。

その取引で真犯人の特徴が判明すれば、署長は事件解決の功労者、一躍、脚光を浴びる。

無論、それで、連続レイプ犯べービーの罪が軽減されることは許されない。

逮捕した氷室やカニが取引を優先したい署長の説得に応じるとは思わないが、よしんば譲歩して沈黙を守っても、こうした裏取引はいずれどこからか露見するものだ。

その場合のダメージとＶＸガス連続殺人事件解決の功労者という栄光。果たして、自分の老後にはどちらが得だろうか……。

逆立ちしながら、署長は損得勘定しているのに違いない。歴史に残る名刑事だった過去は柴も身近で知っているが、九年の不遇が梶山コーブンを卑小な俗物に変えてしまった。総合すれば、いまも「善き人」に違いないが、保身と自己顕示欲にかられている時は危険だ。

（あの人に任せてはいけない）

柴は捜査本部の赤バッジ係長と交渉し、ベービー長峰隆司と取調室で話す許可を得た。

連続レイプ事件の取り調べではなく、事件現場が一部重なるＶＸガス連続殺人事件の関連で質問したいと説明して、保秘扱いだからと立会を断った。ウソはない。

とはいえ、策もない。ベービーの言い分を聞いても、柴に可能なのは時間稼ぎだけだ。

何を待つのか。それは、三つの打開策だ。たとえば、行方不明の尾野一久は孤立無援にもかかわらず、昔の仲間である別当環や柴に助けを求めない。警察にも保護を求めていない。十中八九、犯人を知っているからだろう、と柴は確信している。

その尾野一久が発見されて、真犯人は誰かを明言する。これが第一の打開策。

第二は、甲府の逸見准教授が白骨死体は「日下部輝人ではない」と証明すること。

第三は、茅ヶ崎の井戸医師がＶＸガス連続殺人事件の犯人、または共犯者と思しき行動を取ること。

それらのいずれかが起きなければ、事態は好転しない。

ベービー長峰隆司を待つ間がもどかしく、柴は薫子スマホを出し、伊豆高原の水飲み場で会ったツナギ作業服の松本氏に電話する。応答はなく、留守電にメッセージを入れる。

ノックがして……。

留置係の制服警官が長峰隆司を連れて来た。氷室部長刑事も同行し、記録席に着く。

長峰は教師や予備校講師や地方公務員風とでもいうか、髪型を含めて、他人に自分がどう見えるかをあまり気にしないタイプで、中央官庁や民間企業では見かけない風貌である。

柴は丁重に挨拶をする。

「初めまして調布狛江署の柴一彬です」

「署長さんではありませんね」

「階級は警部、職制は課長です」

「課長さんか……すみませんが、署長さんを呼んでください」

無礼な物言いは想定していたので腹は立たなかった。ＶＸガス連続殺人事件の犯人を本当に見たのか。見たのなら、その精度をなんとか測りたい。

「長峰さん、私では力不足でしょうか」

「能力は存じ上げませんが、権限は期待できません。私は署長さんを」

「長峰さんの申し出は、現行の制度上、我々警察には扱えない内容です」

「ですから、裏取引をしたい。検察や警視庁は通さず、署長さんと直に」

「署長があなたと取引して、その事実が露見すれば、懲戒免職を免れません」

長峰隆司は少し思案し、言葉の重みを理解したように頷く。その時、薫子スマホがバイブで揺れた。発信者は伊豆高原の住人・松本氏だが、いまは電話に出られない。

焦れたように、長峰が前のめりになって、柴に語りかける。

「あのね、課長さん、取引に応じるかどうかは署長さんの自由でしょ。まず直に会って、署長さんと話をさせてくださいよ」

「直に会えば、警視庁本部に察知されます。私ですら、許可なくは会えなかった」

長峰隆司は改めて柴を見た。

ひじの下で薫子スマホがまた振動した。

「なるほど。署長さんと会うのは一度にしたい。イエスかノーかを告げる時。あなたはこうした交渉を請け負う立場にある。つまり、相応の実力者というわけですね」

態度を和らげたので、柴は「失敬」と断り、立ち上がって、松本氏の留守録を聞く。

尾野一久が別荘に来た。水飲み場で会った、というメッセージだ。

「長峰さん、課長の私ではご不満のようですので、以後は副署長がお話を聞きます」

柴は唖然とする長峰隆司と氷室部長刑事を残して、退室した。


「課長」

氷室部長刑事が追いかけて来た。

隣の観察室から小笹副署長と宇崎係長も出て来た。

「柴くん」

「副署長、宇崎係長も聞いてくれ。伊豆高原に尾野一久が現れました。私は彼に賭けます」

「では、私は取調室に戻ります」

宇崎係長が戻って行く。

「氷室部長、茅ヶ崎にいるカニに電話して別荘に向かわせてくれ。が、尾野一久に対しては所在を確認するのみ、バンかけ（職務質問）はしないように」

「はい」

「副署長、時間稼ぎをお願いします。署長《おやじ》は近づけないで。けして、長峰隆司と会わせないでください」

「分かった」

ふだんは苦手だが、副署長の「分かった」は心強い。

柴はショルダーバッグからアルバムを取り出して、氷室に差し出した。

「氷室部長刑事……神西薫子警視正が置き手紙で謝罪していた。私からも非礼を詫びます。きみとおかあさんに大変ご迷惑をおかけしました」

柴は深く頭を下げた。

副署長も一礼した。

「ありがとうございました。これで、母が安心します」

氷室部長刑事は涙声でアルバムを胸に抱きしめた。

(2)

十月十六日、午後五時半。

二十分ほど前に日が沈んだと思ったら、もう真っ暗で、波の音が近くで聞こえる。

車は順調に伊豆半島の東の海岸線、国道一三五線を走っている。

調布狛江署を出る時、別当環に呼びかけられた気がした。運転の苦手な柴は左右前方の確認が精一杯で、後ろを見る余裕がなかった。幻聴で済まそうとしたが、別当環からの電話やメールが頻繁にくる。それも柴の信号待ちの度なので、イラつく。

もうひとつ気になるのは茅ヶ崎から伊豆高原に移動したはずのカニ・栄刑事と連絡が取れないことだ。尾野一久に逃げられたら、べービー・長峰隆司の情報が重要度を増す。

そうなると、チャンバラ署長・梶山コーブンは誰にも抑えられない。

ｐフォンに着信。カニからだ。受信ボタンを押して、スピーカーに切り替える。

《課長、すみません。井戸医師のコウカク中でしたので、電源を切っていました》

「じゃ、まだ茅ヶ崎か」

《はい。榊部長が急きょ特捜本部に呼ばれました。戻られるまで私がリーダーに。伊豆にはイッチが》

「そうか……。なら、一瀬刑事に伝えて、私に連絡させてくれ」

通話をオフにしたら、また着信。お馴染みチャンバラ署長だ。出たくはないが……。

「柴です」

《おぬし、何の恨みがあって、オレの邪魔をする》

「長峰隆司ですか。奴と会うのは待ってください。伊豆に動きがあります。そうですね、本日いっぱい、深夜十二時までにはクロシロつけます」

《シンデレラじゃねえんだぞ！　ガラスの靴履いて、夜中まで待てるか》

こういう切り返しをする時は署長の気持ちに余裕がある。交渉の余地あり、だ。
「署長、ご迷惑をおかけしますが、何卒《なにとぞ》、あと六、七時間のご猶予を」
《あのな、カズアキよ、オレとても、捜査のイロハを教えた可愛い門下生のおぬしに手柄を立てさせてやりたい。だが、しかし、見も知らぬ長峰隆司から、あの署長ならばと名指しされた時、オレは得も言われぬ快感に酔いしれたのだよ》
「快感、ですか」
《キャリア官僚やノンキャリアの点数稼ぎならば、規則を盾にケンもホロロに長峰との取引なんぞ相手にすまい。だが、あの署長なら違うのではないか、と長峰に思わせた。それはなんだろう。分かるか、カズアキ、信念と反骨に培われた我が警察人生の成果ではなかろうか。どうだ。えー？　どうだ、カズアキ、違うか？》
いかん。酔っている。かなり重症な自己陶酔だ。夢遊病に近い状態である。
だが、柴はこういう状態の対応に慣れている。肯定して、さらに肯定して持ち上げ、署長の過去の言動を利用する。適当な発言がない場合は柴が創作、捏造するのである。コーブン署長が自分の発言と思い込めば良い。余韻の残る短文が効果的だ。
「まったくおっしゃる通りです。署長の警察人生の集大成、まさしくその賜物です」
《えー、カズアキくん、いまなんて》
「署長の警察官人生は偉大です。卑劣な変態である犯罪者の心すらも揺さぶる信念と反骨の生涯であったことは、お近くに仕える私にはもとより自明の理なのであります」

長い付き合いなので、こんな歯の浮くセリフも柴は平気で言える。
《そう？　きみ、本心からそう思うの》
「当然です。しかし、また同時に、署長のあの言葉が思い出されます」
《あの言葉。えー、どれかな》
「信念と反骨の警察官人生だからこそ口にできる言葉、と私は感銘を受けました」
《だから、なんだよ。言ってみなさい。なんて言ったの》
「人の値打ちは何をして来たか、ではなく」
《ん。人の値打ちは何をして来たか、ではなく》
「これから何をするかにある……人の値打ちは、何をして来たかではなく、これから何をするかにある」
しばし沈黙があった。柴の言葉を自分に有利に活用できるか、検討しているようだ。
《……いいね。言ったの、オレ、そんな気の利いたセリフ》
「はい。捜査一課時代、過去の実績を自慢する部下、私の先輩ですが、この人をたしなめる感じに言われまして。いかにも、建設的で前向きな署長らしい、お言葉です」
《そうか。何をして来たか、ではなく、これから何をするか……》
喰いついた。署長は自分がそう言った、と半分、錯覚し始めている。
数年前、妹が製作に加わった日本映画のセリフの借用だ。地味な作品だから、派手好みのコーブン署長は観ていないはずだ。案の定、署長の陶酔混じりの声が聞こえてきた。

《要すれば、過去の栄光より現在の課題にどう取り組むかってことだな。カズアキ、まさにいまは風雲急を告げる事態だぞ。卑劣だろうが、変態だろうが、長峰隆司がＶＸガス連続殺人事件の犯人を知っているなら、その情報を提供してもらうべきだろう。取引なんざ、その後の話だよ。まず、犯人は誰か、をだな》
「署長、尾野一久も犯人を知っていますよ、間違いなく」
《尾野一久。あァ、イッキュウさんか》
「そうですよ。署長譲りの私の勘では、尾野は十中八九、犯人を知っています。これから、それを本人に聞き出します。長峰隆司と話すよりリスクは少ない。まずは私に」
《イッキュウさんかあ。一度じっくり話したが、あの男ならば賭ける値打ちは》
「あります。これから何をするか、それは変態の卑劣漢より尾野一久です」
署長はそのまま例の逆立ちをしそうに、長くうなった。
《カズアキ、オレが何故おぬしを調布狛江署に呼んだか、分かるか》
唐突に、話題が変わった。恩着せがましく長い話になりそうなので、柴はスルーする。
「もうしわけありませんが、署長、コウカク中の捜査員から電話が」
《お前を守るためだ》
「はあ」
《本年一月、日下部綾緒さんが亡くなった。さぞや、無念であったことだろう。あのＤＶ事件に付随して起きた騒動で九年間の不遇を味わった儂にも実に感慨深かったよ》

やはり長くなりそうだ。シンデレラの自由をもらって、電話を切ってしまいたい。
《妙な話だがな、カズアキ、その時、ムシが報せたのだ。儂ですら無念に思ったのだから、日下部綾緒さんの遺族や支援者が黙ってはおるまい、と》
「では、今回のような連続殺人が起こる、と」
《そこまでは予測できなかったが、例の逮捕中止命令、あれを蒸し返して告発するくらいのことはする、と踏んだ。奴ら風に言えば、国家権力への挑戦になるからな》
柴は押し黙った。実際、支援者の円谷・城戸夫妻は井戸医師を使って、真相を探った。
「署長、待ってくださいよ、それと私の異動がどう」
《たわけ者ッ。逮捕中止命令が蒸し返されば、逮捕状を執行しなかったおぬしたち四名と神西薫子。そして、命令を下した千々岩前長官の名が表沙汰になるのは自明の理だ》
「はあ」
「マスコミ、週刊誌やワイドショーが餌食にするのは前長官だろうが、現役警察官で要職にある者もネット世界では叩き甲斐があるのだ。警視庁本部の幹部である神西薫子警視正、同じく本部勤務で、少年犯罪の司令塔である柴カズアキ警部もおいしいターゲットってわけだよ……お前な、カズアキ、いまは所轄の課長だから注目もされないけど、少年犯罪の第一人者がスキャンダルにまみれたら取り返しがつかんぞ、そうは思わんか》
「……だから、私を手元に呼び寄せた、と」
《無論だ。たとえマスコミに騒がれても、不肖、梶山弘文が庇ってやるつもりでな》

柴は絶句した。稀代のホラ吹きだから、全面的に信じたわけではないが、この人物なら、そうした善意の押し売りは十分に考えられた。
《おい、カズアキ、聞いておるのか》
「はい」
《こういう話は言わぬが花だが、あえて明かした。というのもだな、変態レイプ魔・長峰を選ぶか、おぬし推奨の尾野一久を選ぶか、この決断に儂の長い老後が託されておるのだ……儂がおぬしをいかに案じたか、知っておいてもらわねばならん。分かるな》
「はい」
《よし。ならば、午前零時までシンデレラのように待ってやる》
「本当ですか」
《二度は言わん》
チャンバラ署長は潔く電話を切った。

十月十六日、午後七時。

昨日の朝、ツナギの松本氏と会った渓流沿いの水飲み場で、柴は車を停めた。

一瀬刑事からの連絡はない。カニに聞いた一瀬の番号に改めて電話したが、応答もない。

柴は坂道を上がる。路上駐車の多摩ナンバーの車を発見。調布狛江署の捜査車両だ。

（一瀬刑事はこれで来た。ならば、近くに潜んでいるはずだが……）

尾野一久の別荘前の広場まで誰にも会わなかった。尾野を見たと連絡してくれたツナギの松本氏に電話するつもりで懐から出した薫子スマホが光を放って、振動した。別荘からは死角になるが、漆黒の闇では相当な光なので、原っぱに身を伏せて、発信者を確認した。

逸見誓子准教授だ。

「もしもし、柴です」

《二枚のレントゲン写真は同一人物のものではありませんね》

「……つまり、日下部輝人は生きている」

《その可能性を否定できません。京都の先生の到着が遅れて、いま甲府駅で待っております。レントゲンでは骨折した時期が読み取れませんので、私、目を皿にして二枚を比べました。すると、両者の骨格が違います。肩も腰も、明らかに別人でした》

「先生、ありがとうございました」

感激が混ざって、柴の声が湿ったようだ。逸見准教授はあわてて付け加えた。

《柴さん、私の判断ですよ。京都の先生が到着次第、鑑定していただき、ご連絡します》

「ありがとうございます」

通話を終えて、柴は息を深く吐く。

やはり、円谷・城戸夫妻は日下部輝人に別の戸籍を渡し、違う人生を与えたようだ。

大きな収穫を得た満足感で、柴は体《たい》を変えた。転がって青空を仰ぎたかったが、見上げたら、星空だ。すぐそこに見えて、東京から離れた場所という実感が湧いた。

起き上がりかけたら、今度はｐフォンが光を放って、振動した。また、署長だ。

「すみません、署長、取り込み中です。かけ直します」

《ＮＥＸＴ　ＯＮＥだな》

「はあ」

《さっきのオレの言ったという言葉。チャップリンのＮＥＸＴ　ＯＮＥのパクリだっての。あなたの最高傑作は。次の作品です。だからな、カズアキ、こう変えたい……人の値打ちは何をして来たか、ではなく、次に何をするかだ――どうだ》

次に、よりも、これから、の方が広がりや深みがある気もするが、柴は断言する。

「いいですね、これから、よりも、次にと言った方が具体的な感じがします」

《だろう。そうなのだよ。うん、じゃ、健闘を祈る。ＮＥＸＴ　ＯＮＥ》

わざわざ電話することとか、と呆れながら、ｐフォンの電源を切って、立ち上がる。いざとなったら守ってやるつもりで手元に呼んだ、と親分風を吹かされた時はさすがにホロリとしたが、結局は自分のことしか考えない我欲の塊、俗物なのである。

不意に、坂道の下から足音が聞こえた。

ハッと身構えたら、ツナギの作業服の住人・松本氏だった。

「やあ。ご連絡ありがとうございました」

柴は別荘を意識して声を抑えたが、松本氏はふつうの音量で答える。

「会えたズラ」

「いや、まだ。これからです」

「なら、連れてくラ」

「いや、結構です。ご案内はなくても」

松本氏は首を振りながら小さなスプレー缶を出して、柴の顔面に噴射した。


瞬間、柴の意識は飛んだが、松本の肩に担がれて運ばれている感覚があった。

床に降ろされて、目を開けるとロッジ風別荘の室内だった。

松本は手錠を奪って、一方の輪を柴の右手に、他方は尾野一久の左手へ、かませた。

それまで尾野の片手にあった手錠の輪は持ち主の一瀬刑事の両手に施錠されて、足には結束バンド。柴たちの足にも結束バンドが結ばれた。

ようやく、柴は自称・松本の正体を理解した。

「日下部輝人だな」

「そうだ。主に獣医師が使うスプレータイプの麻酔を使用したが、実害はない。にしても、よく正体が分かったたな」

「樹海の白骨死体の偽装が露見した。もう逃げられんぞ」

「逃げる気はない。お前の決着をつけたら、終了だ」

「オレの決着」

「殺すか、否《いな》か」

ふざけるなと言いたい気持ちを抑えて、柴は息を吐き、手錠で繋がれた尾野を見た。

尾野は会釈し、目を書棚に向けた。施設で拾った椿の実とハンカチが置かれていた。

一瀬刑事はバツ悪そうに頭を下げた。が、目には精気がある。これが重要だ。

食卓には柴と一瀬の拳銃二丁、スマホ三つとスプレー部分を装塡したボトルがある。

「あのボトルがVXガスか」

「そうだ。防衛医療大時代、治療のために現物を製造した。その作り方のメモを持っていて今回、自分で作った。原料は調達したが、某所の施設や機器を深夜に無断借用した。過去の関わりで、鍵の置き場所を知っていたからだ。が、その施設は一連のオレの活動には無関係なので、名前は明かさない」

「お前の経歴を丹念に辿れば、どこの研究施設かは特定できるぞ」

「場所を特定できても、人的繋がりはない。オレの活動とは無関係だ」

「活動だぁ？　人を殺すことが活動か。犯行、凶行と世間では呼ぶぞ」

「無駄話には応じない」

一瀬刑事が口を開きかけたが、柴が目で制した。日下部輝人から聞くべきことがあまりに多い。おそらく時間は限られており、置かれた状況は最悪だが、これは柴による事情聴取、否、取り調べだ。いま故意に挑発してみたが、これも柴流尋問の手法だ。誰にも邪魔をして欲しくない。尾野はその辺をわきまえて、口を一文字に結んでいる。

「では、日下部、オレの知りたいことを聞くぞ」

299　第六章　十月十六日

「なんだ、それは。囚われの身のお前が主導権を握るつもりか」

「主導権などどうでもいい。ただ、お前はオレの話を聞きたいわけじゃあるまい。むしろ、オレたちを通じて世間に聴かせたい話があるんじゃないのか」

日下部は返事をせず、ソッポを向いた。図星を突いたらしい。柴は口を開く。

「聞きたいことは二つある。まず、何故、自分の死を偽装した」

日下部は即答せず、少し考えてから口を開いた。

「死ぬ気で樹海に入った。だが、数日後、遺体収集の下見に来た円谷さんと城戸さんに救出された。姉のＤＶ関係の報道でオレを彼らは写真で知っていた。貸別荘に運び込まれて、連絡を受けた井戸も駆けつけた。詳しい事情を聞いて、夫妻は同情してくれた……オレは死ぬことのほか頭になくて、何度か試みたが、体力が回復せず、失敗した。死にたい、死にたい、と言い続けるオレになんとか生きろと井戸が励まして、見かねた円谷さんが、〈別人としてなら、生きる気になれそうか〉と、持ちかけた」

「その提案を受け入れたわけか」

「菅沢ごときにこだわって、バカな真似をした。莫大な借金ができて、就職先も失い、姉に会わす顔がなかった。借金は何とかなったが、医師免許があってもオレには行き場が……」

当時の追い詰められた心境を思い出したのか、日下部は目を閉じた。

柴は尾野と一瀬刑事を目で励まし、小さく頷いた。成り行きを見守って欲しい、と。尾野も一瀬も意図を理解して、頷き返した。

日下部がカッと目を開き、語りを再開した。

「思い詰めていたから、別人になってみたら、という誘いは魅力的だったよ。同じ鎖骨に骨折がある遺体が見つかった。顔や体格はまるで違ったが、骨になればわからないと言われた。オレの捜索願を出した時、親戚が持参した歯ブラシなどと遺体の遺品を井戸がすり替えた。ＤＮＡや指紋照合の対策だ……翌年、自分の慰霊祭をオレは遠くから眺めたよ」

「別人になって、それからどうした。井戸や円谷の世話になったか」

「ひとりで自活して生きてきたさ。お決まりの建設現場や運送会社で肉体労働。戸籍の持ち主は自動車免許もパスポートもなかったので、清掃の仕事をしながら、資格類を取得した。自動車免許、電気工事やボイラーや自動車整備などだが、病院もオフィスビルも研究施設もホテルにも出入りしたから、今回、いずれも役に立ったよ」

「まさか、その準備のために、職を転々と」

「な、わけがない。オレは他人に頼らず、毎日を懸命に生きただけだ。が、いま言った通り、非正規の裏方仕事ばかりしたから、皮肉にもそれが有効活用できた。大病院で怪しまれない時間帯を知っていたし、大学などの研究施設はたいてい自由に出入りできるし、ホテルの監視カメラ工作も可能になった。手の内は明かせないがね」

「ならば、何故、いまになって十年も前のことで復讐する」

「……あんたも、非正規で働いてみれば、分かるよ」

経験者以外を寄せ付けない言い回しなので、柴は相手にすることを避けた。日下部が待ち切れず、話を続けた。

「柴さん、この国では、国家資格を一杯持っていても正社員になれるとは限らないんだ」

「人柄も重要だからね」

「違うな。格差だ。明らかに分断があるんだよ、この国には」

「一般論ではなく、殺人の動機を聞いている」

「それは……なんかモヤモヤしていて、これだ、とひとことでは言えないなあ。三年前、身体、内臓を壊して入院した。退院はしたが、職を失った。例の新型コロナウイルスが蔓延していて再就職先が見つからず、生活保護も断られて、ホームレスの収容所、都と区が共同で運営する自立支援センターというところに厄介になった。念のために言えば、この施設には感謝している。なかったら、本当に陋巷《ろうこう》に朽ち果てていた……だが、職員の一部や都や区の役人に許せない輩《やから》がいた。唾棄すべき奴らが」

意外な答えだった。柴はもっとストレートな動機——DV被害を訴え、認められなかった姉。その長い昏睡状態と不憫な死。重要な要因となった逮捕中止命令。そうした無慈悲さに対する無力な市民のやりきれない怒りからの復讐だろう、と思い込んでいた。

無論、姉に繋がるのだろうが、犯行には日下部自身の体験も反映されていたようだ。

ふと、赤バッジ時代の大先輩を思い出した……。

その人は梶山軍団の大番頭と呼ばれた人物で、捜査時は後方支援に徹して、犯人逮捕後に本領発揮する落とし――取り調べで自白を引き出す達人だった。この人物がいたから、現在もチャンバラ署長・梶山弘文は捜査官と取調官を別に立てるのだ。

そんな伝説の名刑事が定年で去る際に若い柴にひとこと遺した。

「被害者《ガイシャ》のために泣くのは事件《ヤマ》が解決してからだ。墓前に報告して、とことん泣くことだ。だが、犯人《ホシ》が落ちるまでは、ホシのために泣け」

犯人に寄り添って捜査し、取り調べをしろ、という意味だろう。殺人、強盗、放火など捜査一課強行犯捜査係の扱う犯人の過半は不幸な人生を送ってきた。出生から育った境遇を丹念に調べれば犯人にも同情が湧く。その情を基に犯人と接しろ、人間として扱え、という意味が頭では理解できたが、その教えを実践できたかどうか、柴には自信がない。凶悪犯はあくまで凶悪犯である。怒りが先行して、柴は取調官としては凡庸《ぼんよう》だった。

ところが、少年犯罪に関わってみて、大先輩の言葉が身に沁みた。犯罪に走る少年少女は誰もが不幸で家庭は例外なく崩壊していた。柴は彼らのために何度も泣いた。

（いまなら、大先輩の教えを実践できるかもしれない）

急に黙りこくった柴を日下部が覗き込んだので、釈明するように告げた。

「すまん、すまん。警察のみならず、広く役人、公務員への不満が出たもので混乱したよ。そういえば、新百合ヶ丘の円谷氏も似た理屈を口にしていたっけなあ、と思い出してね」

「ほォ、円谷さんが。どんな理屈だ」

「二つ目のわからないことに繋がる。菅沢教授や千々岩前長官はさておき、坂根部長刑事や神西薫子警視正、そして、ボーダーラインらしいオレ。この三人は上司の命令に従っただけだ。法執行機関という機構上、警察官には上司の命令に従う法的な義務、がある。そういう我々下級官吏を、原因を作った菅沢教授や逮捕中止命令を発令した前長官と同列に扱って、復讐の対象にするのは理不尽だ。逆恨みだ、とオレが言ったら」

「言ったら、円谷さんは」

「BC級戦犯を例にして、日本型組織の常識は国際的には通用しない、とさ」

「その通りだ。ハハハハハ、戦犯を持ち出すとは円谷さんらしい。自立支援センターにも大勢いたよ。上司命令のひとことで責任放棄して、収容者の急病や悩みごとから目を逸らして見殺しにする奴らが。見殺しにされる国民がこの国には数多《あまた》いるんだよッ」

「それは政治の問題じゃないかな。きみほどの頭脳と胆力があれば、まっとうな形で社会改革に貢献できるはずだ」

日下部は微苦笑した。初めて見せた気弱な態度だ。

「時間がないよ、オレには」

「……病気ということか」

「そうだ。三年前に患った肝臓がもうダメだ。いまはこうして立って、話もできるが、間もなく動けなくなる」

「日下部、すぐ病院へ行け。まずは治療を最優先しろ」

初めて病状を知ったらしく、沈黙を通していた尾野が情のこもった声で告げた。

「手遅れなんだよ、イッキュウさん。死んで行くのは寿命だが、役人、公務員の怠慢に一矢報いることができる。少なくも、特権階級のように地位と報酬の安定にアグラをかく輩に、見せしめに殺されることだってある、という恐怖を味わわせられる」

犯罪者特有の歪んだ理屈に柴は反射的に叫んだ。

「ふざけるな！　そんなことじゃ、何も」

「変わるのさ！　たとえば、オレの姉を苦しめたＤＶだ。民事不介入を盾に逃げていたが、何人もの不幸な犠牲者が出て、マスコミや世間が騒いだ末、やっと警察もＤＶ被害を扱うようになったじゃないか。十分とは言えないが……。要は騒ぎを起こすことだよ、真相を暴露して、世間に広めなければ何も変わらない」

「最後は飛躍し過ぎだ。自分のしたことを強引に正当化するな」

「正当化じゃないさ、誰かが鐘を鳴らさなきゃ、警察は動かん」

「ならば、何故、おおもとを狙わない。オレたちのような雑魚じゃなくて」

「巨悪は検察や警察に任せるさ。それが法治国家だろ。そして、検察や警察が手を出せない身内の腐った雑魚――つまり、お前たちはオレが成敗するのさ」

柴は静かに深く息を吐く。少年少女と同じように寄り添いたいが、歪んだ日下部の言動に怒りが湧き、冷静さが保てない。正直、次の言葉が見つからない。お手上げだ。

再び待ちきれない顔で、日下部が口を開いた。

「あんたは尋ねたね。命令を実行しただけの公務員に殺されるほどの責任があるのか……責任はある。が、殺す必要があったのか、オレにも分からない。繰り返すが、見せしめだ。目覚めさせる必要があった。全国の役人は震え上がったはずだ。お役所仕事だからと住民も諦めていた、仕事の在り様は否定されるに違いない。そうあって欲しい」

納得はできないが、言い分は聞いたので、柴は事実関係を洗い直す。

「……ところで、日下部、何故、ここにいる。ここはイッキュウさんの家だろう」

「イッキュウさんに借りた。殺さないと約束して、ロッジを借りた。そもそもは円谷さんの事務所で、イッキュウさんの存在を知った。井戸がマスコミと偽って情報を得ようとして失敗したと聞いたから、一月くらいして、オレが茨城に出向いた」

「じゃ、八月の訪問者はお前か……お前が取材の謝礼を」

語尾を濁した柴の言葉に尾野は恥ずかしそうにうつむく。情報を洩らしたようだ。

「知りたいことには金を払うべきだ。世間知らずの井戸にはその理屈が分からないのさ。イッキュウさんは姉に同情してくれて、オレの慰霊祭にも参加してくれたと聞いたから、遺影の顔を憶えられている気がして、実在しないオレのイトコを名乗って近づいた。後悔している、と逮捕中止命令の事情を説明してくれた。聞いたのはあくまで過去の経緯で、あんたら関係者の現状はオレが独自に調べた」

命令時の経緯のみと聞き、柴は安堵して見たが、尾野はうつむいたまま顔を上げない。

「オレがイッキュウさんに正体を明かしたのは今月の十日に三人殺した後だ。この別荘を持っていると夏に聞いていたから、あんたは殺さないから身を隠す場所を提供しろ、と持ち掛けた。当然、自首しろと勧められたが、数日以内に自首するが気持ちの整理をつけたいと言って黙らせた。ところが、急に茨城の職場に居づらくなったと言い出してさ」

柴は日下部のツナギの作業服を見ながら、言った。

「だから、過去に経験のある自動車整備工に変装したわけか？」

「松本自動車整備工場に就職したよ。松本社長とは近所のスナックで知り合ってツナギをもらった。古い車も借りた。そうしたら、あんたと若い女刑事が現れて、こともあろうに、オレにイッキュウさんが来たら、教えろと言った。イッキュウさんと落ち合い、話したら、あんたを殺すなと言い始めた。柴警部は無自覚で無責任な役人ではないって。だから、この目で真偽を質すためにあんたをここに呼び出した」

「審判はきみが下すのか」

笑って頷く日下部に沸騰する怒りを抑えて、柴は口を開く。

「事実の確認をしたい。まず、金だ——今回の連続殺人、概算で数百万円の金が必要だ。重病で入院した後、自立支援センターにいて捻出できる額ではないはずだ」

「貯金だよ、オレの。戸籍を偽装した身だ。いつ露見するか分からない。逃走資金を貯めて円谷さんに預けておいた。七、八年働いて、三百万くらいにはなっていた」

「では、金以外の協力者はどうだ。ネットやSNSだけでは、坂根部長刑事や神西薫子警視正の居場所の特定はできなかったはずだ。具体的な協力者が」

「いない！　庇って隠しているわけじゃないぞ、警察の知らないところで、警察を嫌いな人間が蔓延しているってことさ。単に面白がっているだけかもしれんが――とにかくオレは見も知らぬ人々が善意で投稿した情報を頼りに狛江の病院も吉祥寺の雑居ビルも都心の巨大ホテルも特定し、行動に及んだ。誰の手も借りずに、な……無論、イッキュウさんからも情報は何ももらっていない。逮捕中止命令の経緯のみだ」

輝人の説明に尾野は誠実な目で頷く。尾野は別にしても、協力者がほかに誰もいないとは信じられないが、柴は話を先に進めた。

「……では、次に動機だ。自立支援センターで役人への殺意に似た怒りをたぎらせたのは聞いた。その怒りを十年前のお姉さんの受難と逮捕中止命令に結びつけたのか。吉祥寺の浅間氏や円谷城戸夫妻、井戸医師には、きみが調査を頼んだのか？」

「浅間という人物は知らない。さっきも言ったが、逮捕中止命令の調査は姉の支援者たちがやった。民事で勝訴したのに、刑事は間もなく公訴時効という理屈に対抗するためには世論の喚起しかないと考えたようだ。オレが支援センターを出て、入所の保証人である円谷城戸夫妻へ礼をした時、初めて菅沢教授が逮捕を免れたカラクリってヤツを知った。はらわたが煮えくり返った。梅雨が明けた七月の終わりだよ。やたらと蒸し暑い日だった。そうして、オレは死出の旅の道連れを見つけた。お前たち五人だ」

日下部は歌舞伎役者のように地団駄踏んで、ミエを切った。

「いま思えば、今年の一月に姉さんが亡くなったことがきっかけかもしれない。入院して、しばらくは意識が回復したのに、再び昏睡状態に陥り、意識は戻らなかった……オレは子どもの頃と同じように、姉に尻を叩かれたのかもしれない。命あるうちになすべきことをなせ、ってな」

身勝手な言い分だが、重い言葉でもあった。だが、柴は怯まず、見返した。

「話を戻して、確認したい。五人とは、菅沢教授、前長官、坂根部長刑事、神西薫子警視正、そして、オレか。尾野一久さんと別当環警部は除外したのか」

「国民と約束した職務、すなわち正当な逮捕より、上司の命令に従うという楽な選択をした警察官に、オレは鉄鎚を下す。尾野さん、別当さんにはむしろ感謝と敬意を表したい」

「……言い分を聞けば、御大層だが、きみが道連れという言葉を使った通り、ひとりで死にたくないから他人を巻き込む——昨今の犯罪者の潮流と大差はないな」

あえて挑発的に言ったら、日下部は眉をひそめて、柴を睨み据えた。

「オレが、流行りに便乗した軽桃浮薄野郎と言いたいのか」

「そうは言わん。しかし、用意周到な準備に比べて、思慮が深い計画とはとても思えん。円谷泰弘や城戸朝子、井戸医師が同意したとはとても思えんね」

「同意なんかしていないさ！　VXガス使用も殺害も伏せて、お前たち五人への復讐のみ表明した時点で、バカな真似はやめろ、と口を揃えて反対し、非難した。前を見て生きろ、と説教しやがった」

土の中の長い暮らしを訴えるセミのように、日下部の話は続く。

「あの連中は、オレの余命がわずかで未来などないことを承知で、それでも、リンゴの木を植え

309　第六章　十月十六日

ろとマルチン・ルターみたいな、きれいごとを言いやがった」

「すると、復讐する意思は聞いたが、VXガスの使用も殺人計画も知らなかった」

「そうだよ！　そんなことがいま重要かね。お前さんはこれから死ぬかもしれないって時なんだぞ、柴さんよ」

意地の悪い笑みを浮かべた日下部を睨み返して、柴は静かに告げた。

「極めて重要だね。殺害計画やVXガス使用を聞いていたなら、事前に通報しなかった円谷城戸夫妻と井戸医師はその罪を問われる」

「あんたもリンゴの木を植えているつもりか」

死刑執行人が再び見せた笑いに、柴は遺言のつもりで冷ややかに答える。

「それが私の仕事だ」

「いい心がけだ。警察OBと後輩刑事があんたの武勇伝を語り継いでくれるだろうさ」

日下部は決心がついた顔で食卓のVXガスのボトルを手に取った。

「やめろ！」

一瀬刑事が叫び、尾野は足を踏み鳴らして、懇願した。

「日下部、やめてくれ。柴さんまで殺したら、お前はただの人殺しになり果てる」

日下部は不敵に笑って、ポケットから手錠の鍵を取り出した。

「イッキュウさんは奥へ行け。柴と一緒にガスを曝露させちゃ悪いからな」

ボトルを食卓に戻し、日下部がしゃがんで、手に持った鍵を見た時だった。

310

ロッジのドアが開き、人影が飛び込んだ。

人影はすり足で移動し、横向きで足を高く上げて、日下部に蹴りを入れた。

日下部は蹴り飛ばされて、壁にしたたかに背中を打ち据えた。

人影――別当環は追いかけて、正拳を鳩尾《みぞおち》に放った。日下部がぐったり頭を前へ倒したのを確認して、別当環は鍵を拾って、柴たちに駆け寄る。

「環くん、何故ここに」

尾野の問いには答えず、鍵を外す別当環に柴は呟く。

「お目当ては薫子の置き手紙か」

「それが欲しくて調布狛江署から追尾しました。必ず見せてもらいますよ」

「ありがとう。助かった」

「逃げます！」

一瀬刑事が叫んだ。

気絶したはずの日下部が立ち上がり、食卓のボトルを掴んで、外に飛び出した。

「待ちなさいッ」

別当環が追いかけて、柴と尾野も後に続いた。

「とまりなさいッ」

先を走る別当環は叫んだが、拳銃を抜こうとはしなかった。

「威嚇射撃だッ」

「非番です」

柴の指示に別当が押し殺した声で答えた。拳銃は携帯していないという意味だ。

別荘に拳銃を取りに戻る時間はない。柴と尾野も追うが、拘束されていたので、足が思うように動かない。街灯がなく、周囲は漆黒の闇だ。

突然、強烈な光を放ち、車が敷地に上がって来た。

そのヘッドライトが立ち尽くす日下部輝人のシルエットを浮かび上がらせる。

柴は叫んだ。

「その車、下がってッ。危険です！」

「課長、カニです！」

「犯人がそこにいるッ。徐行しつつ、ライトを照らし続けろ！」

日下部は柴たちがいる方向に駆け戻りながら、カニ・栄刑事が運転する車に叫んだ。

「来るな！　巻き込みたくない。殺したくない。来るな！」

日下部の目的は海岸に降りる裏の山道らしいが、進路はこちらに向かって来たので、柴は小声で「伏せろ」と、別当と尾野に指示する。

柴と別当、尾野は一斉に地面に伏せた。焦る日下部の視界には入らないはずだ。

予想通り、日下部はこちらに駆けて来る。

その足に、起き上がった柴がタックルした。

倒れ込んだ日下部の手から離れたボトルを別当がキャッチする。

「ボトル、確保」

「了解。日下部、観念しろッ」

「離せ。死なせてくれ」

柴は日下部を腹這いにして、両腕を固めた後、内ポケットにあった堅い干物のカンカイを日下部の口に嚙ませた。その上にネクタイを巻く。舌を嚙み切る恐れがあったからだ。

「死なせないぞ、日下部輝人。言いたいことを言って死なれたら、殺された連中にあの世で合わせる顔がない。まずは被害者に謝ってもらうぞ」

それから、柴は日下部輝人の両腕に手錠をかませた。

エピローグ　十月二十三日

十月二十三日、午前九時。

日下部輝人の逮捕でVXガス連続殺人事件は幕を閉じた。

当人の自覚以上に肝臓ガンの病状は進んでいて、日下部は警察病院に緊急入院した。すぐ手術となり、開腹したが、手遅れで、患部はそのままで縫合された。

日下部は黙秘を貫いたまま昏睡状態に陥り、三日後に絶命した。せめて当人の口から被害者への謝罪と反省を聞きたい、と念じた柴たち捜査員の思いは通じなかった。

一方、標的になりながら、一命を取り留めた柴一彬の名は全国ニュースで報道されたが、とりわけ、警察社会ではその年一番の「時の人」となった。

井戸文昭医師は任意同行で事情聴取を受けた。

日下部輝人の戸籍詐称などに協力した件は時効が成立した。

輝人が存命で犯行を重ねた可能性を察しながら通報しなかった点で、犯人隠避の疑いはあったが、殺人の計画もVXガス使用も知らなかったことが認められた。柴や一瀬刑事や尾野の証言と別当環が戸外でスマホに録音した日下部輝人の「犯行声明」が決め手となった。

井戸医師は逮捕、起訴を見送られた。結果、職場を追われることはなかった。

なお、円谷泰弘・城戸朝子の夫婦は依然、失踪中である。

ＶＸ連続殺人への協力など関与は薄いが、数件の戸籍偽装は明白で、身代わりとなった死体の死体遺棄罪も疑われて、刑事畑、公安畑がそれぞれ行方を追っている。

尾野は逮捕中止命令の経緯を話したのみであり、出頭するが気持ちの整理をつけたいという日下部の言葉を信じて待った。犯人隠避には当たらない、と判断された。

残務整理を終えて、ＶＸガス連続殺人事件の特捜本部は解散した。

赤バッジの江波係長、灰原刑事、榊部長刑事らを柴は見送る。

隣に立った一瀬刑事が小声で、柴に署内の最新動向を教えてくれた。

一時は「時の人」となり、マスコミ受けは抜群だったが、スタンドプレーが多すぎた、とコーブン梶山署長への警察首脳の評価はいま一つで、警視正昇任などの噂はない。

それに比べて、二つの捜査本部を並立させ、共に解決にこぎつけた——小笹副署長の事務能力、管理手腕が警察首脳に高く評価されて、来春人事で破格の栄転がある、ともっぱらの噂で、副署長はご満悦。すこぶる機嫌が良いそうだ。

シングルマザー連続レイプ事件の捜査本部も解散した。こちらの被疑者・長峰隆司は署長との裏取引が破綻し、送検された。相当な量刑が確実とみられる。

柴は一瀬刑事と別れて、自席に戻るため、階段を駆け上がった。

踊り場に氷室玲奈部長刑事が立っていた。柴を待っていたようだ。

「お疲れ様でした」

「お疲れ様。氷室部長も諸々大手柄だったね」

「課長のお陰です。あの、課長……」

「……失礼だけど、お父さんのこと」

「はい。ＶＸ連続殺人事件に直接タッチしなかったこともあって、父とその死については、あまり考えないようにしていました。ですが、課長のご尽力で事件が解決してみると、そもそもの発端は父の発令した逮捕中止命令です」

「……それはそうだけどね、あれは」

「もっと上からの指示であることは承知しております。その指示を断れば、大事な時期に病気で倒れて信用を失くした、父の官僚人生が終わっていた事情も聞いております」

「署長《おやじ》から」

氷室部長刑事は小さく頷く。やるべきことはやる署長だな、と柴は見直した。

「官僚といっても、父は警察の人間です。正規な手続きを踏んで発付された逮捕状の執行を恣意的な思惑で中止して良いはずがありません。警察に執行を委ねるほかはない国民はもとより、全国の警察官、裁判所、検察庁の皆さんに恥ずべき裏切り行為です」

娘による父への告発だが、実行者である柴にも痛烈な批判であり、胸が痛む。

「梶山署長は、逮捕中止命令以前の父に人に後ろ指をさされるようなことはなかった、と断言してくださいました。母もそう信じております。であるならば、あの時、逮捕中止命令を受け入れて、柴課長以下の皆さんに伝えたものはなんなのか……病後の気の迷い、将来への不安など、おおよそはそういうことでしょうけど、そうした父の弱さ、愚かさ醜さを含め、改めて、父という人間をこれから検証してみようと思います」

柴は静かに深く頷く。

「課長、事件解決と犯人逮捕、ありがとうございました」

氷室部長は一礼した。室内無帽での敬礼に当たる。

その靴の先に涙が落ちたので、柴は黙礼して場を去り、階段を上り始めた。

自席に戻る途中で、カニ・栄刑事がブタの貯金箱を差し出した。

「パンケーキの会に、些少なりとも、お気持ちをお願いいたします」

「カニと氷室部長には世話になった。喜んで、寄付するよ」

柴は署長が捜査費にくれた封筒から三万円を寄付した。こんな寄付、昔はカンパで誰にも通じたが、いまは死語。コンパと聞き間違えられて、時にセクハラと騒がれる。

その日の午後に妻が退院するので、柴は早退した。


ターミナル駅のデパートに寄って、署長捜査費の残りで逸見誓子准教授に高級チョコを宅配便で送った。深い感謝の言葉を綴ったカードを添えて……。

それから、前回と同じ日比谷のレストランで、柴は命の恩人の別当環と会った。

この場限り、不正の証拠にはしない約束で、薫子の置き手紙を読ませた。

じっくり読み終えて、別当環は手紙を柴に返した。

「証拠採用しないでくれとは頼んだけどさ、おたくの上は承知してくれるかな」

「報告しません。私は三年間の捜査が間違っていなかったと確認できたので、満足です」

「ありがとう。これで手紙を託された責任を果たせた」

柴は手紙を二つに引き裂いた。

「柴警部」

「残っていれば、新たな火種になる」

「でも、警部への個人的な、言葉も」

柴はナプキンの上で念入りに細かくちぎりながら、告げた。

「一言一句、忘れないさ。同期の最後の手紙だもの」

噛みしめるように頷きながら、別当環が一筋の涙を流した。

「神西薫子警視正は私の憧れでした」

柴も静かに頷いた。殉職扱いになるだろうから、さらに階級は上がるが、神西薫子は同期の出世頭であると共にノンキャリア女性警察官の希望の星だった。

そして、次の希望の星の一つは目の前の別当環警部だろう。

柴は厚い封筒を差し出した。薫子に預かった捜査費の百万円だ。別当の忠告を受けて使用しなかった。自分が保管する理由はないし、返却先も分からない。受け取ってくれ、と。

だが、監察官室としては受け取れない、と別当は拒絶する。

既に、薫子の個人資産は徹底的に調べ上げられており、一円も不審な金はない。百万円も捻出できるはずがない。つまり、この金は存在しないことにしなければ、処理が厄介だ。

封筒がテーブルクロスの上で何度か往復した。

「では、イッキュウさんにカンパ、いや、進呈してもいいかな」

「……勝手に辞めたので起死回生園に再雇用されなくて、職探しをしていましたね」

「共済年金の受給は来年。伊豆では仕事もないそうでね」

別当環は微笑して、告げた。

「監察官室に移って初めて、上司に報告できないことをしてしまいました」

「それも一日に二つもさせた。せめて、連名でイッキュウさんに進呈させてくれ」

別当は返事をせず、笑ってソッポを向いた。その横顔が美しい。


十月二十三日、午後一時半。

退院する妻かすみの荷物を車に積み込みながら、柴は呟く。

「一人はうまからず、か……」

生前の日下部輝人と緊迫したやりとりをして、秀才で正義感の強かった輝人が誤った方向に暴走したのは孤独のためではないか、と思った。同じ境遇で同じように孤独だったら、自分も似たような「正義」に驀進したのではないだろうか……。

有給休暇中、妹の早織に頼まれて、祖父の書庫整理をして、一冊の本が目に留まった。

祖父愛読の警察小説の著者のエッセイ集で、『一人はうまからず』というタイトルが妙に印象に残った。

ことわざの「鯛も一人はうまからず」は祖父の口癖だった。ご馳走の鯛も一人で食べてはおいしくない、という意味だろうが、昔は聞き流した言葉がいまは何故か胸に沁みる。

(孤独は味気ないだけでなく、時に危険だ)

改めて、柴は思う。

入院荷物をすべて積み込み、息を大きく吐いたら、肩を強く叩かれた。

振り向くと、制服制帽の梶山弘文署長で、花束を差し出した。

「ご退院おめでとう」

「ありがとうございます」

妻の腫瘍は悪性で、いわゆるガンだったが、除去手術には成功した。

「奥さんによろしく。お嬢さんにもな」

「いま来ますから」

「失敬する。カズアキ、次も期待しておるぞ」

「無茶言わないでくださいよ、署長。二度とあんな」

「活躍しろとは言わん。が、日下部輝人が性急に乱暴に求めたものをお前は理解したはずだ。上司の命令に従った部下に罪はあるのか、お前は何度も口にしたな」

「はい」

「上司の命令に従えば、波風は立たん。組織は安泰、わが身も安泰——すなわち、保身だ。保身の前に、国民に尽くす。これが警察官の本分である。割に合わないとしても、誰かがやらねばならぬのなら、率先してやるのが公務員、とりわけ警察官だ。違うか？」

「違いません。命を狙われてみて、骨身にしみて分かりました」

「だから、言ったのだ。これからも頼む、と。ＮＥＸＴ　ＯＮＥだ」

チャンバラ署長は満足げに頷き、愉快そうに去っていった。

柴はじんわり暖かさを感じて、上司を見送った。

二度と会いたくないと思っても、明日になれば、きっとまた会いたくなる不思議な人だ。


（了）

本作品はフィクションであり、登場人物・団体名等は全て架空のものです。実在する人物・団体とは一切関係ありません。

《参考文献》

『生物兵器と化学兵器』井上尚英著（中央公論新社）
『刑事捜査の最前線』甲斐竜一朗著（講談社）
『一人はうまからず』藤原審爾著（毎日新聞出版）
『私は貝になりたい』原作：加藤哲太郎・脚本：橋本忍・演出：岡本愛彦（東京放送）

◎論創ノベルスの刊行に際して

本シリーズは、弊社の創業五〇周年を記念して公募した「論創ミステリ大賞」を発火点として刊行を開始するものである。

公募したのは広義の長編ミステリであった。実際に応募して下さった数は私たち選考委員会の予想を超え、内容も広範なジャンルに及んだ。数多くの作品群に囲まれながら、力ある書き手はまだまだ多いと改めて実感した。

私たちは物語の力を信じる者である。物語こそ人間の苦悩と歓喜を描き出し、人間の再生を肯定する力があるのではないか。世界的なパンデミックや政情不安に覆われている時代だからこそ、物語を通して人間の尊厳に立ち返る必要があるのではないか。

「論創ノベルス」と命名したのは、狭義のミステリだけではなく、広義の小説世界を受け入れる私たちの覚悟である。人間の物語に耽溺する喜びを再確認し、次なるステージに立つ覚悟である。作品の刊行に際しては野心的であること、面白いこと、感動できることを虚心に追い求めたい。

読者諸兄には新しい時代の新しい才能を共有していただきたいと切望し、刊行の辞に代える次第である。

二〇二二年一一月

芳野林五（よしの・りんご）

脚本家。法政大学社会学部卒。会社員を経て現職。「警察小説大賞」（第1回、第2回）で最終候補となり、本作でデビュー。

逮《たい》捕《ほ》中止《ちゅうし》命《めい》令《れい》　〔論創ノベルス017〕

2024年10月10日　初版第1刷発行

著者　芳野林五
発行者　森下紀夫
発行所　論 創 社
〒101-0051　東京都千代田区神田神保町2-23　北井ビル
tel. 03（3264）5254　fax. 03（3264）5232　https://ronso.co.jp
振替口座　00160-1-155266

装釘　宗利淳一
組版　桃青社
印刷・製本　中央精版印刷

ISBN978-4-8460-2416-1